Les dossiers d'Interpol - 1

Des mêmes auteurs
aux Éditions J'ai lu

Les dossiers extraordinaires - 1, *J'ai lu* 2820
Les dossiers extraordinaires - 2, *J'ai lu* 2821
Les dossiers d'Interpol - 2, *J'ai lu* 2845

Pierre Bellemare
Jacques Antoine

Les dossiers d'Interpol - 1

J'AI LU

AVERTISSEMENT AUX LECTEURS

Ces textes ont été adaptés de l'émission « INTERPOL » de Pierre Bellemare et Jacques Antoine, diffusée chaque jour sur Europe 1.

Les auteurs ont demandé à l'O.I.P.C.-INTERPOL de les aider de ses conseils. Cette supervision n'a porté que sur les seules modalités techniques de la coopération internationale. En effet, les dossiers de cet organisme étant strictement confidentiels, les auteurs se sont inspirés pour chaque affaire des articles parus d'abondance dans la presse mondiale.

Pour des raisons morales autant que juridiques (les lois sur la prescription sont fort différentes selon les pays) et pour que ces récits puissent entrer dans le cadre de cet ouvrage, consacré à INTERPOL, les auteurs ont dû modifier certains noms propres, certains noms de lieux, voire certaines circonstances : des affaires paraissent donc rigoureusement inchangées, d'autres ne peuvent être que partiellement reconnues, d'autres enfin ne permettent aucune identification mais sans qu'y soient altérés la psychologie des personnages, l'esprit et le climat.

QU'EST-CE QU'INTERPOL ?

Les extraordinaires facilités de déplacement offertes par la vie moderne, l'accroissement considérable des populations, des échanges et des moyens de paiement, ont multiplié les occasions de criminalité « internationale » tandis que les frontières constituent comme par le passé une protection pour les malfaiteurs et un obstacle pour les polices.

Peut être considérée comme infraction internationale toute activité criminelle qui concerne plusieurs pays, soit par la nature des actes commis, soit en raison de la personnalité ou de la conduite de son ou de ses auteurs.

La qualification de crime international n'est pas liée à la gravité de l'acte criminel : Un malfaiteur qui a volé dans les magasins, mais dans plusieurs pays successivement, est un criminel itinérant donc international.

Mais il n'existe ni de code ni de règle pénale internationaux et ce qui est considéré ici comme un crime grave est ailleurs anodin. De plus, dans chaque pays, la police est organisée de manière différente et ses services, souvent nombreux, sont articulés entre eux de façon complexe. Ici, la police est nationalisée ; là, elle relève des autorités locales. Ici, elle a une compétence globale ; là, les fonctions policières sont réparties entre plusieurs services. Donc comment serait-il possible à un policier d'une ville du Pérou de faire effectuer, en cas de nécessité, une recherche dans tous les pays d'Asie ? Comment pourrait-il savoir quels doivent être ses interlocuteurs étrangers dans tous les autres pays du monde ?

C'est pourquoi les responsables de la protection des citoyens de plusieurs pays, cherchant à lutter contre la criminalité internationale, ont créé en 1923 un organisme de coopération policière : l'Organisation Internationale de Police Criminelle dont le siège fut d'abord à Vienne.

Lorsque le secrétariat général s'installa à Paris en 1946, on choisit comme adresse télégraphique le vocable : « INTERPOL » qui fut adopté en 1947 pour chaque bureau central national d'INTERPOL. Les médias utilisèrent peu à peu ce mot pour désigner l'ensemble du dispositif de coopération. Dans les journaux, à la radio, fleurirent les expressions « INTERPOL LONDRES » a saisi « INTERPOL ROME » ou bien : « INTERPOL s'occupe de l'affaire X... »

L'O.I.P.C.-INTERPOL doit assurer l'assistance réciproque la plus large de toutes les autorités de police criminelle et développer toutes institutions contribuant à la prévention et à la répression des infractions de droit commun. Cela dans le cadre des lois existant dans les différents pays membres et selon l'esprit de la Déclaration universelle des droits de l'homme.

Toute activité ou intervention dans des questions ou affaires présentant un caractère politique, militaire, religieux ou racial est rigoureusement interdite à l'Organisation.

A ce jour, cent vingt-sept pays ont donc désigné leur organisme officiel de police dont les fonctions sont compatibles avec les activités de l'O.I.P.C. pour en être membres.

Il a fallu élaborer certaines méthodes adoptées

en commun, résoudre des questions juridiques, linguistiques, etc., et, pour assurer une « permanence », une continuité et des moyens d'action, créer un secrétariat général et les bureaux centraux nationaux d'INTERPOL.

Une assemblée générale et un comité exécutif dirigent donc l'O.I.P.C. tandis que secrétariat général et bureaux centraux nationaux sont les rouages techniques permanents qui en assurent le fonctionnement quotidien.

Le rôle des B.C.N. est capital : ils sont compétents pour demander aux polices des autres pays des échanges d'informations, des recherches, des identifications, des auditions, des arrestations. A l'inverse, à la demande des autres pays, ils déclenchent toutes opérations policières sur leur propre territoire, en fonction de leur législation nationale. Ils assurent aussi la participation active de leur pays à la coopération internationale en faisant appliquer chez eux les résolutions adoptées par l'O.I.P.C. et veillent au respect des statuts.

Les B.C.N. peuvent régler rapidement les problèmes posés quotidiennement, y compris les problèmes linguistiques. Par exemple : si n'importe quel détective local est en présence d'un cas qui présente des développements internationaux, il s'adresse au service désigné dans son propre pays comme « B.C.N.-INTERPOL »... et l'affaire suivra alors son cours partout à travers le monde.

Les B.C.N.-INTERPOL entretiennent entre eux des rapports directs, exempts de formalisme, mais doivent rester en liaison étroite avec le secrétariat général qu'ils informent de leurs activités et dont ils demandent, le cas échéant, l'intervention.

Le secrétariat général INTERPOL à Saint-Cloud près de Paris est une administration internationale ne relevant d'aucun gouvernement particulier. Il dispose de deux fichiers principaux : un fichier alphabétique et un fichier phonétique. Ils sont complétés par des fichiers spéciaux (noms des bateaux, immatriculation des voitures suspectes, numéros des passeports utilisés par des individus surveillés, etc.). Les fiches renvoient à des dossiers « individuels » ou à des dossiers « d'affaires » qui contiennent la documentation proprement dite.

C'est aux archives spécialisées que sont classées les empreintes digitales des malfaiteurs internationaux. On y trouve, en outre, un fichier photographique.

Bien entendu, chaque bureau central national d'INTERPOL dispose d'une station radioélectrique intégrée dans le système de télécommunications de la police de son pays. Les B.C.N. sont groupés par zones géographiques autour d'une station régionale, elle-même reliée à une station centrale.

La station centrale du secrétariat général assure la liaison entre toutes les stations régionales mais aussi la fonction de « station régionale » pour le réseau Europe-Méditerranée.

Généralement, INTERPOL communique en morse parce que ce système, le moins cher, le plus fiable, permet d'être reçu simultanément par de nombreuses stations, élimine les difficultés de langage, les opérateurs recevant et émettant des messages même s'ils ne les comprennent pas. Mais certains B.C.N. disposent de moyens plus sophistiqués.

Pour diffuser le signalement des personnes, INTERPOL utilise des notices signalétiques portant un coin rouge s'il s'agit d'une demande d'attestation ; bleu s'il s'agit d'une demande de renseignements ; vert s'il s'agit de prévenir des agissements d'un malfaiteur international ; noir enfin s'il s'agit d'un cadavre à identifier.

Bien sûr, tout ceci est très schématique car l'activité d'INTERPOL est multiple. Elle va de la diffusion de formulaires pour l'identification des victimes des grandes catastrophes à la diffusion d'un fichier de plus de mille marques de machines à écrire différentes, permettant d'identifier une machine d'après les missives qu'elle a frappées, en passant par une bibliographie sur les armes à feu ou une brochure spéciale à feuillets mobiles décrivant par pays les systèmes et les mécanismes de numérotation des plaques d'identification des véhicules automobiles, etc.

Comme on le voit, INTERPOL n'est pas une « super-brigade internationale », composée de « super-détectives » mais un système de coopération dans lequel chaque pays, responsable chez lui, agit avec ses hommes à lui, ses propres services, ses propres lois et ses propres méthodes.

Nous remercions M. BOSSARD, secrétaire général et le detective chief-superintendant KENDALL, directeur de la division de police d'avoir bien voulu répondre aux questions de notre documentaliste Gaëtane BARBEN sur les modalités de la coopération qui se développe lorsqu'un policier obscur, quelque part sur notre planète où le soleil ne se couche jamais, met en branle cette grande machine à moudre le quotidien.

Jacques ANTOINE-Pierre BELLEMARE

LA MÊME IDÉE DERRIÈRE LES TÊTES

Mexico, le 23 septembre 1965. Un quartier industriel où chaque fabrique, chaque hangar est entouré d'un no man's land semé de boîtes de conserve vides, de bouteilles cassées et de débris divers. Deux garçons de seize et douze ans cherchent dans ces débris quelque objet à revendre pour quelques cents. Ils fouillent dans un endroit particulièrement sale et peu fréquenté, lorsque le plus grand escalade rapidement le sommet d'une véritable colline d'immondices : il vient d'apercevoir quelque chose. L'autre le rejoint et ils restent là... sans un mot. Devant eux se trouve le corps nu d'une femme. Les deux enfants sont paralysés de dégoût. La femme n'a plus de tête. Il n'y a là qu'un corps indécent, un déchet humain dans une décharge publique... Puis la peur aiguillonne les deux jeunes garçons, qui dégringolent la colline à toutes jambes pour raconter leur aventure au premier passant. Les deux policiers chargés des premières constatations arrivent sur les lieux et font ce que n'importe qui ferait de toute façon. Ils cherchent la tête. Après quelques minutes, l'un d'eux appelle l'autre :

« Ho ! Viens voir...

– Tu as trouvé la tête ?

– Non. Mais j'ai trouvé un autre corps, sans tête. »

Voici donc les deux policiers, en tête à tête avec deux corps sans tête : deux corps de femmes nues et, à ce qu'il semble, d'âge dissemblable. Quant aux deux têtes, ils ne les trouvent pas, mais dégagent d'un trou des vêtements de femme dont un manteau portant la griffe d'un couturier de Londres. Ces vêtements sont tachés de sang, c'est dire que le criminel a tué d'abord et déshabillé ensuite. L'un des corps est celui d'une femme jeune. L'autre, d'un âge moyen. Mais rien ne prouve qu'elles aient été tuées sur place. La mort de l'une remonte à deux ou trois jours seulement, l'autre à plus d'une semaine. Détail curieux et macabre à propos de ce dernier corps : la peau a été traitée, comme si l'assassin avait voulu l'embaumer pour la conserver. Il s'agit pourtant d'un tueur féroce, car les deux femmes portent encore les traces laissées par des liens, et l'on peut supposer qu'elles étaient attachées vivantes lorsqu'on les a décapitées. Deux coups de couteau précis semblent avoir suffi.

La double découverte est vite connue, et c'est le rush des journalistes. La police fait feu des quatre fers, malheureusement sans résultat, car elle ne parvient pas à identifier les victimes. De sorte qu'il s'écoule quatre mois avant qu'un chien hurlant sans arrêt sous la pluie dans un terrain vague devant quelques sacs n'attire l'attention d'un vigile qui vient voir la cause de ces lamentations. Il regarde le contenu des sacs et part comme une fusée prévenir la police. L'un de ces sacs contient le corps d'une femme dont la tête manque, après avoir été découpée avec le plus grand soin. Trois corps sans tête.

Treize jours plus tard, un conducteur de camion a l'idée saugrenue de jeter un coup d'œil dans un trou partiellement rempli de morceaux de caoutchouc, près d'un bâtiment vide. Il en émerge un bras droit, et rien du tout au bout. C'est un bras droit, comme ça, tout bête. Ce qui semblerait indiquer qu'il doit y avoir la suite quelque part.

Quelques jours plus tard, après le retrait des eaux d'une rivière qui venait de déborder, on découvre le torse d'une jeune femme sur la place d'un village des environs de Mexico. Pas de tête. Tout ce qu'on apprend de la victime, c'est qu'elle avait eu des enfants.

Quatre corps sans tête. Dont un demi.

Quelques mois encore, et un garçon de quatorze ans joue dans les pierres, sous un pont, non loin de l'endroit où un an plus tôt on a trouvé le premier corps sans tête. Le gamin qui vient de glisser sur un gros galet bien rond s'aperçoit qu'il s'agit en vérité d'un crâne qui émerge du sol. Cet enfant très actif, et curieux de nature, trouve également : un squelette dans un sac, des vêtements féminins, un morceau d'une revue cinématographique et diverses bricoles. Il s'agit d'une femme, et les traces de couteau montreront qu'elle a été décapitée. Ce jour est pour les policiers à marquer d'une pierre blanche, car ils ont enfin une tête. Ils peuvent même y dénombrer trois dents en or et chercher le dentiste qui a réalisé le travail.

Malheureusement, aucun dentiste de Mexico ne reconnaît ni la mâchoire ni les dents en or. Par contre, les policiers commencent à rapprocher ces découvertes macabres de plusieurs disparitions suspectes ayant fait l'objet d'avis de recherches d'INTERPOL. Il semblerait qu'une Américaine, deux Anglaises et une Italienne, ayant prévu de faire un voyage au Mexique, y auraient disparu. Les empreintes digitales permettent d'identifier finalement l'un des cadavres : celui d'une Anglaise, Helen Sawndey, venue à Mexico par avion et dont on était depuis sans nouvelles.

Hélas ! l'enquête s'arrête là, sur un mystère complet. C'est alors que le mari d'Helen Sawndey charge un détective privé de mener une enquête parallèle à celle de la police officielle. Pendant ce temps, les découvertes de cadavres de femmes sans tête continuent. On en trouve quatre de plus. Quatre dans des lieux divers. Et, comme il semble bien, à chaque fois, que ce soient des étrangères, le secrétariat général d'INTERPOL à Paris estime que cela fait beaucoup de femmes sans tête. Beaucoup trop. Et le détective engagé par le mari d'Helen Sawndey n'en pense pas moins.

C'est un beau garçon élégant, de trente-sept ans, aux cheveux soigneusement coiffés et longs, grand amateur de femmes, avec leur tête évidemment, de whisky et de voitures de course. Edouard Andrassy n'est pas un policier banal. Il se pourrait bien que ce soit lui qui ait inspiré le personnage de Jason King, de la célèbre série télévisée du même nom. Mais il ne s'agit pas non plus d'une enquête banale ; la preuve : un nouveau corps de femme est découvert. Toujours sans tête. Ce qui porte à neuf les points d'interrogation.

Tout d'abord, le détective se contente d'étudier avec un soin méticuleux les convergences de signalement que l'on peut déceler entre ces femmes. Mais elles n'ont apparemment aucun point commun méritant d'être retenu. Il y a des blondes, des brunes et des châtaines. Elles sont de tailles et d'âges variés, certaines frêles, d'autres robustes, et probablement de condition sociale différente. Mis à part le fait qu'elles sont mortes, qu'elles sont nues et qu'elles n'ont pas de tête, rien ne les rapproche. Peut-être avaient-elles les mêmes yeux. Mais, pour le vérifier, il faudrait posséder les têtes.

Et la seule que l'on ait retrouvée avait des yeux noirs. L'indice est maigre. Les neuf femmes ne semblent pas avoir subi d'autre violence que celle d'avoir été attachées et décapitées. Décapitées restant l'essentiel. Peut-on vraiment imaginer un homme du XXe siècle vivant à Mexico, une ville moderne, et collectionnant des têtes ? Neuf têtes ? Ça prend de la place et ça ne se conserve pas comme ça.

Edouard Andrassy sirote son whisky dans un bureau enfumé, selon la tradition des détectives désinvoltes. Il est en contemplation devant les macabres photographies et a une inspiration : pour découper des têtes avec cette détermination et cette précision, ne faut-il pas une habileté professionnelle ? Alors : chirurgien ou boucher ? Les représentants de ces deux professions sont unanimes : les têtes ont été coupées au couteau, donc ce serait plutôt un boucher... Seulement, il y a des milliers de bouchers à Mexico ! Et il faut des semaines au détective pour n'en voir que la moitié. Et il en voit des bouchers ! Bien entendu, cette piste stupide, suivie pour la forme, ne donne rien.

C'est alors que survient une sorte de coup de théâtre. Il est provoqué par deux jeunes garçons qui se précipitent dans le giron de leurs mères pour raconter qu'ils ont trouvé une tête ! Et au pied d'un arbre, sur les lieux mêmes, les enfants s'expliquent : ils jouaient aux gendarmes et aux voleurs lorsqu'ils aperçurent un sac bien rond en forme de balle. L'un d'eux donna un coup de pied dedans. Le jouet improvisé s'ouvrit en deux, et une tête roula sur le gazon... Une tête avec des cheveux bruns. Mais une tête d'homme, cette fois. Non loin de la tête, on trouve une paire de chaussures liées ensemble par des lacets et un polo blanc avec les initiales « J. D. ».

Le jour suivant, on trouve le corps à deux cents mètres de là. Il est couvert de tatouages : un cœur percé d'une flèche, un drapeau et, près d'un petit Cupidon, deux prénoms : « Helen et Paul ». L'homme devait avoir vingt-cinq ans, et il est mort depuis deux ou trois jours. C'était sûrement un marin, et INTERPOL finit par l'identifier. Il s'agit d'un Norvégien dont le bateau faisait escale à Panama. Cette fois, le détective, apprenant qu'il a comme les autres été ligoté et décapité de son vivant, parvient à d'autres conclusions : l'assassin doit être particulièrement robuste, car on ne se rend pas maître facilement d'un marin norvégien de vingt-cinq ans. Ces crimes ne sont pas sexuels, mais probablement un moyen comme un autre pour se débarrasser de témoins encombrants. La décapitation ne serait dans ce cas qu'une gâterie supplémentaire. En outre, l'assassin doit posséder une pièce insonorisée, car il est inconcevable qu'on puisse se livrer à une opération aussi sauvage sans que les voisins entendent rien. Et, dans cette pièce, le détective suppose que l'assassin doit avoir l'eau courante. Pour des raisons pratiques sur lesquelles il est inutile de s'étendre. Edouard Andrassy, fort de cette idée, entreprend alors de visiter les laboratoires photo des commerçants et des amateurs de la ville. Malheureusement, là encore, ils sont des milliers, et cette nouvelle piste ne donne rien.

C'est l'assassin lui-même qui va donner une nouvelle piste. Comme le Petit Poucet qui semait des cailloux, il sème des cadavres sans tête. Le onzième est découvert, descendant une rivière au fil de l'eau, nu et probablement blond. Et c'est un homme. Le deuxième de la série. Il est mort depuis une huitaine de jours. Ce qui amène le détective à une nouvelle conclusion : « L'assassin doit posséder une chambre froide. Il ne peut pas se promener avec un cadavre sans tête dans les bras, n'importe où et n'importe quand. Il doit choisir le moment pour s'en débarrasser. Autrement dit, il doit les stocker. Il est probable qu'il lui arrive d'avoir un ou deux cadavres sur le dos. Et où peut-il les conserver sinon dans un frigo ? » Et ce frigo est sûrement une chambre froide, car on ne met pas deux cadavres dans un frigo... Le temps de dresser la liste des chambres froides dans la ville de Mexico, et le douzième corps sans tête est découvert.

Cette fois, pourtant, la victime est très vite identifiée : c'est une femme d'une soixantaine d'années, une Noire. Or, les employés de la Mexican Airways de l'aéroport international se souviennent parfaitement qu'une voyageuse noire ayant des cheveux blancs, venant de la Martinique, leur a fait une déclaration de perte de bagages, et ce pas plus tard qu'il y a deux jours.

Nouvelles conclusions du détective sur le comportement de l'assassin : « Il va chercher ses victimes directement à l'aéroport ! Et si c'était un porteur ? » Problème : il y a une centaine de porteurs à l'aéroport de Mexico. Il est temps d'employer les moyens techniques.

Le détective fait alors demander à INTERPOL de réunir les informations possibles sur les heures de départ et surtout les heures d'arrivée des vols empruntés par les victimes qui ont été identifiées, d'une part, et les personnes qui ont été signalées comme disparues, d'autre part.

Huit jours plus tard, INTERPOL transmet toute une série de télex provenant de Londres, de Rome, de Washington, de Rio de Janeiro, de Paris, signalant les heures prévues d'arrivée des victimes identifiées et des personnes disparues. Or, la plupart des personnes disparues et les quatre victimes identifiées se sont posées à l'aéroport international entre 7 h 30 et 11 heures du matin. Et toutes à l'arrivée des lignes internationales. Voilà qui réduit considérablement le champ des recherches et donne du courage à Edouard Andrassy. Il se rend à l'aéroport, un matin vers 7 h 30, pour attendre l'arrivée d'un vol international, celui de la Lufthansa. Il a obtenu l'autorisation de passer discrètement la douane et la police des frontières pour ressortir de la salle de réception des bagages, comme tout bon voyageur, deux valises à la main. Les porteurs sont là : en arc de cercle devant lui. D'autres voyageurs l'ont précédé, notamment deux solides jeunes Allemandes qui ont l'air de transporter une garde-robe colossale et vers qui les porteurs se précipitent. Le détective observe un détail intéressant : un des porteurs n'a pas fait un geste dans leur direction... Pourquoi ? Si c'était l'assassin, il préférerait évidemment une voyageuse ou un voyageur seul, plutôt que ces deux solides jeunes femmes. D'ailleurs, le porteur en question est maintenant aux prises avec les bagages d'un jeune homme. Il semble que ce soit un Français. Le jeune homme suit maintenant le porteur, poussant ses valises sur un chariot, en direction de la station des autobus qui assurent la navette avec la capitale. Le détective remarque que le porteur engage la conversation avec le jeune homme qui ne semble pas bavard.

Le détective monte à son tour dans l'autobus et s'assoit à côté du jeune homme. Après quelques préliminaires dans le genre : « C'est la première fois que vous venez à Mexico ? Pour le plaisir ou pour travailler ? », le garçon répond qu'il est cuisinier et qu'il est engagé par l'hôtel *Méridien* de Mexico.

« J'espère que vous ne vous êtes pas fait avoir par le porteur ?

– Non, non... répond le jeune homme.

– Et il ne vous a rien proposé ?

– Si. Il m'a proposé de changer des dollars. Il m'a demandé si je voulais voir des bijoux. Il m'a dit qu'il pouvait me donner de bonnes adresses. Mais je n'avais ni le temps ni l'argent. »

Cette fois, le détective ébauche un plan. Il connaît des tas de gens à Washington, dans la police bien entendu, notamment Laureen Arundell, une jeune femme qui travaille au B.C.N.[1] de Washington. Il entre en rapport téléphonique avec elle.

Et le lendemain, à peu près à la même heure, Edouard Andrassy recommence le manège de la veille. Mais il attend pour sortir de la salle des bagages l'arrivée des voyageurs d'un vol de New York. Parmi eux, une jolie fille en minijupe bleu ciel, blonde et sportive, une madame détective en personne... Juste pendant féminin d'Andrassy. C'est Laureen Arundell. Ils n'échangent pas un regard. Lorsqu'ils débouchent dans la salle d'arrivée, les porteurs sont là en arc de cercle. Mais, voyant que celui qu'il soupçonne a jeté son dévolu sur un vieux monsieur, le détective est sur lui en trois enjambées. Il fait mine de lui remettre ses valises et de se raviser :

« Prenez plutôt ceux de mademoiselle. Moi, je ne suis pas pressé. »

Et il désigne la jeune femme en minijupe bleu ciel.

Voilà donc le porteur poussant sur son chariot deux valises et la housse de vêtements de Laureen Arundell. L'homme est grand. Il a un curieux vi-

1. Bureau central national.

sage carré qui serait paisible si ses yeux, très écartés, étranges, très bleus et très clairs, ne donnaient l'impression d'être toujours sous tension. Le front est haut mais les lèvres minces. C'est un homme fruste. Ses mains sur la poignée du chariot sont énormes. Il marche en traînant légèrement les pieds, lentement, en s'inclinant d'un côté et de l'autre. Tandis qu'ils attendent devant la station des taxis, le porteur et Laureen Arundell engagent une conversation assez animée. L'homme poursuit ses explications tout en chargeant les bagages dans la malle arrière. Manifestement, il a fait une proposition à la jeune femme qui hésite à l'accepter. Maintenant il regarde sa montre. Il doit être en train d'expliquer à Laureen qu'elle n'en aurait pas pour longtemps, qu'il s'agit d'un simple détour, etc.

Au dernier moment, la femme détective rouvre sa portière et invite le porteur à monter. Notre Jason King court alors jusqu'à sa voiture pour prendre en filature le taxi.

Après une heure de route, le taxi s'arrête dans un quartier excentrique, proche de l'un des endroits où l'on a déjà découvert deux cadavres. Le détective décroche alors le téléphone qu'il a dans sa voiture et appelle la police. Il est sûr de tenir l'assassin des femmes sans tête.

Là-bas Laureen Arundell règle le chauffeur qui décharge ses bagages sur le trottoir. Le porteur et Laureen pénètrent ensuite dans une maison de quatre étages : une bâtisse en brique claire plutôt sordide, construite à la limite d'un terrain vague. Un magasin désaffecté laisse pendre au rez-de-chaussée un rideau de fer rouillé. Le détective, n'osant pas arrêter sa voiture trop près de l'immeuble, se décide à parcourir une centaine de mètres à pied.

Bien qu'il y ait dans cette maison une quinzaine au moins d'appartements, bien qu'il paraisse impensable qu'on ait pu décapiter dans cette maison au moins une douzaine de victimes, Andrassy est fermement convaincu que l'homme est l'effroyable assassin qu'il recherche. Il faut donc essayer de limiter les risques encourus par la jeune femme. Mais il faut essayer aussi de laisser à l'homme le temps d'aller le plus loin possible. Lorsqu'il entre à son tour dans l'immeuble, Andrassy voit se refermer une des portes du rez-de-chaussée. Il a compris : il ressort et fait le tour. L'appartement donne par deux fenêtres en rez-de-chaussée sur un terrain vague : ce qui pourrait expliquer la facilité avec laquelle le tueur aurait pu sortir les cadavres.

Le détective s'approche d'une des fenêtres avec mille précautions et jette un regard à l'intérieur : la femme et l'homme sont là, debout devant une table de salle à manger sur laquelle ce dernier pose des bijoux. Laureen Arundell se penche pour les regarder, lorsque le porteur, étendant un bras immense, un bras qui n'en finit pas, la saisit à bras-le-corps. Dans l'autre main, il tient un rouleau de corde. Mais son geste demeure inachevé, car, de la crosse de son revolver, le détective a brisé la vitre et bondit dans la pièce. Il était temps.

L'homme, d'origine nord-américaine, s'appelait Frank Dolezal. Il avait été autrefois employé aux abattoirs. Le magasin désaffecté qui jouxtait son appartement était une ancienne boucherie où lui seul avait accès et dans laquelle ronronnait encore le moteur d'une chambre froide. Frank Dolezal commença par nier, puis, quand on eut retrouvé quatre couteaux de boucher maculés de sang séché, il finit par avouer et, à la fin de sa confession, se mit à supplier :

« S'il vous plaît, ne m'envoyez pas à la chaise électrique. »

Cette demande était prématurée, mais le monstre devait avoir une peur terrible de cette chaise électrique. En effet, au cours de la première nuit passée dans sa cellule, il réussit à se pendre tout seul, et l'on n'a jamais retrouvé aucune des onze têtes manquantes qu'il avait si minutieusement décollées pour un peu d'argent.

UNE RENCONTRE HISTORIQUE

Ceci est l'histoire d'une rencontre historique, dont jamais aucun livre d'histoire ne parlera. Car ceci est l'histoire de la rencontre historique de deux « flics moyens » par l'intermédiaire d'un téléphone. L'un parlant américain à Los Angeles, l'autre italien à Rome. Ces deux derniers détails étant la logique même. Ceci est également l'histoire d'une vedette de la télévision américaine et d'un blondinet rabougri dont le destin n'avait pourtant rien de commun. Si l'on considère, et c'est là le parti pris de l'auteur, que l'inspecteur Pinell, de Los Angeles, est un personnage historique, de même que l'inspecteur Zurlini de Rome, il convient donc de les présenter minutieusement. Et ce à la veille de leur rencontre, le 31 octobre 1955.

A Los Angeles, il est 2 h 15 du matin, et l'inspecteur Pinell fait un saut de carpe dans son lit. Le téléphone vient de lui vriller les oreilles, et comme tout bon appareil de ce genre il a dû réveiller femme, enfants et belle-mère. Pinell ne vit pas seul. Car la vie est ainsi faite que l'on y rencontre même des « flics » mariés. La voix au téléphone est un peu hésitante :

« Allô, chef ? »

Partant du principe que l'on est toujours le chef de quelqu'un, Pinell répond « oui ». Il n'a pas encore réalisé que cette voix hésitante est celle de son adjoint Nicolas, lequel Nicolas annonce sur un ton dramatique :

« On a besoin de vous, chef. »

Il est heureux que ce coup de téléphone à 2 h 15 du matin soit motivé par le besoin du chef, ce qui n'empêche pas le chef de grogner en sourdine pour ne pas réveiller sa femme...

« Besoin de moi, et pour quoi faire ?

– Marian Fleischer vient de tuer son mari, chef... »

Le chef avale l'information en silence, et au bout du fil son adjoint s'inquiète :

« Vous êtes là, chef ? Vous m'entendez, chef ? C'est Marian Fleischer, elle a tué son mari, alors j'ai pensé qu'il fallait vous prévenir. J'ai bien fait, chef ? »

En vérité, l'inspecteur Pinell espérait vaguement que son adjoint le dérangerait pour une misère. Qu'il aurait pu lui raccrocher au nez, se rendormir, mais rien de cela n'arrive à 2 h 15 du matin. Sauf qu'une Marian Fleischer trouve le moyen de tuer son mari. Au lieu de divorcer comme tout le monde, ou de le tuer pendant les heures ouvrables. Mais il est bien connu que Marian Fleischer ne fait rien comme tout le monde. C'est une vedette de télévision, aussi célèbre que King Kong, mais beaucoup plus ravissante. Et le mari qu'elle vient de tuer, c'est un fils de milliardaire aussi connu que Howard Hawks, mais beaucoup plus jeune. L'inspecteur Pinell n'a plus qu'à dire adieu à son lit et à répondre à son adjoint inquiet qu'il a bien fait, que c'est important et qu'il faut venir le chercher immédiatement.

Car Pinell n'est que l'inspecteur Pinell. Un « flic » à tout faire, que l'on peut réveiller au milieu de la nuit s'il plaît à une vedette milliardaire de tuer son milliardaire de mari. Et il n'y a rien à redire à cela, sinon Pinell pourrait perdre son boulot, si le shérif n'est pas content. Et le shérif ne sera pas content s'il se fait traîner dans la boue par le gouverneur, et le gouverneur ne sera pas content s'il se fait traîner dans les orties par les milliardaires qui l'ont élu. Voilà pourquoi on a réveillé l'inspecteur Pinell, de Los Angeles, ce 31 octobre 1955 à 2 h 15 du matin.

A Rome, pendant cc temps, il n'esl que 12 h 15, ou déjà 12 h 15, selon la conception que l'on a des fuseaux horaires.

A l'aéroport de Fiumicino se trouve le deuxième personnage historique : l'inspecteur Franco Zurlini. Zurlini ne souffre que d'un creux à l'estomac et considère avec envie un petit garçon qui mange un sandwich. Zurlini n'a pas droit aux sandwiches, selon sa femme et les trois kilos qu'il a pris en vacances. Car la vie est ainsi faite que l'on peut même rencontrer des « flics » qui prennent des vacances. Zurlini n'est plus en vacances, et il aimerait bien s'intéresser à son travail si cela était possible. Mais il a rarement bénéficié d'un job aussi ennuyeux. Il y a eu des grèves à l'aéroport de Rome, dont les conséquences multiples frisent la pagaille et la confusion à la douane, à la livraison des bagages et à la police des frontières. « On » a créé une commission pour y mettre de l'ordre. Zurlini représente la police dans cette commission, laquelle a proposé (lentement) un plan d'organisation qu'il est chargé de surveiller. C'est-à-dire qu'il est payé pour constater que personne n'appliquera jamais ce plan. Que personne ne songera jamais à l'appliquer. Que tout le monde s'en fiche complètement. Que ça n'a d'ailleurs aucune importance. Que la confusion fait partie de la vie d'un aéroport italien. Que c'est ce qui le rend particulièrement vivant. Que ce plan était d'ailleurs inapplicable.

Que tous les plans seront d'ailleurs inapplicables à moins de transporter l'aéroport de Fiumicino à Hambourg et d'amener à Fiumicino l'aéroport de Hambourg.

Tout en déambulant dans l'aéroport, Franco Zurlini observe, de-ci de-là, les voyageurs qui trouvent le moyen, malgré la standardisation du blue-jean et du bagage à main, de surprendre l'œil. A part ceux des lignes intérieures qui ont l'air d'être là entre parenthèses, tout entiers projetés dans les rendez-vous qui les amènent à Rome pour la journée, les autres ont l'air de Martiens en promenade. Franco Zurlini n'a jamais quitté Rome et ne connaît pas l'inspecteur Pinell, son collègue de Los Angeles. Il ne l'a jamais vu et ne le verra jamais. Pour être historique, leur rencontre n'a pas besoin de cela.

Une demi-heure plus tard, à Los Angeles : l'inspecteur Pinell et son adjoint Nicolas entrent dans la somptueuse villa du milliardaire William Fleischer Junior. L'ex-milliardaire William Fleischer Junior, car il ne reste du rutilant, glorieux et fastueux milliardaire qu'un corps, nu comme un ver, allongé devant la porte de sa chambre, dans une immense flaque de sang. Son visage regarde le plafond. Un seul œil est ouvert, et à la place de l'autre il y a un grand trou. C'est par là que la balle est entrée.

Ce mort a quelque chose de gênant dans ce décor somptueux. Sa femme Marian est allongée sur un canapé, en chemise de nuit, entourée d'une grosse cuisinière mexicaine en robe de chambre et d'un médecin qui a enfilé un imperméable par-dessus son pyjama. On ne distingue plus dans ce cadavre l'athlète bronzé que fut Fleischer, dit Junior, pour bien le distinguer de son père, un vieillard acariâtre et cacochyme. Et aussi pour bien distinguer la fonction sociale des deux hommes, l'un ayant vocation de ramasser l'argent, l'autre de le dépenser.

De même, dans cette femme en chemise de nuit au visage lavé par les larmes et aux cheveux épars, plus rien de la beauté de la vedette dont, il y a quelques jours encore, l'Amérique découvrait la splendeur plastique, alors qu'elle émergeait en maillot de bain des flots du Pacifique, dans la série intitulée : « Aventures dans les îles ».

L'inspecteur Pinell se défend d'être impressionné par cette naïade en larmes. Il est là pour interroger, et son devoir est d'interroger. Ce qui ne va pas sans mal. Marian lève vers l'inspecteur ses yeux gonflés. Elle arrive avec peine à prononcer une phrase :

« J'ai entendu un bruit, j'ai décroché le fusil qui est dans ma chambre... »

Et elle s'effondre, larmes et évanouissements mêlés. La cuisinière apporte un verre d'eau, le médecin fait une piqûre. Tout cela prend du temps, et l'inspecteur Pinell fait le tour de la pièce patiemment... Au bout d'une dizaine de minutes, il est récompensé. Marian s'adresse à nouveau à lui :

« J'ai vu une ombre dans le couloir, j'ai tiré... J'ai allumé et j'ai vu mon mari. »

Ce qui la plonge à nouveau dans le désespoir, nécessite un nouveau verre d'eau et de nouveaux tapotements du médecin... Il est évident que l'inspecteur Pinell n'obtiendra rien de plus. Il se retourne alors vers la cuisinière. Elle n'a rien vu, rien entendu avant les coups de feu. Le chien n'a pas aboyé. Au premier coup de feu, elle a entendu crier sa maîtresse, elle a couru, pour la voir appeler la police en disant : « J'ai tué mon mari. » Marian faisant une nouvelle crise de nerfs, le médecin décide de l'hospitaliser, et l'inspecteur Pinell la regarde s'éloigner sur une civière. Il ne lui reste plus qu'à retourner se coucher.

Pendant ce temps, à Rome, l'inspecteur Zurlini finit de déjeuner. Il est prêt à recommencer son travail de surveillance organisée d'une organisation insurveillable. A errer pendant des heures dans l'agitation de l'aéroport, comme un fantôme dans un asile de fous. Puis le soleil se couche à Rome. Et se lève à Los Angeles.

L'inspecteur Pinell se lève donc quand l'inspecteur Zurlini se couche. Tous deux regardent l'heure. Pinell sur un merveilleux robot à ultrasons, qui allume aussi la radio et met la cafetière en marche. Zurlini sur sa montre à quinze mille lires, automatique, qui s'arrête si on ne lui tape pas dessus.

A Los Angeles, Pinell met en route sa Dodge, en direction de l'hôpital où l'on soigne Marian Fleischer. A Rome, Zurlini gare sa petite Fiat devant son H.L.M., pas mécontent de rentrer chez lui. L'heure approche de la rencontre historique entre les deux hommes. Pour l'instant Zurlini dort, et Pinell, à la clinique, déploie des trésors de diplomatie et se noie dans un abîme de bassesses pour obtenir l'autorisation de voir Marian Fleischer dont le médecin affirme qu'elle n'est pas en état de subir un interrogatoire. D'ailleurs, en ressortant de sa chambre, il ne sait pas grand-chose. Par contre, dans le hall, il se heurte à une invraisemblable cohue de journalistes de la presse écrite, de cameramen de la télévision et de reporters radio. En tout une centaine de personnes, qui l'assaillent littéralement à sa sortie de l'ascenseur, selon la bonne méthode américaine. Pinell bat en retraite vers une salle où s'organise une conférence de presse tout à fait improvisée.

« Croyez-vous que c'est un accident ?

– Je le crois.
– Vous pouvez nous en dire quelques mots ?
– Je peux vous dire ce que je sais. Marian Fleischer a entendu du bruit. Elle a pensé que c'était un cambrioleur, car ils ont été cambriolés il n'y a pas si longtemps. Elle est très bonne tireuse et elle a un fusil de chasse accroché dans sa chambre. Son mari possédait aussi un revolver dans sa table de nuit. Marian est sortie. Elle a aperçu une silhouette dans le couloir et elle a tiré deux fois. Lorsqu'elle a allumé, elle s'est aperçue qu'elle venait de tirer sur son mari. La première balle a transpercé la porte de sa chambre. La seconde est entrée dans l'œil. Elle s'est mise à hurler, puis elle a appelé la police.
– Comment expliquez-vous que son mari ait été tout nu, sans arme, à la porte de sa chambre ?
– Je ne l'explique pas encore, mais c'est une chose admissible.
– Il paraît qu'il s'est écoulé vingt minutes entre les coups de feu et l'appel à la police. Qu'est-ce qui s'est passé pendant ce temps-là ?
– Marian avait une crise de nerfs.
– Le gardien de la maison d'à côté nous a dit qu'il a entendu les cris de Marian vingt minutes après les coups de feu. Pourquoi ?
– Vous en savez plus que moi. Je n'ai pas encore entendu le gardien. »
Et les questions fusent en forme de réponses, l'attrait du scandale aidant :
« Vous croyez que Marian s'entendait bien avec son mari ?
– Pourquoi, dans son dernier testament, son mari ne lui laisse-t-il que le minimum requis par la loi ?
– Marian prétendait qu'elle a tué avec ce fusil un tigre aux Indes. Quand on a un tel sang-froid,

est-ce que vous croyez qu'on peut confondre son mari avec un cambrioleur ?

– Pourquoi est-ce qu'on n'a pas entendu les chiens aboyer ? »

Pourquoi, pourquoi, pourquoi... L'inspecteur principal Pinell n'en peut plus. Ces gens n'ont pas dormi de la nuit pour savoir déjà autant de choses ! Alors il se lève. Inutile de persuader les journalistes que selon toute apparence il s'agit d'un accident. Les journalistes voient toujours autre chose que les apparences. Pinell conclut :

« Ça va, les amis. La suite au prochain numéro. Je vous répondrai quand j'en saurai plus... »

Le prochain numéro se passe à Rome, où Zurlini déambule dans l'aéroport de Fiumicino comme d'habitude. C'est l'arrivée du petit blondinet rabougri :

« Inspecteur Zurlini ? On vous demande au commissariat de l'aéroport. »

Zurlini n'est pas tellement mécontent qu'il se passe enfin quelque chose. Il traverse la faune de hippies, d'hindous fatigués, de bourgeoises ulcérées, que les fantaisies des règlements internationaux ont réunis pour quelques instants dans le commissariat, et entre directement chez le commissaire. Ce dernier lui montre du geste une sorte de petit blondinet rabougri aux dents grisâtres et ébréchées. C'est un Allemand, qui arrive de New York. Dans sa valise, la douane a découvert une minicaverne d'Ali Baba : statuettes, montres en or, tout un choix d'appareils photo et même, dans des tubes de pâte à raser, éventrés à coups de canif, des bijoux.

Débordé, le commissaire a demandé du renfort, et l'on a désigné l'inspecteur Zurlini pour s'occuper du blondinet rabougri et voleur de son état.

A partir de cet instant, tout s'enchaîne. Le blondinet rabougri étant allemand, INTERPOL Rome demande des renseignements à INTERPOL Wiesbaden qui répond : « Connu pour avoir subi plusieurs condamnations pour vols avec effraction. A quitté l'Allemagne il y a deux ans pour les États-Unis. »

La liste des objets trouvés dans la valise du blondinet rabougri est alors envoyée à INTERPOL Washington. Et Washington répond qu'il s'agit sans doute de quelques résidus de butins, suite à une série de cambriolages effectués dans un quartier résidentiel de Los Angeles. Cet échange de considérations à propos du blondinet ne se passe pas en dix minutes. Ici, le soleil se couche quand on reçoit là-bas un télex. On ouvre là-bas les dossiers quand, ici, on les referme. Des heures et des heures passent. Des heures qui font une puis deux journées. A l'issue de ces deux journées, un message est diffusé à l'intention de l'inspecteur Franco Zurlini : « Restez près d'un téléphone. L'inspecteur principal Pinell, de Los Angeles, cherche à vous joindre. »

C'est la rencontre historique. La rencontre de deux « flics » moyens, à dix mille kilomètres l'un de l'autre. A Rome, il est 19 heures. A Los Angeles il est 9 heures du matin. Et, comme pour toute conférence au sommet, il y aurait besoin d'un interprète, mais personne ne l'a prévu car le temps presse.

« *Pronto ?* L'inspecteur Franco Zurlini ? demande l'Américain.

– *Yes* », répond l'Italien.

C'est à peu près tout ce qu'ils savent de leurs langues respectives. Le reste va se dire dans un charabia extrêmement méritant. Pinell raconte l'affaire dont il est chargé : il est convaincu que Marian Fleischer n'est pas coupable d'avoir assassiné son mari. Or le lendemain, la réunion du Grand Jury doit en décider. Et s'il n'a pas fait la preuve, d'ici là, qu'un cambrioleur s'apprêtait réellement à pénétrer dans la maison des Fleischer, Marian sera certainement accusée. Sa question est : le jeune Allemand, qui a quitté précipitamment Los Angeles, qui a sur lui le butin provenant des maisons du quartier où habite Marian Fleischer, ne serait-il pas le cambrioleur qu'il recherche ?

« O.K. ! répond Franco Zurlini. Demain, je l'interroge. »

Il y a un silence au bout du fil. L'inspecteur principal Pinell calcule le décalage horaire et s'y perd.

« Ecoutez, je crois que demain, chez vous, ça sera trop tard...

– Mais, ici, il est 19 heures, explique Franco Zurlini...

– Je comprends... Mais... le Grand Jury... c'est demain... C'est très important pour cette femme. Et très important aussi pour moi... J'ai pris des risques en affirmant qu'elle n'est pas coupable et je ne peux pas le prouver.

– C'est bon, dit en soupirant Franco Zurlini. Je préviens ma femme et j'attaque le client. Vous êtes marié, inspecteur Pinell ?

– Oui. J'ai deux enfants...

– Alors, je n'ai pas besoin de vous faire un dessin... »

Et les deux « flics », à Rome et à Los Angeles, raccrochent leur téléphone.

A minuit à Rome, le blondinet rabougri, épuisé, admet qu'il a voulu cambrioler la villa des Fleischer dans la nuit du 30 octobre. Il est 14 heures à Los Angeles, quand l'inspecteur principal Pinell rugit au téléphone, et dans son charabia :

« Ça ne colle pas, inspecteur ! C'était la veille. Il se fiche de vous ! Je vous en prie. Reprenez-le ! Ne le lâchez pas ! »

Zurlini ne lâche pas le blondinet rabougri. Et il est aussi fatigué que lui à 7 heures du matin, en appelant Los Angeles, où il est 17 heures.

« Allô, Pinell ? Ça y est, il a avoué. Il était sur le toit de la maison. Il a vu rentrer l'homme et la femme. Pour s'en aller, il est passé dans un arbre. Une branche s'est cassée. Au bruit, la femme est sortie. Il l'a vue tirer. Il a vu l'homme s'effondrer. Il s'est enfui, et il m'a d'abord menti de crainte qu'on ne l'accuse du meurtre. Si vous trouvez une branche cassée dans un arbre, c'est lui. Vous pourrez vérifier la direction du tir...

– J'y vais ! » dit Pinell.

Pinell a trouvé sa branche cassée, en pleine nuit. Il n'était pas très frais le lendemain matin à la session du Grand Jury, mais il avait prouvé ce qu'il avait à prouver.

Zurlini, lui, est allé se coucher en plein jour et n'a pas pu dormir. C'était le jour du grand ménage, et sa femme ne voyait aucune raison de passer outre.

Comme quoi les rencontres historiques entre « flics moyens » ne sont historiques que pour un public réduit. Et toujours assorties de lendemains sans gloire.

LA VOITURE BLEUE

L'homme et la femme marchent sur la nationale 10. Et ce jour est le samedi 5 août 1960. L'homme a quarante ans, il est chauve, et son visage carré a une expression curieuse. Pareille à celle d'un athlète avant l'effort : sérieuse, concentrée et enfantine à la fois. La femme a vingt-sept ans, elle est brune aux yeux verts, avec un corps somptueux. C'est là l'essentiel de cette femme. Ils marchent côte à côte, puis l'homme insensiblement se laisse dépasser. Il continue d'avancer un peu en retrait, pour mieux voir ce dos, ce cou qu'il a envie d'étrangler. Tout vient de devenir évident pour lui en un instant, comme le déclic d'une serrure qui s'ouvre enfin après beaucoup d'efforts : elle est responsable de tout, elle est la cause de tout ; de ses échecs successifs, de sa déchéance. Le très beau corps de cette femme qui marche devant lui, qui ondule dans une légère robe verte, c'est lui le fautif. Et le désir de tuer envahit l'homme. Un désir irrépressible... Il suffit d'avancer les mains vers ce cou long et mince... L'homme a avancé les mains, il les tient quelques secondes, deux ou trois peut-être, devant lui, à l'horizontale, comme en suspens. A présent il suffit de serrer les mains autour de ce cou. Et les mains le font toutes seules. Elles serrent, mais pas assez fort. Le cou s'est tordu comme une liane entre ses doigts. La femme s'est retournée. Elle le regarde de ses yeux verts qui se sont écarquillés. En voyant cet homme dont elle partage la vie depuis deux ans, subitement pâle, les lèvres entrouvertes sur ses dents serrées et dont la respiration est devenue rauque, en un dixième de seconde son étonnement s'est transformé en terreur. Les mains, ce n'était rien, c'est le visage qui commande à ces mains qui lui fait comprendre qu'elle va mourir.

Ayant écrasé la femme sous son poids, l'homme relâche son étreinte, puis serre à nouveau de longues minutes, et finalement lui martèle la tête avec une pierre. Sur la nationale 10, il y a maintenant un assassin debout devant sa victime. La malheureuse n'est plus qu'une tache verte sur les cailloux du chemin. Il regarde autour de lui, égaré. Il ne sait plus ce qu'il fait là. Puis tout lui revient d'un bloc. Il descendait avec Inès à Bordeaux, elle voulait voir ses deux enfants et lui voulait voir les siens. Car il a des enfants, il en a même cinq. Et puis elle a eu cette idée d'entrer dans ce bois où ils se sont aimés pour la première fois. Une sorte de pèlerinage en somme. C'était une idée stupide, la preuve. Et le pire, c'est que ce crime ne change rien pour l'homme. Il n'est pas soulagé, au contraire. Avant il était coupable d'avoir raté sa vie professionnelle. Coupable d'avoir quitté sa femme et ses cinq gosses. Coupable d'avoir séduit la malheureuse Inès qui, après son premier divorce, méritait mieux que lui. Coupable de ne pas avoir su choisir entre ses deux foyers. Et, brusquement, il a ressenti violemment qu'Inès était responsable de tout ça. Et c'était faux. La preuve, c'est qu'elle est morte et que rien n'a changé. Il est toujours coupable. Plus que jamais coupable. Il lui reste à présent à se comporter en assassin qui a peur.

Il est 9 h 30 ce samedi. Des gens vont arriver de Bordeaux pour pique-niquer dans ce bois. Dans quelques instants, ce sera une véritable kermesse. On retrouvera le corps d'Inès, il sera identifié. Il faut le cacher. Il faut l'enterrer dans les dunes, là où on ne le retrouvera jamais. Il ne lui vient pas à l'idée de prévenir la police et de se constituer prisonnier. D'ailleurs, il ne réfléchit pas, ses gestes sont automatiques. Il prend le cadavre d'Inès à bras-le-corps, le soulève et l'emporte vers l'une des petites clairières où il a garé sa voiture. A travers les branches des arbres, il aperçoit une carrosserie rouge, or sa voiture est bleue, et lorsqu'il s'est garé la clairière était vide. Il faut changer de direction. Il fait quelques pas, dans l'autre sens, le cadavre d'Inès dans les bras, et voici sa voiture bleue, enfin. Une seconde il avait cru s'être égaré. Mais il n'a pas le temps de reprendre souffle, il entend subitement des bruits de pneus sur les cailloux du chemin. Il court en haletant, jusqu'à sa voiture. Du genou, il appuie sur le poussoir de la serrure de la malle arrière qui s'enfonce avec un déclic. Toujours avec le genou il lance le couvercle, le contrepoids fait le reste. Dans la malle béante, il laisse tomber le cadavre d'Inès. Il n'a d'yeux que pour cette voiture qui débouche dans la clairière. Il a rabattu le couvercle de la malle, lorsque la voiture vient se garer à côté de lui, et une ribambelle de gosses s'en échappe. Machinalement, pour dissimuler son émoi, il leur sourit et les questions se bousculent soudain dans sa tête : pourvu qu'il n'ait laissé aucune trace. Inès avait un sac ! Il a dû rester sur le chemin. Il faut se forcer à marcher d'un pas tranquille vers le lieu du crime. Il marche et il aperçoit au loin le sac, vert comme la robe. Mais il ne faut pas courir, on le remarquerait. Pourtant il arrive une voiture, et puis une autre. Il se baisse, ramasse le sac, heureusement il est tout petit, il le glisse sous sa chemise. Une sueur froide lui glace les tempes. Avant de retourner à la clairière, il vaut mieux observer attentivement les environs au cas où il aurait laissé d'autres traces. Puis il faut éviter de croiser cette ribambelle de gosses, on ne sait jamais. Il vaut mieux que personne ne se souvienne de sa présence dans ce bois ce matin-là. D'autres voitures arrivent, entrent dans le bois à la recherche d'une meilleure place. Personne ne fait attention à lui. Il doit être à peu près 10 heures lorsqu'il retourne vers la clairière. Mais il s'est trompé. Il y a là trois ou quatre voitures mais pas la sienne, il est perdu. Pourtant, il lui semblait bien que c'était là... Il se dirige vers l'autre clairière et retrouve la voiture bleue, à côté d'une voiture rouge. Il croyait que la voiture rouge était dans un autre chemin, mais c'était sans doute une autre. Il n'a plus sa tête : les arbres, les clairières, tout lui semble hostile. S'asseoir sur le siège avant lui fait du bien. Rouler lui fait du bien.

A Saint-André-de-Cubzac, l'assassin s'arrête devant une quincaillerie pour acheter une pelle. Comme la foule des vacanciers se presse sur le trottoir, il n'ose pas ouvrir le coffre et pose la pelle sur la banquette arrière, d'un air dégagé. Une heure plus tard, il quitte la nationale pour gagner Lacanau et, de là, sur une petite route, les dunes, vers un endroit qu'il connaît bien et qui a toutes chances d'être désert, même au mois d'août. Il roule un instant à travers les pins et s'arrête. Personne. Il monte sur la dune : personne sinon, au loin, quelques groupes de baigneurs sur l'immense plage qui, de Bordeaux, s'étend presque jusqu'à la frontière espagnole. Il redescend de la dune. Avec le vent, ses traces auront vite disparu. Il sort la pelle et contourne la voiture jusqu'à la malle arrière, l'ouvre et se sent pris de vertige. La malle arrière est vide.

Lundi, 19 heures : le doux, blond et charmant Pierre-Jean Labrousse attend patiemment dans la file des voitures stationnées devant le poste frontière de Saint-Sébastien, côté espagnol. Il écoute la radio. Pierre-Jean Labrousse, ingénieur aux arsenaux de Saint-Nazaire, parti de très bonne heure samedi matin, est descendu passer le week-end avec sa femme et ses enfants, en vacances près de Saint-Sébastien, où sa belle-famille possède une villa. Il n'en a d'ailleurs pas bougé. Il est tout le temps resté sur la plage avec les enfants. Voiture après voiture, la file avance. Pierre-Jean Labrousse aperçoit déjà les douaniers. Il pense deux choses à la fois lorsqu'il s'arrête devant le poste frontière : première chose : « Tiens, aujourd'hui les douaniers font du zèle » ; deuxième chose : « y a quelque chose qui pue dans cette voiture. » Puis il tend ses papiers au garde-frontière qui les lui rend sans même y jeter un regard. Pierre-Jean Labrousse roule quelques mètres et s'arrête lorsque le douanier se penche à la vitre ouverte :

« Vous n'avez rien à déclarer ? »

Le douanier ne semble pas se satisfaire de sa réponse négative. Il se penche un peu plus et regarde l'intérieur de la voiture :

« Voulez-vous ouvrir votre malle arrière, s'il vous plaît ? »

Pierre-Jean Labrousse soupire après le temps perdu. Il a envie de leur dire : « Ouvrez-la vous-même, elle n'est pas fermée. » Mais il vaut mieux être poli avec ces gens-là, il passe si souvent la frontière. Alors il sort, contourne la voiture, suivi par le douanier. Il appuie distraitement sur le poussoir de la serrure et, en regardant autour de lui, d'un petit coup de poignet, il aide le couvercle à se soulever. Sitôt le couvercle levé, il s'apprête déjà à le refermer, le sachant vide, mais il voit le douanier devenir raide comme un piquet et suit son regard. Il a instantanément la même réaction que le douanier. L'ahurissement, puis la stupeur, puis la peur, puis le dégoût le prennent à la gorge lorsqu'il devine dans le coffre un gros paquet de chiffons verdâtres, puis des jambes, des bras et, luisant dans le faisceau de la lampe électrique que vient d'allumer le douanier, une chevelure brune. Pierre-Jean Labrousse et le douanier se regardent pendant au moins cinq secondes sans rien dire. C'est long cinq secondes, et une odeur atroce s'élève de la malle arrière. Puis Pierre-Jean Labrousse dit bêtement :

« Qu'est-ce qu'elle fait là ? »

Quant au douanier, qui a compris plus vite, il répond d'une voix étranglée :

« Elle est morte ! »

Quelques secondes encore, et un rassemblement s'est formé autour de la voiture. A tout hasard, le garde-frontière a sorti son revolver et surveille Pierre-Jean Labrousse en criant aux badauds :

« Allez-vous-en. Montez dans vos voitures. »

Puis il monte en même temps que l'ingénieur dans sa voiture, tandis que celui-ci effectue sa manœuvre, et complètement hébété accroche au passage l'aile d'un poids lourd. Il a les mains moites et les yeux hors de la tête. Pendant qu'on appelle l'hôpital de Saint-Sébastien, les douaniers ont sorti une civière pour y allonger le corps de la jeune femme. Là, à la lumière des lampadaires, le visage apparaît tuméfié, taché de sang. Pour le doux blond et charmant Pierre-Jean Labrousse, le cauchemar a commencé. Une ambulance arrive, puis le docteur, puis la police de Saint-Sébastien. On photographie le cadavre. On l'interroge. Et il se sent fautif et maladroit de n'avoir à dire que :

« Je vous assure que je ne sais pas qui c'est ! Je ne la connais pas. Je n'y comprends rien.

– Comment voulez-vous qu'on vous croie ! Personne ne peut croire une histoire pareille ! A moins que vous n'ayez laissé votre voiture quelque part. Mais inutile de mentir, ça sera facile à vérifier.

– Y a rien à vérifier. Ma voiture est restée dans le garage de la villa depuis samedi. Je l'ai sortie il y a tout juste une heure pour venir ici.

– Pourtant c'est bien votre voiture ?

– Oui, c'est ma voiture. Évidemment que c'est ma voiture ! »

Pierre-Jean Labrousse, harcelé par la police, par le conducteur du poids lourd qui veut faire un constat, est au bord de la crise de nerfs. Évidemment, il ne se souvient pas d'avoir ouvert la malle arrière pendant ce week-end. La dernière fois où il se souvient l'avoir fait, c'est samedi vers 5 heures du matin, lorsqu'il a quitté Saint-Nazaire. Depuis, pas un instant il n'a laissé sa voiture seule, sinon dans le garage. Et samedi matin, lorsqu'il s'est arrêté dix minutes pour se dégourdir les jambes, dans un bois, le long de la nationale 10. Mais il s'est arrêté si peu de temps dans cette clairière ! D'ailleurs, les policiers n'y croient pas.

« Vous auriez promené un cadavre dans votre malle arrière pendant trois jours ? Sans vous en apercevoir !... Allons donc ! »

Il est clair pour tout le monde que Pierre-Jean Labrousse tentait de passer la frontière au culot, avec ce cadavre. Un crime commis en Espagne et un cadavre en France, cela brouille les pistes. L'ingénieur est en prison avant d'avoir réalisé sa situation. Sa voiture est en fourrière, le cadavre à la morgue, et l'enquête commence.

Par INTERPOL, rien de neuf. Pierre-Jean Labrousse est inconnu des fichiers. De même que le cadavre d'une femme de trente ans, yeux verts et cheveux noirs. C'est alors qu'une vieille dame se présente à la police de Bordeaux pour tout simplifier et tout compliquer en même temps. La vieille dame vient signaler la disparition de sa fille Inès Elvaro, divorcée et mère de deux enfants. Inès devait passer le week-end à Bordeaux avec son ami Fernand-René de Petitpré, couturier modéliste. Ni l'un ni l'autre n'ont donné de nouvelles depuis jeudi. La disparue étant de nationalité espagnole, INTERPOL rapproche le signalement du cadavre trouvé en Espagne de celui d'Inès. L'identification définitive permet simplement de constater le lien existant entre Fernand-René de Petitpré et Inès Elvaro. Leur couple semblait aller pour le mieux, ils attendaient un appartement, et leur voyage à Bordeaux s'annonçait dans le meilleur climat possible. C'est donc au cours de ce voyage qu'ils ont disparu tous les deux.

Cela dit, Pierre-Jean Labrousse est bien loin d'être tiré d'affaire. Ce n'est pas parce que sa femme ne lui connaissait pas de liaison qu'il n'en avait pas : il peut avoir été l'amant d'Inès et l'avoir tuée par jalousie voyant qu'elle faisait sa vie avec Fernand-René de Petitpré. L'ennui c'est que personne ne voit pourquoi il aurait trimbalé son cadavre en Espagne. Il peut aussi les avoir rencontrés sur la nationale 10, alors qu'ils descendaient vers Bordeaux et lui vers l'Espagne, et avoir, là, commis un crime sadique. Ceci n'explique toujours pas pourquoi il aurait, trois jours durant, promené le cadavre dans sa malle arrière.

De toutes les hypothèses échafaudées par la police espagnole, aucune n'est vraiment satisfaisante, mais le cadavre est là. Certes, les marques sur le cou ne correspondent guère aux mains du doux, mince et charmant Pierre-Jean Labrousse, mais le cadavre était bien dans sa malle arrière, et il ne donne aucune explication valable. Il suffirait que la police espagnole échafaude enfin une hypothèse acceptable pour que le malheureux soit expédié en cour d'assises.

Vendredi 11 août 1960. Un homme chauve, au visage carré, quarante ans, les traits burinés, les vêtements bien coupés, mais froissés et la cravate défaite, attend dans l'antichambre d'un psychiatre parisien. Le psychiatre s'efface pour laisser entrer dans son cabinet son ami Fernand-René de Petitpré qui se laisse tomber pesamment dans son fauteuil. Au passage, le médecin a remarqué que l'état moral de Fernand-René de Petitpré rejaillit maintenant sur son apparence physique. Cette vie désordonnée qui l'a finalement écarté de sa famille, de sa femme et de ses enfants, ce complexe de culpabilité, cette indécision chronique qui lui ont fait rater sa vie, l'amenant petit à petit à boire et à se bourrer de tranquillisants, tout cela pouvait être facilement soigné il y a quelques années, maintenant cela devient difficile.

« Alors, Fernand, ça marche, ton nouveau travail ?

– Non. J'ai été licencié il y a quinze jours.

– Depuis le temps que je te demande de te faire soigner.

– Il est trop tard.

– Il n'est jamais trop tard, dit machinalement le psychiatre qui commence son numéro de psychiatre.

– Si. Cette fois il est vraiment trop tard... J'ai tué Inès. »

Le psychiatre dévisage son ami. D'abord incrédule, il comprend maintenant que l'autre dit la vérité.

« Mon Dieu ! dit-il. Pourquoi ? Comment ?

– Samedi dernier, en descendant à Bordeaux. »

Et Fernand-René se tait. Il est avachi, écroulé, les yeux vides, il transpire.

« Enfin, tu n'as pas pu faire une chose pareille !

– Si. Je l'ai étranglée. »

Incrédule, le psychiatre jauge son ami. Il a manifestement la force d'étrangler une femme.

« Mais pourquoi ? Elle t'aimait, tu l'aimais, pourquoi ?

– A quoi bon. Je l'ai fait. C'est tout.

– Mais non "c'est pas tout" ! Il faut me dire pourquoi. On va te demander pourquoi !

– J'ai eu une sorte de révolte. Je sais bien que tout ce qui arrive est de ma faute. Mais pendant un moment, j'ai eu l'impression que c'était de sa faute à elle, et il a fallu que je la tue, c'était plus fort que moi. »

Le psychiatre veut bien le croire. Maintenant il le croit. Alors il demande :

« Mais où est-elle ? Qu'est-ce que tu as fait de son corps ? »

Et Fernand-René de Petitpré répond :

« Je ne sais pas. J'ai voulu la mettre dans la malle arrière pour aller l'enterrer. J'étais tellement fou, hors de moi, que j'ai dû me tromper de voiture. Je l'ai mise dans une autre. Une voiture bleue comme la mienne. »

C'est le psychiatre qui conduit, quelques instants plus tard, Fernand-René de Petitpré à la police, qui prévient INTERPOL. Et le doux, blond et charmant ingénieur Pierre-Jean Labrousse sort de prison le jour même avec le sentiment d'avoir vécu, entre parenthèses, cinq journées affreuses et absurdes. Cinq journées pour un homme comme Labrousse. Toute une vie pour un homme comme Petitpré.

UN HOMME DE NULLE PART

Le commissaire Viaud, de Marseille, a dans son bureau un homme traqué par INTERPOL depuis vingt-cinq ans. Il a quarante-cinq ans, il est maigre comme un coup de trique, modestement mais proprement vêtu d'un pantalon et d'une veste de couleur, de style, d'époque et de taille différents. Le col de sa chemise largement ouvert a été retourné. Il porte les cheveux gris en brosse. Il est 7 heures du soir et manifestement ses yeux font un effort d'accommodation pour distinguer le policier qui entre dans la pénombre du bureau. Il devrait porter des lunettes. Le policier est l'un des responsables du secrétariat général d'INTERPOL à Paris, descendu à Marseille pour interroger cet homme. Il s'appelle Jean Primo. Le commissaire Viaud croyait avoir affaire à un simple interdit de séjour en France. L'homme était sous le coup d'un mandat d'expulsion. Mais son histoire n'est pas si simple, et il a fallu prévenir INTERPOL.

Le commissaire d'INTERPOL regarde cet homme fatigué, qui a l'air las d'avoir à expliquer son histoire à nouveau.

« Vous n'avez pas l'air enchanté de me raconter vos problèmes ?

– Je l'ai fait si souvent pour rien.

– Si vous voulez que je vous aide, il le faut bien.

– Vous ne pouvez pas m'aider.

– Vous n'en savez rien.

– Si. D'autres que vous ont essayé. Des présidents, des rois, des dictateurs.

– Ce qu'un grand chef ne peut pas faire, un petit policier, parfois, peut le réussir. Allez-y, je vous écoute. Je ne vous poserai que les questions essentielles. »

Jean Primo parle alors d'une voix grave, assez chantante, dans laquelle on reconnaît au passage tous les accents du monde. Et c'est une histoire fabuleuse qu'il raconte :

Le 7 octobre 1907, les sœurs de Saint-Vincent-de-Paul à Istanbul recueillent un nouveau-né, de parents inconnus, qu'elles baptisent Jean Primo, sans doute parce qu'il s'agit du premier bébé d'origine latine qu'on leur confie cette année-là. Jusqu'en 1922, le jeune Jean est élevé dans la religion catholique et selon l'éducation française. Mais un beau jour, en flânant sur le port, il ne peut résister à l'appel de l'aventure. Elle se présente sous la forme d'un beau voilier où Jean embarque en qualité de mousse, à l'âge de quinze ans. Il commence alors à bourlinguer dans les ports de la Méditerranée orientale. Puis il trouve à s'enrôler comme novice à bord d'un cargo. Peu après, il naviguera sur un paquebot en qualité de matelot. En 1925, il fait escale à Marseille, où le consulat de Turquie, auquel il s'adresse pour avoir des papiers, lui délivre une carte d'identité turque.

« Pourquoi turque ? demande le policier.

– J'étais bien obligé d'accepter cette nationalité. La direction de l'orphelinat qui m'avait recueilli ayant refusé de me délivrer des papiers, sous prétexte que j'avais quitté l'établissement avant ma majorité. Il restait que j'étais né à Istanbul. La Turquie était le seul pays qui pouvait me donner des papiers. »

L'homme soupire à cette évocation. Elevé à la

française par les bonnes sœurs d'Istanbul, Jean Primo aurait préféré acquérir la nationalité française. Le ministère des Affaires étrangères répond à sa demande que le plus simple, pour acquérir la qualité de Français, est de prendre un engagement de cinq ans à la Légion étrangère. Le voilà donc sous le képi blanc. Alors qu'il déteste les militaires. D'ailleurs il ressemble plus à un petit instituteur qu'à un légionnaire. Il ne le reste pas longtemps, à peine un an. Le 10 octobre 1926, le Conseil de réforme de Casablanca le renvoie à la vie civile. Jean Primo est paludéen, et il en souffre toujours. Le jeune homme retourne alors à Marseille par le premier bateau qui veut bien l'embarquer et entreprend des démarches pour sa naturalisation. Peine perdue. On le trimbale de bureau en bureau pendant plus d'un an. Pendant ce temps, il travaille sur les quais de La Joliette en qualité de docker. Après quoi, l'administration lui déclare tranquillement : « Impossible de vous naturaliser. Vous n'avez pas effectué la moitié de votre temps à la Légion. »

Découragé, et toujours turc, Jean Primo reprend le chemin des quais et des môles, où il continue à décharger les navires jusqu'au jour où un collègue lui cherche querelle. Pour un motif futile, il lui jette au visage une de ces injures qui laissent les Européens complètement froids, conscients de leur supériorité et fiers de leurs origines, mais qui ont le don d'exaspérer ces Méditerranéens déracinés : « Sale bâtard. » Le sang de Jean Primo ne fait qu'un tour, l'autre se retrouve à l'hôpital et lui à la police.

« Vous l'aviez blessé gravement ?

– Non. Mais j'ai quand même frappé trop fort. J'ai pris trois mois de prison avec expulsion du territoire français à vie ! Mon espoir d'être un jour citoyen français était dans l'eau. »

A sa sortie de prison, les autorités françaises donnent huit jours à Jean Primo pour franchir la frontière. Où aller ? En Turquie ? Au consulat, on lui répond que son rapatriement est impossible, étant donné qu'il n'est pas vraiment sujet turc. Le comble de l'absurde l'amène à la seule solution qu'il entrevoit : embarquer comme passager clandestin sur un cargo de la compagnie Paquet qui fait la ligne Marseille-Istanbul. Il se glisse à bord d'un bateau en partance et s'installe dans les soutes. Découvert en cours de route par un officier mécanicien, il est remis dès l'arrivée dans le premier port turc à la police locale qui, après l'avoir gardé un mois en prison, le renvoie en lui disant : « Vous ne pouvez ni vous réclamer de la Turquie ni résider ici du moment que vous avez été élevé par des religieuses catholiques qui vous ont fait baptiser. Ici la religion d'Etat est l'Islam. Vous repartirez donc pour Marseille par le premier courrier. Adressez-vous au Vatican. »

Un cargo de la compagnie Paquet devant appareiller quarante-huit heures plus tard, Jean Primo y est conduit par les policiers. « Bon voyage, monsieur Primo ! »

A son débarquement à Marseille, le malheureux est repris par la police des étrangers qui veille aux barrières du port. Il se voit condamné une fois de plus : un mois de prison pour infraction à l'arrêté d'expulsion.

Jusqu'en 1940, ce sont les mêmes tribulations. Primo sort d'une prison pour entrer dans une autre. Toutes les prisons de France l'accueillent, l'expulsent, l'accueillent à nouveau en une ronde infernale et cruelle. Jean Primo, fatigué par son récit, s'énerve un peu en s'adressant au policier.

« Alors, qu'est-ce que vous auriez fait à ma place ? Vous hésitez ? Vous, un Anglais, l'un des chefs d'INTERPOL, vous hésitez ! Alors, moi, sans nationalité et docker à Marseille, qu'est-ce que vous vouliez que je fasse, sinon une connerie ! J'ai décidé de partir pour les Etats-Unis. J'ai débarqué clandestinement, à New York, le 6 août 1940, et j'ai pris un nom américain. Je me suis fait appeler Douglas Griffith.

– Pourquoi Douglas Griffith ?

– C'est un nom que j'ai pris dans un polar américain que je lisais sur le bateau. Bref, je m'appelle Douglas Griffith, mais, comme je suis un clandestin et que je n'ai pas de papiers, je n'arrive pas à trouver un job convenable. Pour les gens comme moi, le seul refuge, c'est la faune interlope. Là on vit comme on peut, et pas toujours très honnêtement. Je décide d'aller dans l'Ouest, où je pourrais plus facilement prendre un départ. C'est là que je commets une faute énorme. Je pars avec des copains qui me laissent tomber, comme ça, crac, au milieu du Texas. Et je n'avais pas de quoi payer la suite du voyage. Alors je fais comme je l'avais vu faire si souvent autour de moi : je vole une voiture. Une demi-heure plus tard, je fonce sur le flic qui tentait de m'arrêter. Je croyais qu'il allait s'écarter, mais j'étais tombé sur un flic héroïque. Il ne bouge pas d'un centimètre, et il se retrouve derrière la voiture, la tête la première sur la route après avoir voltigé sur mon capot. J'avais tué un flic. Pour un nouveau départ, c'était le rêve. »

Jean Primo, à ce moment du récit, observe une pause. Il sait qu'il vient de faire un effet en avouant qu'il a tué un policier. Et il veut laisser le temps à l'autre policier de l'observer attentivement. Il attend la question, et elle arrive :

« Vous avez tué un policier américain et vous

êtes là ? Vous avez eu de la chance ! Comment avez-vous fait ?

– Vous devriez le savoir. C'est dans les dossiers d'INTERPOL.

– Je ne connais pas par cœur tous les dossiers.

– Eh bien, d'abord, les juges du Texas m'ont condamné à la prison à vie. Et puis, un jour, mon avocat, un grand type maigre avec une barbiche, est venu me trouver. Il m'a dit qu'il avait peut-être un moyen de me sortir de là. Devant la loi américaine j'avais commis, d'après lui, un crime plus grave encore que de tuer un flic. J'étais entré illégalement aux Etats-Unis. Tuer un flic, au Texas, c'est un crime qui est jugé par les tribunaux du Texas, point à la ligne. Mais entrer clandestinement aux Etats-Unis, c'est un crime qui relève directement de la justice fédérale. Et celle-ci a priorité absolue sur tout le reste. Il me conseille donc de me dénoncer moi-même, et c'est ce que je fais. J'écris à tout le monde, même au président Eisenhower. Et je braille partout que je suis un faux citoyen américain entré sans visa ni passeport. Eh bien, croyez-le, ça marche ! L'énorme machine administrative se met en branle. Les juges du Texas protestent. Rien à faire : c'est la loi. Je suis jugé pour franchissement clandestin de la frontière et condamné à l'expulsion du territoire des Etats-Unis. Imaginez un peu la tête des flics et des juges du Texas ! L'exécution de la sentence fédérale doit être appliquée avant la sentence des tribunaux du Texas. Je dois donc être expulsé d'abord, et emprisonné ensuite. On me sort donc de prison pour me conduire sur le premier bateau venu, en partance pour n'importe où. Je vous jure qu'avant de monter à bord je me suis à peine préoccupé de savoir où il allait ; j'avais tort.

– Où il allait, ce bateau ? demande le policier.

– A Hong Kong.
– Avec quelles escales ?
– Panama, Honolulu, Yokohama, Taipeh, Hong Kong.
– Je vois, dit le policier. Tous des pays affiliés à INTERPOL.
– Exactement. Le bureau d'INTERPOL de Washington avait consciencieusement prévenu le secrétariat général, et vos services avaient consciencieusement averti tous les bureaux d'NTERPOL sur la ligne. Comme de plus ces pays étaient tous, plus ou moins, inféodés aux Etats-Unis, je ne pouvais débarquer nulle part. »

Finalement, Jean Primo arrive à Hong Kong, où le bateau doit subir des réparations en cale sèche. Mais la police de Hong Kong ne veut rien savoir. Sitôt débarqué, il est conduit sur un petit navire, le *Taïloy*, qui traverse trois fois par jour la baie de Canton pour relier Hong Kong à Macao.

« Ils vous garderont peut-être là-bas, lui disent les policiers de Hong Kong. Ils ne sont pas difficiles. »

Lorsque le bateau quitte le port, Jean Primo se reprend à espérer. L'immensité liquide étincelle au soleil, de rocs et d'îlots. Les uns sont nus et sauvages, d'autres recouverts de buissons, de jungle ou de fleurs. Venant de tous les horizons, il y a des jonques par groupes, par grappes, par flottilles, qui dressent leur château arrière contre le ciel ou étalent leurs voilures le long des rives escarpées. Jean Primo se voit au paradis. Ce voyage est un répit magique dans le jeu de quilles où il mène une existence de chien.

Aménagé pour les loisirs d'une traversée d'agrément, le bateau est spacieux et frais, avec de vastes baies ouvrant sur les ponts. Des stewards chinois, vêtus de blanc, y servent boissons et nourritures diverses. Des Indiens mangent du curry lorsque Jean Primo pénètre dans le restaurant. Une famille chinoise boit du vin chaud. Des Anglais prennent du thé et des œufs au bacon. Toutes les tables sont occupées, sauf une. Il s'assoit et demande un verre d'eau. Buvant lentement, il recommence à regarder avec bonheur le paysage des vagues, des îles et des jonques, quand un homme corpulent et jovial, aux cheveux rouges et aux yeux clairs, lui demande la permission de s'asseoir en face de lui. Il commande un whisky sec, le boit d'un trait et se présente. Il est écossais de naissance, ingénieur de métier, extrême-oriental de vocation, et, finalement, commandant de ce navire.

« Vous buvez de l'eau ? demande-t-il à Jean Primo.

– Je n'ai pas le droit de boire autre chose. »

Alors, le brave homme lui commande un whisky et lui déclare :

« La police de Hong Kong m'a prévenu. Ils vous ont mené en bateau, jamais les gens de Macao ne vous autoriseront à débarquer. »

Mené en bateau, c'était vraiment le cas de le dire. Refoulé à Macao, voilà Jean Primo reparti, toujours sur le *Taïloy*, pour Hong Kong. Refoulé à Hong Kong, le voici de nouveau en route, toujours sur le *Taïloy*, pour Macao. Il n'a même pas le loisir de tenter autre chose. Il faut bien manger, et le commandant le nourrit gratis et lui offre un verre de temps en temps. Aux escales, Jean Primo est tout juste autorisé à faire donner un coup de téléphone ou à converser au pied de la passerelle avec le consul de Turquie ou le consul de France. Lesquels, bien entendu, sont totalement impuissants.

« Oh ! bien sûr, les touristes trouvent le parcours superbe et le bateau plaisant, déclare Jean Primo en serrant les dents. Mais je puis vous affirmer que les gens en service sur la ligne sont vite saturés de ces îlots et de ces barques chinoises. Et encore, ils ont à s'occuper. Et ils sont attendus d'un côté ou de l'autre de la baie par des familles, des camarades, des petites copines. Moi j'étais nuit et jour rivé, cloué, collé, englué au bateau. J'en ai connu chaque recoin, et je connais aussi chaque rocher, chaque arbre du rivage, chaque virage du trajet, jusqu'à l'écœurement.

Au quinzième voyage, le commandant donne à son passager un petit travail à bord pour justifier la nourriture gratuite. Au cinquantième voyage, tous les journaux de Hong Kong et de Macao parlent de Jean Primo. Au trois centième voyage, c'est la presse du monde entier qui parle de lui. Son histoire est connue partout : d'Amérique en Turquie et de France au Japon. Les plus hautes personnalités s'émeuvent enfin, mais il continue à faire Hong Kong-Macao, sur le *Taïloy*, trois fois par jour. Au cinq cent quarantième voyage, il n'en peut plus. Le commandant l'aide à s'embarquer sur une jonque de pêche qui lui permet de rallier clandestinement un navire portugais. Toujours clandestinement, le navire portugais le débarque à Marseille. A Marseille, où il pensait qu'on avait peut-être oublié son affaire, à Marseille, où les autorités s'aperçoivent qu'il fait l'objet d'un mandat d'expulsion. Voilà pourquoi Jean Primo, ce soir de 1958, dans les bureaux de la police, est las de raconter vingt-cinq ans d'aventures au superintendant d'INTERPOL. Et c'est sans y croire qu'il demande comme d'habitude depuis vingt-cinq ans :

« Alors, est-ce que vous pouvez quelque chose pour moi ? »

Cette fois, on a pu faire quelque chose pour lui. D'abord lui trouver un avocat du barreau niçois qui finit par obtenir les pièces officielles de l'orphelinat d'Istanbul. Ensuite, sur sa carte d'identité, on a rayé « nationalité turque » pour y inscrire la mention « apatride ». Ensuite, à l'occasion de Noël, le ministre de l'Intérieur français a laissé tomber une mesure de clémence : l'expulsion était rapportée. C'était un provisoire juste un peu moins provisoire que le reste.

Pendant un temps, Jean Primo fut donc provisoirement docker à Marseille comme il l'avait été vingt-cinq ans plus tôt. Vingt-cinq années pendant lesquelles la machine administrative internationale l'avait renvoyé de port en port comme une balle de caoutchouc. Puis il a disparu. Il doit avoir soixante-dix ans aujourd'hui. Nul ne sait ce qu'il est devenu. Prend-on sa retraite quelque part, quand on s'appelle Jean Primo ? Que tous ceux nés chez nous, à l'abri des cartes d'identité, des cartes de Sécurité sociale, des cartes d'autobus, des cartes de travail, des cartes de chômage, des cartes d'assurances, des cartes rouges, bleues, vertes, bariolées, de crédit, utiles ou inutiles... Que tous ceux-là pensent une seconde à Jean Primo. Il aura peut-être du mal à mourir quelque part, s'il est vrai que l'on meurt comme on a vécu.

TROIS MILLIARDS DANS LA NATURE

Dans la galerie d'Art moderne de Milan, il y a une ronde de nuit toutes les heures. Or, le 17 février 1975, le signal d'alarme se déclenche brusquement entre minuit et 1 heure. Après avoir vérifié qu'aucune toile ne manque, les gardiens constatent que le système d'alarme est détraqué : chaque fois qu'ils touchent à un interrupteur électrique, à un bouton de porte, bref à la moindre des choses, le système se déclenche. Ils sont donc obligés de l'arrêter. Or, cette panne du système d'alarme, c'est tout simplement l'idée originale et géniale d'un gang de malfaiteurs. Et, à la ronde suivante, les gardiens constatent que vingt-huit tableaux ont disparu.

Cette affaire, déjà colossale en raison de la qualité des œuvres volées, va prendre très vite un caractère très inhabituel. Les tableaux sont négociés une première fois par les compagnies d'assurances, la police servant d'intermédiaire. Récupérés dans l'appartement d'un malfaiteur connu, un dénommé Piccini, les tableaux réintègrent donc le musée.

Et puis, que se passe-t-il, la police refuse-t-elle de payer, ou bien ne paie-t-elle qu'une partie ? On ne le saura jamais ; ce qui est sûr, c'est que les voleurs ne sont pas contents. A telle enseigne que le

15 mai 1975, vers minuit, cinq malfaiteurs masqués et armés frappent à la porte du musée, immobilisent les gardiens, neutralisent le système d'alarme, entrent par une fenêtre et volent cette fois trente-sept tableaux ! Il y a là aussi bien des œuvres de Gauguin que de Jean-François Millet, des Boldini et des Corot, des Cézanne et des Renoir, des Van Gogh et des Pierre Bonnard, des Jongkind et des Sisley, des Modigliani, Vuillard, James Ensor, Boudin, Anton Mauve, Nittis, Fattori, Alfred de Dreux, Sylvestro Lega, Charles Emile Jacques, Wilhelm Leibl, Berthe Morisot. Le tout pour trois milliards.

Un vol de cette importance fait du bruit dans Landerneau, et, comme pour chaque vol d'œuvres d'art, INTERPOL est immédiatement informé, notamment en Allemagne, en Suisse et en Angleterre, où les œuvres volées s'écoulent le plus facilement. C'est donc quatre heures seulement après ce second vol qu'une diffusion radio est effectuée par le secrétariat général. C'est la diffusion classique : « Nous vous prions de participer activement aux recherches de ces tableaux en avisant services des douanes, salles des ventes, antiquaires, galeries et collectionneurs privés, musées et maisons de prêts sur gages. En cas de découverte ou de renseignements concernant cette affaire, prière d'aviser : Ufficio Centrale Italiano di Polizia Criminale Internazionale-INTERPOL , ainsi que l'O.I.P.C. INTERPOL, secrétariat général. »

En Allemagne, les photos des objets destinés à la vente aux enchères doivent être affichées. Or, le 24 juin 1975, le bureau d'INTERPOL à Wiesbaden avertit Rome que des photos de tableaux semblables à ceux volés au musée d'Art moderne sont affichées pour une vente aux enchères prévue à Francfort. Un inspecteur du bureau d'INTERPOL de

Rome, plus particulièrement chargé des affaires de faux-monnayeurs, contrebande, vols et trafics d'objets d'art, saute le jour même dans un avion. Il emporte un dossier épais : photos des trente-sept tableaux, comptes rendus d'écoutes téléphoniques entre la police et les ravisseurs lors des premières négociations et tous les renseignements qu'il a pu glaner dans la journée. C'est épais, mais, en réalité, c'est peu de chose.

L'inspecteur s'appelle Valentino. Il a trente-cinq ans lorsqu'il se lance dans cette aventure qui va être la première grosse affaire de sa vie. Et, lorsqu'il arrive à la police de Francfort, l'inspecteur Fritz Bochum, un grand gaillard rigolard et blond qui l'attendait avec impatience, le bouscule :

« Vite, nous avons rendez-vous chez Me Kruger. C'est lui qui met les tableaux en vente. C'est un avocat très connu ici. Il est spécialisé dans la défense des escrocs et des grands malfaiteurs. »

Voilà donc les deux inspecteurs, à la nuit tombée, reçus par un petit homme méfiant : l'avocat Me Kruger. Leur première question est directe :

« Maître, qui vous a chargé de vendre ces tableaux ?

– Je ne connais pas personnellement les propriétaires. Ils m'ont joint par téléphone.

– Les tableaux sont ici ?

– Non.

– Savez-vous où ils se trouvent ?

– Non. Je n'en ai pas la moindre idée... »

Valentino et Fritz sont autorisés par l'avocat à perquisitionner. Et, s'ils le font, c'est qu'il n'y a rien à trouver. Les deux hommes ont peu à peu le sentiment d'être deux souris observées par un gros chat. Un gros chat qui affirme avec désinvolture :

« Les propriétaires m'ont seulement fait parvenir, par courrier, les photos des tableaux à vendre, explique l'avocat en montrant à l'inspecteur Valentino l'album contenant les photos.

– Maître, ces photos représentent les œuvres volées au musée d'Art moderne de Milan.

– Je l'ignorais, dit le maître.

– De plus, ce ne sont pas les photos officielles du musée... Ce sont des Polaroïd... Elles ont sans doute été faites par les voleurs eux-mêmes...

– C'est possible, dit encore le maître.

– Donc, ou bien les voleurs sont en Allemagne, ou bien vous avez des contacts avec eux en Italie.

– Je vous affirme que je n'ai aucun contact direct avec eux.

– De toute façon, maître, nous allons vous demander de suspendre la vente de ces tableaux.

– Soit. »

L'avocat sort d'une boîte un cigare plus gros que lui, réfléchit et déclare :

« Je pense que les propriétaires...

– Pardon, maître, les voleurs.

– Peut-être. En tout cas, mes clients. Donc, si mes clients l'acceptent, je ne pense pas que vous puissiez vous opposer à ce que je négocie directement avec le musée d'Art moderne de Milan les formalités de restitution de ces œuvres ? »

Le chat a l'avantage. L'inspecteur Valentino et Fritz Bochum ne peuvent s'y opposer, mais ils sont furieux. L'avocat tient le bon bout : quand on dispose d'un tel butin, on ne peut tirer qu'avantage à en être le négociateur. Il est facile d'imaginer ce qu'il entend par « formalités » de restitution : de l'argent, beaucoup d'argent.

Le jour suivant, l'inspecteur Valentino et Fritz Bochum parviennent à convaincre les responsables à Rome et à Francfort qu'on ne peut pas se contenter de payer bêtement une rançon. Il faut trouver une autre solution. Eux se sont décidés à récupérer les tableaux coûte que coûte, à condition de trouver où ils sont cachés, bien entendu.

Me Kruger – le chat –, l'avocat, est suivi jour et nuit par Ursula. Ursula est une femme policier, belle et musclée, une sorte de walkyrie moderne, championne de karaté, dont la silhouette ne peut absolument pas le laisser deviner. En filant Me Kruger, Ursula le suit deux fois dans une pizzeria de la ville de Duisbourg, à quatre cents kilomètres de Francfort, où il se rend, apparemment sans motif. Mais les personnes qu'il y rencontre sont à leur tour filées et identifiées, notamment deux Italiens.

Le premier se nomme Benedetto. Un malfaiteur d'un type standard, moitié truand, moitié bourgeois. Il a épousé la sœur d'un célèbre gangster appelé Gianni. Comme il semblait facile d'écouler les tableaux en Allemagne et qu'il travaille généralement dans ce pays, il est possible qu'il ait été contacté spécialement pour cette affaire. Le second s'appelle Salvatore, c'est un vague cousin du même Gianni, jusqu'alors inconnu de la police et sans doute recruté lui aussi pour la circonstance. De là à conclure que le dénommé Gianni est dans l'affaire, il n'y a pas loin, car Gianni est un vrai truand, connu pour sa terrible tête de gangster froid et sa gâchette facile. L'enquête prenant tournure, Fritz Bochum décide alors de s'installer dans un hôtel de Duisbourg avec Ursula. Elle passera pour sa secrétaire, et ils pourront prendre leurs repas dans la fameuse pizzeria. Il s'y installe un lundi.

Leur technique d'approche est faite de petites phrases jetées çà et là au fil des jours. Elles sont destinées à tomber dans une oreille intéressée, bien entendu. Le lundi, ils se contentent d'annoncer le menu ; le mardi, ils demandent le même vin que la veille, histoire de se faire reconnaître ; le mercredi, le patron leur sourit. Et le samedi, c'est lui qui s'étonne :

« Bonsoir, messieurs-dames, on ne vous a pas vus ces jours-ci.

– Nous étions à une vente à Munich.

– Une vente aux enchères ?

– Oui.

– Et avec ça, ce sera tout ?

– Vous nous donnerez du parmesan, merci... »

Le mardi suivant, le couple de policiers amateurs d'art a l'air pressé. Ils s'excusent d'arriver tard, ils espèrent que le chef voudra bien les servir. Leurs mimiques sentent le retour de voyage. Le jeudi, ils jouent ceux qui repartent, et ont besoin d'être servis rapidement... Ursula glisse dans la conversation :

« Il faut que nous allions chercher un tableau à Zurich. »

Le vendredi et les jours suivants, ils ont gagné. Le patron les salue par un tonitruant :

« Ça marche, la peinture ? »

Au long des semaines, Fritz et Ursula, devenus des familiers de la pizzeria, précisent leur personnage : Fritz est le fils du propriétaire de la galerie Reinhardt, très importante et très connue à Francfort. Ursula est sa secrétaire – peut-être aussi sa maîtresse. Ils font des voyages fréquents à l'étranger pour ramener des tableaux. Chaque fois qu'ils passent à Duisbourg, ils aiment bien dîner dans cette pizzeria. Tant et si bien qu'un jour le dénommé Benedetto, assis à une table voisine, engage la conversation :

« Le patron du restaurant m'a dit que vous étiez dans le commerce des tableaux. C'est un bon commerce ?

– Excellent. Ce qui manque, ce ne sont pas les clients, mais plutôt les toiles. »

Ensuite il est très facile, de fil en aiguille, d'orienter la conversation sur les fameux tableaux de la galerie d'Art moderne, car toute la presse allemande en parle, depuis que la vente a été annoncée. D'un air suave, l'inspecteur fait une remarque :

« Tout le monde parle de ces tableaux, mais personne ne les a encore vus ici. C'est dommage, mon père et moi, nous avions des acquéreurs... »

Ce qui a le don de rendre pensif le nommé Benedetto.

« Ils doivent bien être quelque part, ces tableaux, murmure-t-il. Je suis sûr qu'en nouant certains contacts avec le milieu on pourrait se les procurer. Tout au moins quelques-uns...

– Vous pourriez faire ça ? demande Fritz, l'air excité.

– Oui... Mais vous ? Vous pourriez les vendre ?

– Evidemment, surtout mon père.

– On pourrait lui parler, à votre père ?

– Ce n'est pas utile. »

Mais Benedetto y tient. Alors il appelle la fameuse galerie Reinhardt et demande à parler à M. Reinhardt. Une voix répond :

« C'est moi-même.

– J'aurais voulu parler à votre fils... »

Benedetto se croit un petit malin, ou un grand truand.

« Fritz n'est pas là, répond le marchand de tableaux qui a été prévenu par la police. A l'heure qu'il est, il doit être à Duisbourg. »

Benedetto est rassuré, et Fritz peut demander à voir les tableaux. Ce n'est pas si simple, car Benedetto affirme qu'ils sont en Italie. Fritz propose de les soumettre à un « correspondant d'art » en Italie, mais Benedetto veut d'abord connaître ce correspondant ami. Et l'ami italien, c'est évidemment le commissaire Valentino. Il fait son apparition quelques jours plus tard dans la pizzeria de Duisbourg, prétendant s'occuper de négociations d'œuvres d'art pour le compte de la galerie Reinhardt. Il propose immédiatement d'aller en Italie examiner les tableaux.

« Pas encore, répond Benedetto. Choisissez au hasard deux tableaux dans la liste, je les ferai venir pour vous prouver que nous avons toute la collection. Mais, avant, je veux voir l'argent.

– Simplement le voir ?

– Simplement. »

Fritz et Valentino empruntent dans une banque l'équivalent d'un demi-milliard en deutschemark. au nom du ministère de l'Intérieur, couverts par la police d'assurances de la galerie d'Art moderne. Et c'est un nouveau rendez-vous à la pizzeria de Duisbourg avec Benedetto, auquel se sont joints pour la circonstance : Salvatore et le célèbre gangster Gianni dont le visage ne trahit jamais aucune émotion. Il est fidèle à son image et observe, avec la même froideur, les faux marchands et leur valise.

« Nous avons l'argent, dit Fritz en montrant la valise. Mais nous avons aussi des armes, alors pas de bêtises. »

Les gangsters se sentent définitivement en terrain connu. Ils se rendent dans les lavabos, où Fritz et Valentino ouvrent et referment très vite la valise, dès que les gangsters, éblouis, ont pu constater qu'elle contient bien un demi-milliard. Ils choisissent ensuite deux œuvres au hasard parmi les plus faciles à transporter ; *la Promenade en bord de mer*, d'Auguste Renoir, et *la Femme à la fleur jaune*, de Corot. Cette fois, c'est à Benedetto de jouer. Et de jouer sans aucune surveillance policière, car, pour retrouver la totalité des tableaux, il ne faut pas éveiller la méfiance du gang. C'est la partie la plus difficile à jouer.

1er août 1975, près de Milan : un homme, assassiné, brûle dans une BMW. INTERPOL Rome se renseigne : la voiture a été louée à Francfort. Il s'agit du dénommé Salvatore. On soupçonne qu'il vient d'être abattu par Gianni, le chef du gang qui a volé les trente-sept chefs-d'œuvre de la galerie d'Art moderne de Milan. Sans doute parce qu'il était partisan de négocier les toiles avec le musée et Gianni partisan de traiter avec la galerie Reinhardt de Francfort.

Septembre 1975 : dans le rapide Riviera Express, qui joint l'Allemagne et la Méditerranée, au passage de la douane suisse-allemande, à Fribourg, Benedetto, une serviette de cuir sur les genoux, tend ses papiers au contrôle. Mais le douanier avise, dans le filet, un grand rouleau.

« A qui est-ce ? »

Tout le monde le regarde, et personne ne bouge.

« A vous ? Non ? A vous ? Non plus ? A vous non plus ? Alors, ce paquet n'est à personne ? » conclut le douanier, qui l'emporte.

Tandis que Benedetto, furieux et impuissant, serre les dents, la douane suisse trouve dans le rouleau : *Le Voleur et l'Âne*, de Paul Cézanne, *Femme bretonne*, de Van Gogh, *Dans la bergerie* et *Coucher de soleil*, de Segantini, *Portrait de Mme Hessel*, d'Edouard Vuillard, *Vent et soleil*, de Sisley. Six toiles de perdues pour le gang. Lorsque, à l'arrivée, Benedetto tend sa serviette dans laquelle se trouvent : *La Jaune*, de Corot, Gianni, qui n'aime pas ce genre de bavures, lui expédie le plein chargeur d'un revolver.

Devant les « difficultés » de transport, Fritz et

Valentino soumettent leur idée au terrible Gianni : « La galerie Reinhardt pourrait emmener des toiles d'Allemagne à Rome pour y organiser une exposition. Il serait ainsi plus facile, au retour, de dissimuler les toiles volées à la galerie d'Art moderne. » Le gangster accepte, mais pour une partie seulement, et quelques jours plus tard il conduit lui-même les deux hommes d'INTERPOL à la cachette. Des voitures banalisées de la police italienne les suivent de très loin, se relayant pour ne pas être repérées, sur la route qui les conduit à cent quatre-vingts kilomètres de la capitale, vers le petit village de Foligno. C'est là que vit le père de Benedetto, un vieux menuisier de soixante-dix ans. Dans le hangar, Gianni soulève une planche : paraît un Modigliani. Une autre planche, et c'est un Millet. Une autre encore, et voici un Bonnard. Mais il n'y en a là qu'une vingtaine. Huit autres toiles sont cachées ailleurs, et le gangster refuse de dire où. Ce qui rend impossible toute intervention immédiate : s'emparer des toiles présentes déclencherait l'alerte dans le gang et les autres seraient perdues. Or Valentino et Fritz Bochum se sont juré d'avoir toutes les toiles. Mais plus le jeu traîne en longueur, plus il devient dangereux.

Octobre 1975 : Gianni prend sous son lit une valise contenant les huit toiles qui manquent et passe la frontière. La douane, prévenue par INTERPOL, n'intervient pas.

Quelques jours plus tard, à Duisbourg, Gianni reprend contact avec les deux hommes d'INTERPOL. Il est prêt à vendre les dix toiles qui sont maintenant en Allemagne. C'est le moment pour INTERPOL de tout récupérer d'un seul coup. Pour cela, il faut agir en même temps à Duisbourg, en Allemagne, et chez le menuisier de Foligno, en Italie.

Un matin, vers 8 heures, Fritz Bochum et sa

soi-disant secrétaire Ursula vont à l'hôtel prendre l'argent. De son côté, Gianni, deux revolvers dans sa ceinture, sort de sa chambre avec la valise contenant les dix toiles. Ils ont rendez-vous dans la Frederickstrasse, une rue isolée.

Tout a été réglé par téléphone. La voiture de Gianni s'arrête au numéro 45 et celle de Fritz Bochum et Valentino, soixante-dix mètres plus loin, au numéro 34. Un complice de Gianni, avec la valise, et Valentino, avec l'argent, doivent marcher l'un vers l'autre : comme dans les westerns. Mais personne ne sort de la voiture de Gianni. Comme les minutes passent, Valentino s'approche, les mains vides, et Gianni lui montre une tête dans une voiture en stationnement, qui lui paraît suspecte.

« Ce n'est pas une tête, c'est une têtière ! » remarque Valentino en éclatant de rire, soulagé.

C'est vrai. Et, pourtant il y a des policiers partout, mais ils sont invisibles. Ils sont sur les toits, derrière les fenêtres, et chaque geste est photographié. Alors que le gangster se fait du souci pour le haut d'un fauteuil de voiture !... Enfin, Gianni consent à ce que la cérémonie de l'échange ait lieu. Valentino retourne à la voiture de Fritz Bochum et en revient lentement avec l'argent à la main dans deux attachés-cases. Le complice de Gianni marche vers lui avec une valise de Renoir, de Sisley, de Van Gogh, de Gauguin, de Corot et de Millet.

Arrivés à dix mètres l'un de l'autre, Valentino relève son col. C'était le signal convenu avec la police, et dans un hurlement de sirènes cinquante policiers surgissent de partout. Gianni n'a même pas le temps de sortir ses revolvers. Au même instant, à trois mille kilomètres de là, cinquante policiers italiens s'engouffrent dans la menuiserie de Foligno...

Et c'est ainsi que sont récupérées, à la même minute, le même jour, les toiles de la galerie d'Art moderne de Milan. Trois milliards de chefs-d'œuvre se sont promenés pendant huit mois dans une nature dont le moins que l'on puisse dire, en lisant les journaux, c'est qu'elle n'est pas morte.

UN GANGSTER SENTANT SA FIN PROCHAINE

La maison a retenti de détonations épouvantables. Rien n'effraie autant que les détonations d'un fusil de chasse calibre 12 à canon scié. Rien qui fasse autant de bruit et à faible distance, autant de dégâts. Car les chevrotines, au lieu d'être guidées par la longueur du canon, sortent de là comme d'une escopette : c'est la mort en éventail. Tout est ravagé dans un angle de quatre-vingt-dix ou cent vingt degrés et tout est détruit jusqu'à une quinzaine de mètres. Le fusil n'a plus la même portée. Alors, celui qui tire dans une pièce avec des chevrotines dans un fusil à canon scié, en appuyant sur les deux détentes, fait à peu près les mêmes dégâts qu'une grenade ! Pour employer cette méthode, il faut être sanguinaire ou un truand de l'espèce qui mérite le moins d'excuses : c'est ce que pense, brièvement, le shérif de Carson City. Tout en se disant qu'un fusil à canon scié dans les mains d'un vieillard de quatre-vingt-deux ans ça n'est tout de même pas courant. Il pense tout cela très brièvement, le shérif de Carson City, dans le Nevada. Il n'a pas le temps de penser longtemps.

Il décroche son téléphone tranquillement, il ne s'attendait pas à cela :

« Venez vite ! Venez vite ! Mon père est devenu

fou ! Il s'est réfugié au premier étage avec un fusil à canon scié, et il tire dans tout l'appartement ! Vous entendez les détonations dans le téléphone ? Allô ! Venez vite ! Nous n'osons pas sortir, il nous canarde par la fenêtre ! Je laisse la porte d'entrée ouverte ! Vous nous trouverez dans la cave ! »

Avant que le téléphone soit raccroché, le shérif de Carson City entend deux autres détonations dans l'écouteur. Manifestement, chez les Davidson, c'est l'enfer. Qu'est-il arrivé au vieux Davidson ? A quatre-vingt-deux ans !

Tandis qu'il fait hurler sa sirène et brûle les feux rouges, le shérif se demande ce qu'il va faire. C'est que l'affaire est délicate : depuis au moins trente ans, le vieux Willy Davidson est l'une des personnalités les plus en vue de la capitale du Nevada. Il a fait fortune dans l'hôtellerie et dans les transports. Lorsqu'on dit les « Davidson », cela peut vouloir dire deux choses : ou bien les motels de luxe, dans le désert, avec télévision et réfrigérateur dans toutes les chambres ; ou bien les autocars Davidson, climatisés, qui font traverser le désert du Nevada aux touristes comme dans un rêve. Davidson, c'est une fortune colossale. Mais il paraît que le vieux Davidson a reperdu beaucoup d'argent, récemment, en voulant se lancer dans l'élevage du bétail ! A quatre-vingt-deux ans, et en 1969, il a voulu refaire la conquête de l'Ouest, et ça n'a pas marché.

Le shérif réfléchit à tout cela et roule à tombeau ouvert en direction de la propriété des Davidson. Apparemment, le vieux est en train de tout démolir chez lui avec un fusil à canon scié. Mais il peut tout casser chez lui à condition de ne pas tuer son fils, sa belle-fille et son petit-fils !

Le portail de la propriété est grand ouvert. C'est une propriété splendide, où l'on imagine mal un vieillard de quatre-vingt-deux ans tirant dans les coins. La voiture du shérif est obligée de ralentir sur le gravier des allées et dans les virages qui contournent des massifs de pins. La maison est imposante, de style colonial américain, avec perron et péristyle, tout l'attirail architectural sudiste. On se croirait dans le Mississippi ou l'Alabama. Rien ne manque. Même pas le rocking-chair sous la véranda. Le vieux Davidson a reconstitué le décor d'*Autant en emporte le vent*, mais en plein Nevada !

Le shérif, qui vient à peine de claquer sa portière, a juste le temps de s'accroupir : une pluie de morceaux de verre s'abat sur le toit et le capot de sa voiture, avec aussi, probablement, quelques chevrotines. Une magnifique porte-fenêtre au premier étage vole en éclats. Le shérif se précipite à l'abri du perron, plonge littéralement dans l'entrée du rez-de-chaussée et se retrouve dans un vaste hall. Le véritable hall de la maison de Scarlett O'Hara, avec le double escalier en volutes qui mène au premier étage. Comme si le vieux avait racheté les décors du film aux studios de Hollywood.

Le fils Davidson qui a téléphoné au shérif n'est pas là pour l'accueillir : il est sûrement réfugié dans la cave, avec sa femme et leur enfant de huit ans : le petit-fils du vieux. Le voilà qui tire encore de là-haut. Deux détonations coup sur coup ! Aucune erreur possible, c'est bien du fusil à canon scié ! Aucune arme normale ne fait un bruit pareil, et il doit tirer dans le parquet, car le plafond s'est lézardé et le lustre en cristal a tremblé. Il est vraiment devenu fou.

Pour le shérif, c'est une très sale affaire, car, quoi qu'il décide de faire, il sera critiqué. Le vieux Davidson a déjà donné des milliers de dollars aux œuvres de la police, aux associations d'étudiants, au service social de la ville, à l'église luthérienne, à l'église baptiste, au club de football. Davidson, c'est le genre de bonhomme qui dîne chez le gouverneur et qui fait plus ou moins les élections. Alors le shérif se dit : « Je ne vais tout de même pas essayer de le désarmer ! Je ne peux pas non plus lui tirer dessus. Après tout, aucune vie n'est en danger. Je n'ai qu'à m'assurer que la famille est dans la cave, après quoi il arrivera bien un moment où le vieux manquera de munitions ! »

Cinq minutes plus tard, le shérif a trouvé la porte de la cave. Et il crie : « N'ayez pas peur ! C'est moi ! »

Le fils du vieux Davidson ouvre enfin la porte : Robert Davidson, trente-deux ans. En principe, il dirige les affaires du père. Sa femme Virginia, vingt-sept ans, est derrière lui en robe de chambre. Le petit Wallace, huit ans, est en pyjama. Ils ont tous trois l'air affolés. Le shérif demande :

« Que s'est-il passé ? »

Robert Davidson explique : son père n'a jamais eu un caractère facile. C'est un violent, un autoritaire. Avec l'âge, ça ne s'est pas arrangé, au contraire. Il n'a pas digéré, à quatre-vingt-deux ans, de perdre de l'argent dans le bétail après avoir réussi dans l'hôtellerie. Il prétend que c'est la faute de son fils, ou de sa belle-fille, qui le rend idiot. Alors que c'est lui, en fait, qui veut continuer à tout diriger et fait des bêtises, car il est trop vieux. Depuis qu'il est veuf, il ne supporte plus la vie de famille, et il est devenu un vieillard inquiétant. On ne reconnaît plus le William Davidson respecté de tout le monde. Il est devenu un autre homme.

D'une vieille malle au grenier, dont il avait toujours caché la clé, il a sorti un vieux fusil de chasse de calibre 12 à canon scié ! Une arme de gangster ! Et, depuis un mois ou deux, il se promène avec ça dans l'appartement. Il dort avec. Les cartouches de chevrotines sont en permanence dans les poches de son pyjama et de sa robe de chambre. Au point que les domestiques ont peur. Les Davidson n'ont pas voulu, jusqu'à présent, appeler le shérif. Mais ce matin, au petit déjeuner, pour une histoire idiote, la situation a éclaté. Le vieillard a dit qu'il serait temps d'envoyer son petit-fils en pension. Le petit-fils, qui était en train d'avaler son porridge, a dit :

« Je ne veux pas aller en pension ! »

Le vieux Davidson a rétorqué :

« Tu feras ce que je te dirai ! »

Et sa belle-fille a osé dire :

« Il fera ce que sa mère et son père lui diront ! Vous pouvez peut-être dire au gouverneur ce qu'il a à faire, mais pas à moi en ce qui concerne mon enfant ! »

Qui aurait dit qu'un vieillard de quatre-vingt-deux ans puisse encore avoir autant de sang affluant au visage : le vieux Davidson est devenu violet. Ses yeux ont pris une expression jamais vue. Il s'est levé, il est remonté au premier étage, et il est ressorti avec le fusil à canon scié. Ils n'ont eu que le temps de fermer une porte et de téléphoner au shérif ! La porte a volé en éclats ! Affolés, ils se sont réfugiés dans la cave. Depuis, le vieillard tire sur tout ce qui l'entoure. Il devait avoir une caisse de cartouches. Trois heures plus tard, les détonations ayant cessé depuis un bon moment, le shérif se risque prudemment à pénétrer au premier étage par la porte fracassée. Le spectacle est effrayant : plus une glace, plus un objet qui tienne debout. Plus de porte-fenêtre, et le plafond est une passoire.

Au milieu de cette désolation, un rocking-chair :

dans le rocking-chair, un ronflement. Le vieux Davidson, une fois sa terrible colère apaisée, a fini par s'endormir. Sa tête aux cheveux blancs dodeline, ses mains noueuses tiennent encore le fusil à double canon scié en travers de ses genoux.

Le shérif s'approche, à pas de loup, évitant de faire craquer les plâtras et les morceaux de verre. Il est à un mètre, et il tend la main, quand le vieillard ouvre un œil, et puis l'autre. D'un geste incroyablement vif pour un homme de son âge, il braque les deux canons courts en direction de l'estomac du shérif et dit d'une voix très calme :

« Vous croyez que je suis retombé en enfance ? Vous avez raison, shérif ! Seulement je vais vous dire une chose : vous voyez cette moitié de fusil ? Eh bien, quand j'étais dans l'enfance, avec ça et de la chevrotine double zéro, j'ai fait deux moitiés de shérif et deux moitiés d'adjoint ! A deux mètres de distance. Et vous êtes à un mètre. Alors ? »

Alors le shérif de Carson City ne bouge plus. Il se demande tout d'un coup qui est exactement le richissime bienfaiteur de l'Etat de Nevada et lève les mains, la sueur au front. Le terrible vieillard, dans son rocking-chair, ordonne tout d'un coup :

« Reculez, asseyez-vous sur le lit ! Attention aux morceaux de verre de l'armoire à glace ! Je ne vous veux pas de mal, shérif. A condition que vous n'essayiez pas de m'arrêter. Je suis très coléreux ! Et je ne supporte pas qu'on me contrarie ! A présent, écoutez-moi. Je vais vous raconter ma jeunesse ! »

Le vieux Davidson parle d'une voix lente mais ferme. Il dit :

« Vous voyez ce double canon ? Il y a longtemps qu'il a été scié ! Exactement quarante-six ans. On ne faisait pas de fusils automatiques à l'époque. Mais peu de gens savent qu'avec deux cartouches de chevrotines tirées en éventail on peut faire autant de dégâts qu'avec une mitraillette ! Et en moins de temps ! C'est pourquoi je vous conseille, shérif, de ne pas faire un mouvement. Jusqu'à ce que j'aie fini. Et j'espère que vous n'avez pas demandé de renfort, sinon vous seriez le premier à y passer ! Vous avez déjà essayé de forcer une bête sauvage dans son trou ? Un simple rat ? Il devient fou furieux ! Eh bien, shérif, c'est exactement ce qui m'arrive. Je suis forcé dans ma tanière, à quatre-vingt-deux ans, comme un vieux rat. Et savez-vous pourquoi ? Parce que je suis ruiné. Mon imbécile de fils et mon imbécile de belle-fille n'ont pas encore compris cela. J'ai voulu recommencer quelque chose, or c'est ridicule un vieillard qui entreprend ! Il ne peut faire que ce qu'il a appris. Il est incapable d'innover ! J'ai voulu me lancer dans le bétail, vous le savez... Ce que vous savez moins, c'est que la viande est devenue si chère, aux Etats-Unis, que les gens n'en achètent plus ! Les écologistes recommandent le bifteck aux herbes ! Les hippies ridiculisent l'image même du cow-boy et du bœuf ! Je ne comprends rien à cette époque, shérif. J'ai voulu refaire l'épopée des troupeaux, à l'époque de, comment s'appelle-t-il celui-là ? Bob Dylan ! C'est ça. Résultat : je n'ai plus un dollar, shérif. Plus un dollar à moi ! Vous avez compris ? C'est pour ça que je casse la baraque ! Je m'en balance complètement ! Elle n'est plus à moi. »

A l'écoute de ce long discours, le shérif de Carson City a ouvert de grands yeux. Toujours assis sur le lit dévasté par les chevrotines, face à ce vieillard qui la semaine dernière était encore l'invité à dîner du sénateur de l'Etat, alors que lui n'était même pas admis dans la cuisine, il n'en revient pas.

Le vieillard est tassé dans son rocking-chair, le

fusil à canon scié fermement braqué. Le shérif essaie de réfléchir très vite.

« Cet homme ne supporte pas d'être ruiné à quatre-vingt-deux ans, après avoir été respecté de tout le monde. Il faut donc que je lui parle avec respect ! Il n'est pas ce vieillard devenu fou furieux ! Il est M. William Léonard Davidson ! Et je ne suis qu'un petit shérif miteux ! C'est comme ça qu'il faut que je lui parle ! C'est comme ça qu'il va se détendre et finir par lâcher cet abominable fusil avec ses abominables canons sciés à vingt centimètres de la culasse, qui me flanquent une abominable frousse ! »

Surmontant sa peur, le shérif réussit à dire d'une voix calme :

« Monsieur Davidson, que vous soyez ruiné, pour les gens de cette ville, ça ne change rien. Vous êtes toujours le symbole de la réussite. Et voyez-vous, j'ai beau être shérif, je pense que je ferais comme vous : plutôt que de laisser tout ce que j'ai gagné aux fichus créanciers, je crois que je démolirais tout ! A commencer par cette fichue baraque ! Je veux dire : cette magnifique maison, que vous avez gagnée à force de travail. »

Le shérif avale sa salive et ajoute, après un silence :

« Vous voyez, monsieur Davidson, que je vous comprends. Maintenant on pourrait peut-être discuter sans ce double canon entre nous ! Vous voyez bien que je n'ai pas pris mon arme pour venir discuter avec une notabilité comme vous ! Voulez-vous que j'appelle le gouverneur, ou le sénateur ? Ce sont vos amis ! Ils vous aideront. »

Tout en parlant, le shérif, héroïquement, fait mine de se lever du lit dévasté. Et il croit mourir ! Car une pluie de plâtre, tombée du plafond, s'abat sur lui en même temps que retentit un vacarme épouvantable. Le vieux Davidson a tiré au plafond. Une seule cartouche de chevrotines double zéro. Presque dans le même geste, il rabat le calibre 12 en direction du shérif : il a voulu, en tirant dans le plafond, lui interdire de bouger, et maintenant il le menace avec la seule cartouche qui lui reste.

Mais c'en est trop pour le shérif : la déflagration a provoqué chez lui une telle peur qu'elle s'est transformée en colère. Une colère terrible contre ce vieillard qui lui a fait peur. Depuis son lit, il plonge vers le rocking-chair, à plat ventre. Il en saisit les bois recourbés, qui permettent de se balancer, et les soulève en mettant toute sa force !

Surpris par ce plongeon au moment où il rabattait le fusil, le vieux Davidson tire en appuyant sur la deuxième détente : un dernier éventail de chevrotines double zéro ravage la pièce ! Mais le shérif avait déjà plongé. C'est avec une véritable rage qu'il projette le rocking-chair en arrière. Le vieux William Léonard Davidson est propulsé avec son fauteuil, et son crâne aux cheveux blancs fait un drôle de bruit en atterrissant sur le plancher. Un bruit définitif.

Le shérif se redresse, titubant, assourdi par les deux déflagrations, et redescend au rez-de-chaussée téléphoner à tout le monde : à ses adjoints, à l'attorney général, au maire !

« Venez vite, j'ai tué M. Davidson ! Je n'ai pas pu faire autrement ! »

Il se voit déjà, le malheureux shérif, condamné, ou du moins perdant sa place : le malheureux shérif qui n'a pas su garder son sang-froid devant un vieillard, un notable respecté !

C'est au moment d'enterrer le vieux Davidson que l'on s'est préoccupé de son identité et que l'on a découvert plusieurs choses : il ne s'est jamais appelé Davidson. Il s'appelle Léonard Frisco. Il y a quarante-six ans, en 1923, il a assassiné deux shérifs, avec ce vieux fusil à canons sciés qu'il gardait dans une malle. Arrêté, il s'est enfui de la prison de Tucson, dans l'Arizona, et il est passé au Mexique. Depuis la création d'INTERPOL, on le recherchait dans tout le territoire mexicain et les pays d'Amérique du Sud. Mais il avait réussi à repasser aux Etats-Unis sous l'identité de William Léonard Davidson. Et en quarante-huit ans il était parvenu à faire fortune dans le Nevada, à s'y marier, à y devenir un notable, ami des plus grandes personnalités. Il n'avait pas supporté, à quatre-vingt-deux ans, de reperdre sa fortune en se lançant dans le bétail. Il s'était trop habitué à sa nouvelle personnalité de patriarche, style *Autant en emporte le vent*, qui a droit de regard sur tout. Fils, belle-fille, petit-fils, terres, fortune, shérif. Redevenir Léonard Frisco, le raté, était au-dessus de ses forces. Et à quatre-vingt-deux ans, il en avait encore. Il avait même eu le temps de rédiger un testament diabolique à l'intention de ses héritiers.

« Estimant que l'argent n'est la propriété que de celui qui l'a gagné, j'interdis à mon fils ou petit-fils de toucher à ma fortune avant d'en avoir gagné autant.

Je lui conseille d'autre part de ne jamais croire mon notaire qui affirmera que j'étais ruiné. Même s'il en a la preuve, il ne sait pas, et personne ne sait, où est ma fortune. Elle ne sera visible que si mes héritiers arrivent à l'égaler. »

Léonard Frisco Davidson était non seulement un gangster, non seulement un homme d'affaires, non seulement un vieux malin de quatre-vingt-deux ans... C'était aussi un philosophe.

CORRUPTION DE FAMILLE

Le téléphone sonne vers 23 heures dans un bureau de la police à Milan en 1956.

« Je viens de tuer mon père, dit une voix masculine au bout du fil.

– Qui êtes-vous ?

– Je m'appelle Sergio Della Fano.

– Votre adresse ? »

La voix est celle d'un jeune homme : sourde, avec une respiration difficile. Le garçon est sans doute en proie à une terrible émotion. Le policier note l'adresse sur un bloc. Et le car de police s'y élance aussitôt, sirène hurlante.

Au cinquième étage d'un grand appartement de la via Napoleone, un jeune homme en bras de chemise attend, il est assez pauvrement vêtu, grand, mince, les yeux cernés, le visage assez trouble, mais sympathique. Il doit avoir dix-neuf ans. Près de lui, une femme. La « bourgeoise » au visage carré, aux épaules élargies par un énorme manteau de fourrure. Un collier de perles fines repose sur un décolleté généreux. Elle vient paraît-il d'arriver, il y a cinq minutes à peine. C'est la mère, et l'épouse de la victime. La comtesse Della Fano. Elle fut sans doute jolie et le serait encore si la beauté n'avait reculé devant la graisse, laissant l'empâtement des traits souligner une ombre de vulgarité. Il y a aussi une petite fille, en pyjama, toute prête à devenir une jeune fille. Elle a treize ans.

« Retourne dans ta chambre ! » lui dit sa mère.

Enfin, allongé sur le tapis de son bureau, la victime, le père. Un homme de cinquante-quatre ans. Si l'on essuyait le sang de son visage, on découvrirait le masque de l'aristocrate déchu dont la veste de soirée défraîchie est un symbole misérable.

« C'est vous qui l'avez tué ? » demande le commissaire au jeune homme.

Incapable de parler, l'interpellé se contente de faire un signe affirmatif de la tête.

« Avec quoi ? »

Le jeune homme, pâle, montre le bureau.

« Avec ça ! » dit la mère.

Et elle désigne aussi sur le bureau une hachette sanglante.

« Racontez-moi ce qui s'est passé.

– Il n'a fait que se défendre, monsieur le commissaire ! »

La mère devait avoir un joli petit nez en trompette. C'est maintenant un pied de marmite qui rebique entre deux grosses joues. Un nez à se mêler de tout à tort et à travers. Le commissaire l'interrompt :

« Vous permettez, madame. J'interroge votre fils. C'est à lui de répondre. »

Avec l'émotion, la voix du jeune homme retrouve la fragilité instable de l'adolescence :

« Je me suis disputé avec mon père, il me traitait de... enfin il m'injuriait. Il m'a donné des coups de nerf de bœuf. Je me suis défendu. »

La mère ne peut s'empêcher de bondir au secours de son fils :

« Mon mari était ivre, monsieur le commissaire. Lorsque je suis partie pour aller en face, chez des amis, il avait déjà beaucoup bu. Comme presque tous les soirs. »

Le commissaire est un vieux de la vieille : petit, imperméable informe et sans couleur, pantalon en tire-bouchon et, pour couronner le tout, un béret enfoncé jusqu'aux yeux comme un bonnet de douche. Car, au-dehors, il pleut à torrents. Il ne quitte pas le fils des yeux, ignorant volontairement la mère.

« Et vous aviez cette hachette sous la main ?

– Oui. J'étais en train de fabriquer un landau pour ma petite sœur.

– Le nerf de bœuf, où il est ? »

A quelques pieds du cadavre, le jeune homme désigne un nerf de bœuf qui a roulé sur le tapis.

« Où vous a-t-il frappé ?

– Dans le dos.

– Vous pouvez me montrer ? »

Le jeune homme, gêné, retire sa chemise et montre son dos où le commissaire peut voir des zébrures rouges tout à fait caractéristiques. Là-dessus, le téléphone sonne sur le bureau du défunt comte. Et le commissaire écoute les renseignements que son service a réussi à réunir en peu de temps sur la victime.

Le comte Della Fano est l'héritier d'une authentique et vieille famille de la province de Pissaro. Il a été arrêté plusieurs fois pour conduite en état d'ivresse. C'est un alcoolique notoire. Quant à la comtesse, Marietta Ponti de son nom de jeune fille, c'est une ancienne prostituée, condamnée pour escroquerie il y a cinq ans. Elle avait fait passer une annonce disant qu'une Brésilienne riche de quatre cents millions voulait épouser un Italien. Il suffisait de lui envoyer trois cents francs pour les frais de correspondance. Evidemment, c'était elle la riche Brésilienne. Cette escroquerie a coûté sa place à son mari qui était jusque-là chef de service au ministère de la Reconstruction.

« Quelle famille ! » pense le commissaire qui raccroche et s'assoit dans un fauteuil.

La mère a jeté son manteau sur un fauteuil. Elle apparaît dans une robe de soie rose qui la boudine horriblement. Le fils a remis sa chemise. Ils sont plantés devant le commissaire qui ressent quelque chose de bizarre entre ces deux êtres. Il a l'habitude. Quand on débouche comme ça dans un drame, il y a des sensations qu'il faut graver dans sa mémoire. Les mille détails de l'enquête risquent souvent de faire oublier ces impressions premières. Et l'impression du commissaire, c'est, qu'à des titres divers, ces deux êtres sont coupables.

Le policier profite de l'arrivée du médecin légiste et de l'armée des spécialistes pour s'enfermer avec le fils dans sa chambre. Il y a là, sur la table, des planches et une scie, quelques outils et des vis, et, tout à côté, le châssis d'un landau.

« Donc, vous étiez en train de fabriquer un landau pour votre sœur. Vous aimez votre sœur ?

– Beaucoup ! »

Cette affirmation pourrait passer pour gratuite s'il n'y avait justement ce landau. Ce n'est pas tellement amusant pour un garçon de fabriquer un landau. Donc, s'il fabriquait un landau, c'était vraiment pour faire plaisir à sa sœur. Il est bizarre qu'un jeune homme comme lui, apparemment sensible et certainement affectueux, tue son père à coups de hachette.

« Parlez-moi de votre père.

– Ce n'était pas vraiment mon père. Mon vrai père, c'est mon oncle.

– Le frère du comte Della Fano ?

– Oui.

– Comment le savez-vous ?

– C'est ma mère qui me l'a dit.
– Et votre sœur ?
– Ah ! elle, c'est bien sa fille.
– Vous avez d'autres frères et sœurs ?
– Oui. Un frère.
– Où est-il ?
– A l'Assistance publique. »

Le commissaire a retiré son béret. Assis sur le lit, il fait asseoir le jeune homme à côté de lui. Puis, jouant au bon papa, au père que ce gamin n'a sans doute jamais eu, il lui fait vider son sac, avec adresse.

Le père légal, le comte Della Fano, était un singulier guide pour un enfant. Il avait, alternativement, d'étranges abandons envers son fils et d'étranges rudesses.

« Ta mère est une putain, lui disait-il parfois. Je l'ai prise dans une maison. »

Et d'autres fois il frappait l'enfant sauvagement, le faisant mettre à genoux, les bras en croix pour le cravacher jusqu'à ce qu'il tombe à demi évanoui. Il buvait, ce père. Et quand il était ivre, il était brutal. Quelle famille, et quel milieu pour ce grand garçon qui paraît rêveur, doux et timide. « Paresseux », « menteur », « hypocrite », c'étaient les moindres épithètes qui s'abattaient sur lui en même temps que les coups de lanière. Il arrivait même parfois que ce père officiel, grand fonctionnaire instruit, très bon juriste, catholique et de vieille noblesse, s'abaissât jusqu'à le traiter de « lopette », de « tapette ». Il savait bien pourtant que la jeune couturière dont son fils était amoureux avait été littéralement balayée par la jalousie maternelle. De chagrin, le fils avait tenté de se donner la mort. Parfois, le père enfermait son garçon dans un placard et l'y laissait des heures. Parfois, il le contraignait à rester dehors, sur le balcon, sous la pluie et torse nu.

Tous ces détails d'une torture lente et méthodique rendent le crime logique de la part du jeune homme. Le commissaire a cependant retenu quelques points sur lesquels il désire confronter mère et fils, en commençant par la reconstitution du crime.

Le bureau a retrouvé son calme maintenant que le médecin légiste est reparti avec l'armée des spécialistes. A la place du cadavre du comte, un dessin à la craie sur le tapis. Le commissaire s'adresse au jeune homme :

« Vous allez me mimer la scène. La scène entière depuis l'instant où vous êtes entré dans le bureau jusqu'au moment où vous avez appelé la police. Allez-y. Prenez la hachette sur le bureau et sortez en refermant la porte. Vous, madame, vous restez là. »

La porte du bureau étant fermée, le commissaire attend quelques instants, puis il crie :

« Allez-y ! Entrez ! »

La porte s'ouvre. Le malheureux grand dadais apparaît, un peu ridicule, sa hachette à la main. Il tremble de tous ses membres, et le commissaire lui trouve un air triste, l'air d'un pauvre gosse. Il le secoue pourtant :

« Allez ! »

Pendant trois minutes, le jeune homme va et vient, dans le bureau, gauchement, mimant sans aucun talent de comédien la scène tragique et quêtant malgré lui l'acquiescement de sa mère. Chacun de ses regards semble demander : « C'est ça ?... C'est bien ça ?... Je ne me trompe pas ? » Lorsque enfin, estimant avoir fini, il vient au téléphone et s'y accroche comme à une bouée, le commissaire abandonne son air de bon papa conciliant. Il devient dur, autoritaire, presque méchant.

« Ça va ! Vous vous êtes assez moqué de moi ! Il est impossible que les choses se soient passées comme ça. D'abord, je ne crois pas que vous ayez frappé comme vous venez de me le montrer, sinon vous n'auriez jamais atteint votre père à la tête. Ensuite, pas un instant vous ne lui avez tourné le dos. Alors, d'où viennent ces marques de nerf de bœuf ? »

Le jeune homme et la mère se regardent. Lui, comme s'il voulait s'excuser auprès d'elle. Elle, on la devine très en colère. Sans doute son fils n'a-t-il pas bien suivi les consignes qu'elle lui avait données. Alors, le commissaire décide de frapper un grand coup, de prendre un risque. Un risque grave, car ce garçon aura bientôt un avocat, et ce qu'il va dire maintenant peut lui être reproché. Tant pis. Il prend un temps et il ose :

« Nous sommes seuls tous les trois dans cette pièce. Sergio Della Fano, j'ai une question grave à vous poser. Mais avant de répondre, réfléchissez bien. Vous venez de commettre un crime. Fini le temps des mensonges. Tous les mensonges, passés et présents, se retourneront contre vous. Voici ma question. Je vous adjure d'y répondre : avez-vous eu des relations sexuelles avec votre mère ? »

La foudre serait tombée dans ce triste bureau au cinquième étage de la via Napoleone qu'elle n'y aurait pas fait plus d'effet que cette question. La mère, dans son décolleté rose, a pâli. Ses yeux lancent des éclairs. On n'entend plus que les bruits de la rue. Ils deviennent assourdissants, surtout le grincement du tramway, du premier tramway de la matinée, sans doute.

« C'est honteux ! s'écrie enfin la mère. Vous êtes

un monstre de poser une question pareille ! Ne réponds pas, Sergio, je te le défends ! »

L'enfant, lui, s'est voûté, affaissé. Son visage, subitement, semble s'être creusé. Ses yeux se sont cernés davantage.

« Madame, pour une fois, je vous demande de laisser votre fils libre de sa réponse. Et, pour une fois, je lui demande d'avoir le courage de se passer de votre avis. Oui ou non, Sergio Della Fano, avez-vous eu des relations sexuelles avec votre mère ?

– Oui, dit-il enfin d'une voix à peine audible. Une fois seulement. Elle a voulu recommencer en me disant de prendre certaines précautions. Je n'ai pas voulu. J'ai eu honte. J'avais seize ans.

– C'est faux ! hurle la comtesse, rouge et monstrueuse dans sa robe rose. C'est lui qui est un menteur ! C'est lui qui a voulu abuser de sa petite sœur alors qu'elle avait dix ans ! »

L'odieuse accusation passe la mesure. L'enfant se redresse :

« C'est abominable de dire ça ! J'adore ma petite sœur. »

Et il se met à sangloter. Il y a de quoi sangloter. Vivre dans ce milieu nauséabond, avec une mère pareille ne peut pas donner des nerfs solides. Mais le commissaire a sa réponse. Et il a son idée. Toutefois, cette conversation ne sera pas évoquée au cours du procès qui a lieu dix-huit mois plus tard. Le tribunal s'en tient en effet à la thèse de l'accusé, à savoir : la légitime défense. De surcroît, le jeune homme bénéficie de larges circonstances atténuantes : son éducation, l'alcoolisme de son père, l'immoralité de sa mère font qu'il n'est condamné qu'à huit années de prison. Quant à la comtesse, elle ressort libre comme elle y est entrée, pour emmener sa fille, qui bénéficie d'une partie de l'héritage, dépenser à Las Vegas, aux Etats-Unis, le peu de fortune qui reste dans la famille. Le petit commissaire au béret basque, qui n'a même pas été invité à témoigner au procès, va pourtant reprendre l'affaire d'une façon inattendue. Alors que Sergio croupit depuis deux années en prison, son compagnon de cellule, libéré, vient trouver le commissaire :

« C'est vraiment moche, ce qui arrive à ce gosse ! J'ai voulu l'aider parce qu'il me faisait pitié. Et il a fini par m'avouer la vérité. Avant le crime, il travaillait dans une ferme. Sa mère, pour le faire revenir à Milan, lui a envoyé un télégramme en lui disant qu'elle lui avait trouvé une situation. Bien entendu, c'était du bidon. Ce gosse était complètement subjugué par sa mère. Et c'est elle qui l'a poussé à tuer son père. C'est elle qui a tout organisé. Elle qui ne sortait jamais le soir, elle s'est fait inviter chez des amis dans la maison d'en face. Quand le bonhomme a été mort, son fils a allumé dans la salle à manger. C'était le signal convenu. Elle est arrivée comme une fleur. Après le crime, c'est elle qui a frappé son fils pour qu'on croie à la thèse de la légitime défense en lui expliquant que, de cette façon, il ne serait pas condamné. C'est elle qui a placé le nerf de bœuf près du cadavre. Jusqu'au procès, elle lui a écrit des lettres en l'appelant : « Mon chéri... Mon fils adoré », et lui répétant sans arrêt ce qu'il fallait dire, ce qu'il ne fallait pas dire. Lui jurant que ses avocats étaient très optimistes, qu'il s'en sortirait avec le sursis et tout et tout. Et puis, quand il a été condamné, fini, plus de nouvelles. Pas de visite. Pas une orange les jours de fête. Pas une lettre. Rien, quoi ! Et elle se pavane à Las Vegas. Une ordure, cette bonne femme. Ecoutez, commissaire, il est tellement écœuré, ce môme, et tellement malheureux qu'il faut réagir. »

Cette déclaration n'étonne évidemment pas le petit commissaire au béret basque, mais il n'y peut rien. D'autant plus qu'elle émane d'un compagnon de cellule.

« La chose est jugée. Et puis il a tué un homme après tout. On ne pourra pas refaire le procès.

– Oui, mais il y a la frangine. Il l'aime beaucoup. Elle va avoir seize ans. Et il se fait du mouron. Si elle reste avec sa mère, qu'est-ce qu'elle va devenir, cette môme ? Un frère à l'Assistance publique, lui en prison : pour la gamine, c'est le trottoir raide comme balle ! Alors moi, je crois qu'en insistant un peu vous pourriez l'amener à accuser sa mère, de façon qu'on lui retire la garde de sa frangine. Et puis zut ! il a le droit de se venger ! Qu'on lui laisse au moins ça ! »

Quelques jours plus tard, le commissaire parvient à rencontrer dans sa prison Sergio Della Fano. Le garçon est pitoyable. Il a conscience d'avoir été berné à un tel point qu'il se sent définitivement écrasé, amoindri. Et il s'attend à ce que sa sœur connaisse un sort à peu près semblable. Le commissaire parvient donc sans difficulté à le faire écrire au président du tribunal et au juge d'instruction une lettre dans laquelle il accuse sa mère. Mais il faudrait une preuve qui, venant s'ajouter à son témoignage, permettrait à coup sûr d'inculper la comtesse dans le meurtre de son mari.

« Elle a déjà voulu le tuer elle-même, révèle le jeune homme.

– Comment ça ?

– Un an plus tôt, elle a voulu l'asphyxier au gaz dans sa chambre. »

Quelques jours plus tard, le shérif Harry Seidler, envoyé par le bureau d'INTERPOL à Washington, interroge l'horrible comtesse. Toujours boudinée dans une robe à ramages jaunâtres, elle est répandue dans une chaise longue, au bord de la piscine de l'hôtel *Hilton* à Las Vegas. Lorsqu'il en arrive à l'accusation la plus grave, elle se récrie :

« C'est un affreux petit menteur ! Je n'aurais pas pu asphyxier mon mari dans sa chambre, il n'y a pas le gaz ! »

Sur cet argument, le shérif reste coi, et en désespoir de cause il appelle, via INTERPOL, le petit commissaire au béret basque qui, à neuf mille kilomètres de là, décroche son téléphone.

« Il n'y a pas de gaz dans la chambre ? Ça m'étonnerait que le garçon ait inventé une chose pareille. Restez auprès d'elle, je cours à la prison interroger le garçon. Je vous rappelle de là-bas. »

Une demi-heure plus tard, le commissaire, depuis la prison de Milan, appelle Las Vegas. Devant lui Sergio Della Fano, tout maigre dans son costume de prisonnier, les yeux cernés, dessine avec application un plan. Et le petit commissaire au béret basque d'expliquer :

« Elle s'est définitivement enfoncée ! Elle ment. Il y a eu le gaz dans la chambre de la victime juste un an avant son assassinat. Le comte l'a fait retirer lui-même lorsqu'il a failli mourir asphyxié. Le garçon est devant moi en train de m'en faire un plan. D'ailleurs, le plombier qui a défait l'installation me l'a confirmé. Le comte Della Fano lui a dit : « Comme ça, il ne reprendra pas à la comtesse l'envie de m'assassiner ! » Vous pouvez y aller, collègue... Et faites-moi plaisir, offrez-lui une chambre de luxe dans votre prison, en attendant que je la récupère. »

Arrêtée, extradée, la comtesse Marietta Della Fano, née Marietta Ponti, a été condamnée au maximum de la peine prévue pour complicité dans un meurtre. Mais le principal était de lui arracher sa fille, et de l'avis de tous il était temps.

TOUS LES PETITS GARÇONS SONT CURIEUX

Tous les petits garçons sont curieux. Le 26 août 1965, un petit garçon curieux de cinq ans trottine à quelques pas de sa mère, dans une rue d'Amsterdam, le long d'un canal où croupit une eau noirâtre. Soudain, l'enfant s'agenouille et se penche au bord du quai. La mère – qui le surveille du coin de l'œil – s'approche et aperçoit une valise métallique qui flotte entre deux eaux. Le premier réflexe de la mère est d'écarter l'enfant qui demande :

« Maman, qu'est-ce qu'il y a dedans ? »

La maman pense qu'il ne peut y avoir rien de bien intéressant dans une valise qui flotte, abandonnée, dans ce canal pollué, mais le petit garçon curieux n'est pas de cet avis.

« Maman, il faut regarder ce qu'il y a dedans ! »

Quelques instants plus tard, un passant bénévole saisit la valise métallique par la poignée et fait une grimace pour la sortir de l'eau car elle est lourde. Il la pose sur le quai et l'eau sale, en petits jets, s'écoule des serrures. La mère, l'enfant et le passant, bientôt rejoints par deux ou trois curieux, l'observent un instant.

« Alors, on l'ouvre ? » demande le petit garçon curieux.

Après avoir cherché d'un regard autour de lui l'assentiment général et l'ayant trouvé de fait, le passant fait jouer une serrure, puis l'autre. On entend deux petits clacs mouillés et le couvercle s'ouvre. C'est du bout des doigts, avec répulsion et même une certaine inquiétude, que le passant écarte le tissu qui apparaît. Pendant une ou deux secondes, chacun observe une forme blanchâtre : la maman du petit garçon pâlit et réprime un cri d'horreur. Les hommes ont un mouvement de recul et de dégoût. Seul le petit garçon curieux poursuit son idée :

« C'est quoi, ça, maman ? »

C'est de la peau. De la chair humaine, lavée depuis des jours par l'eau du canal. Ce n'est pas le genre de chose que l'on explique à un petit garçon curieux. Et la mère a marmonné, en tirant le gamin :

« Viens donc, ça ne te regarde pas. »

Sur la table d'opération du médecin légiste, on a posé la valise en aluminium pour en sortir le tronc d'un jeune homme. Selon toute apparence la peau est lisse. Mais la tête, les jambes, ainsi que les mains ont été coupées. On a peine à croire que ce genre de chose arrive, et pourtant. Quelqu'un a découpé ce jeune homme comme un vulgaire bestiau.

Le lendemain le commissaire Van Boot se cale dans son fauteuil et repose sur son bureau les photos du corps sans bras, sans jambes et sans tête qu'il vient d'examiner longuement. Devant lui, ses collaborateurs font la moue.

« Encore une affaire pourrie ! » dit l'un d'eux.

« Vous avez vu les journaux ? » dit un autre.

En effet, les journaux hollandais, et notamment le *Die Telegraph* d'Amsterdam, consacrent d'énormes manchettes à ce qu'ils appellent « la valise sanglante » et semblent mettre en doute les capacités de la police hollandaise à résoudre une telle énigme. Ils n'hésitent pas à publier la photo du commissaire, qui se découvre alors tel que le voient les journalistes : grand, maigre, usé, dans un costume fripé et démodé. Après un début de carrière éblouissant, le commissaire, qui végétait, va prendre sa retraite, fatigué de son métier. Pourtant, après quelques échecs cuisants, il ne serait pas mécontent de réussir cette dernière affaire difficile, presque impossible.

« Ils me prennent pour un imbécile ! grogne le commissaire Van Boot. Nous allons essayer de les détromper. »

Sans enthousiasme, l'un des policiers pose sur le bureau quelques pièces de monnaie.

« On a trouvé ça, glissé dans les morceaux d'étoffe qui enveloppaient le cadavre. C'est de la monnaie française. Que des petites pièces.

– C'est tout ?

– Non. La valise est de fabrication japonaise et, dans les vêtements, un morceau de slip masculin porte une marque en caractères japonais.

– A première vue, ce serait donc un Français ou un Japonais... mais si c'était un Japonais, ça devrait se voir, non ?

– C'est pas évident, commissaire. Le médecin légiste pense que l'homme ne devait pas mesurer plus de un mètre soixante, ce qui, à l'âge adulte, correspond plus à la taille d'un Japonais que d'un Français. Seulement la peau est blanchâtre. Ça aussi, ça ne prouve rien. On ne sait pas quel peut être l'effet, sur la couleur d'une chair morte, d'un bain prolongé dans une eau polluée. Et le toubib pense que le cadavre est dans la flotte depuis cinq ou six jours.

– Compris », murmure le commissaire.

Puis il se lève pour aller baisser le store car le soleil entre en plein dans son petit bureau. Avant de réfléchir, il y a la routine. Savoir si l'on a signalé récemment des disparitions suspectes, des notes d'hôtel impayées, une voiture couverte de poussière, stationnée depuis longtemps dans une rue d'Amsterdam. Le commissaire Van Boot décroche le téléphone.

« Non, commissaire. Aucune disparition de ressortissant français ou japonais n'a été signalée récemment en Hollande.

– Oui, commissaire. Une voiture française. Une Panhard rouge foncé, est abandonnée depuis un mois dans une rue d'Amsterdam... »

Une voiture française, alors, toujours la routine, il faut prévenir INTERPOL. En fin de journée, INTERPOL répond : « La voiture appartenait depuis trois mois à un maçon d'origine italienne, demeurant dans la petite ville française de Salon-de-Provence. Marié et père de plusieurs enfants, ce maçon a disparu de son domicile depuis un mois et demi en laissant quelques traites impayées. »

Le commissaire Van Boot, qui n'a pas quitté son bureau de la journée, se lève et rentre chez lui. Sa femme ne peut pas lui tirer un mot. Il regarde la télévision sans la voir. Sans arrêt, la même question lui revient à l'esprit : comment un maçon italien de Salon-de-Provence, qui a quitté sa femme et ses enfants, peut-il être retrouvé, coupé en morceaux, dans une valise flottant dans un canal d'Amsterdam ?

Le lendemain le commissaire Van Boot – qui a mis un costume léger car il fait une chaleur torride – s'assoit derrière son bureau. La même chaleur torride que lorsqu'il était commissaire en Guyane hollandaise. Dix ans à remettre de l'ordre dans ce pays. Et quand, enfin, il y a eu un peu d'ordre, on l'a prié d'aller se faire voir ailleurs, avec son paludisme et son ulcère à l'estomac. Une déception attend le commissaire.

« J'ai fait l'enquête sur le maçon italien de Salon-de-Provence, lui déclare un de ses collaborateurs. Il s'est embarqué le 12 août à bord d'un pétrolier norvégien.

– Donc, avant le crime. Et où allait ce pétrolier ?

– Je ne sais pas encore. C'est un rafiot qui fait de la navigation libre. »

Un autre policier vient au rapport.

« Peut-être une piste, commissaire. En lisant l'affaire dans un journal, un étudiant a déclaré que l'un de ses camarades japonais, âgé de vingt-sept ans, étudiant à l'université de Leyde, a disparu depuis six mois. On signale également qu'un ouvrier grec de vingt-cinq ans, qui travaille en Hollande, a disparu depuis une semaine... »

Le commissaire dépêche aussitôt un enquêteur auprès de l'étudiant et des familiers du marin grec. Puis il reçoit une femme d'environ quarante ans, modeste bourgeoise, très embarrassée de se trouver dans les locaux de la police.

« Voilà, monsieur le commissaire. Je crois que j'ai vu une tête qui flottait dans le canal.

– Quand ça ?

– Dimanche dernier.

– Pourquoi ne l'avez-vous pas signalé plus tôt ?

– Parce que, sur le moment, ça ne m'a pas frappée, monsieur le commissaire. Je n'ai pas compris que c'était une tête. C'était quelque chose de rond, enveloppé dans un sac en matière plastique. Et je me suis simplement dit : « Tiens, ça ressemble à une tête. » Et puis, lorsque j'ai lu l'histoire de la malle sanglante, j'y ai repensé, et je me suis dit que c'était peut-être vraiment une tête. »

Le commissaire Van Boot décroche le téléphone

pour demander à la voirie s'il est possible de draguer le canal.

« Allô ! commissaire Van Boot ?

– Lui-même. J'écoute...

– L'étudiant japonais de Leyde est parti sans laisser d'adresse, mais il a emmené ses bagages.

– Allô ! commissaire Van Boot ?... Je viens de voir une des petites amies de l'ouvrier grec. C'est intéressant. Elle m'a dit qu'elle avait remarqué qu'il portait des sous-vêtements de marque japonaise. »

Le commissaire hoche la tête. Bien sûr, il ne peut dédaigner aucune piste. Mais il ne peut pas non plus lancer ses limiers aux quatre coins du monde. Alors, il faut revenir à cette valise. Il y a sûrement autre chose à tirer de cette valise. Il faut essayer : remettre à plat les linges qu'on y a trouvés, reconstituer les vêtements, analyser les fibres. D'après la photo, il y a une doublure à cette valise. Il faut la démonter. Il faut photographier chaque centimètre de la peau de ce cadavre.

Le lendemain, 29 août 1965, le commissaire Van Boot promène sa longue et maigre silhouette de long en large dans les locaux du laboratoire de la police d'Amsterdam. Sur une table : la « valise » devant laquelle il passe et repasse. Deux employés du laboratoire s'efforcent d'en détacher minutieusement la doublure. Sur une autre table, des lambeaux de vêtements, à plat.

« Vous voyez, explique le chef du laboratoire, il y a là un maillot de sport et... ça... c'est une culotte courte d'athlète. Elle portait la marque d'un club. Malheureusement, il en manque trop pour qu'on puisse la reconnaître. »

Le commissaire se penche et les coupures du tissu lui paraissent bizarres.

« Qu'est-ce que c'est que ça ?

– Oui, c'est curieux, commissaire. Tous ces tissus ont été découpés avec des ciseaux cranteurs.

– Des ciseaux cranteurs ? C'est un outil de professionnel, ça ?

– Oui, et celui qui a été utilisé présente les caractéristiques des ciseaux avec lesquels on découpe les échantillons. Sans doute une marque japonaise. »

Immédiatement, un rapprochement s'impose à l'esprit du commissaire : la foire de la mode masculine de Cologne. Le cadavre pourrait être celui d'une personne ayant participé à cette manifestation commerciale. Il faut demander à la police allemande d'enquêter à Cologne et envoyer à Tokyo les vêtements qu'on vient de reconstituer. Le téléphone sonne.

« Allô ! commissaire Van Boot ? Le dernier navire japonais ayant touché Amsterdam est arrivé le 12 août et il en est reparti après une courte escale. Aucune disparition n'a été signalée à bord.

– Allô ! commissaire Van Boot ? A mon avis, il faut abandonner la piste du marin grec. Il recevait des lettres de Grèce deux ou trois fois par semaine et, depuis qu'il a disparu, aucun courrier ne lui est parvenu. Il faut croire qu'il a prévenu normalement de son changement de résidence. »

Tout d'un coup, l'un des employés qui désossaient la valise métallique pousse une exclamation de stupeur. Le commissaire se retourne pour le voir ramasser une carte de visite qui vient de tomber sur le sol.

« C'était dans la doublure, commissaire. »

Le commissaire lit : *Gérard Herman, 18, boulevard Beauséjour, Paris 16ᵉ...* Il y a même le téléphone.

« Attendez, commissaire, c'est pas tout. »

Et l'employé sort de la doublure un papier blanc,

portant la mention dactylographiée : *Inter-marché, 66, rue du Maréchal-Lyautey, Lomé, République du Togo*. Et la mention manuscrite : *M. Lachatre*.

Sur les bases de ces trouvailles, INTERPOL se déchaîne de l'archipel nippon jusqu'en Afrique, de Hollande jusqu'en France, en passant par l'Allemagne où vient de se tenir la foire de la mode masculine. Le fruit de toutes ces recherches aboutit dans ce petit bureau d'Amsterdam inondé de soleil, étouffant de chaleur, où le commissaire Van Boot ne quitte pas le téléphone.

« Allô ! commissaire Van Boot ? Je vous fais porter le rapport d'INTERPOL.

– Qu'est-ce qu'ils disent ?

– En gros, que les deux Français ont été retrouvés. Ils sont en vacances, l'un à Hendaye et l'autre dans les Landes. Ils sont au-dessus de tout soupçon.

– Ils se connaissent bien ?

– Non. Ils se connaissent à peine... L'un est le directeur d'Inter-marché à Lomé et l'autre dirige un groupement coopératif d'achats à Paris.

– Ils sont quand même en vacances tout près l'un de l'autre.

– Pure coïncidence, commissaire. Celui qui habite Lomé a été catégorique. Il a distribué beaucoup de cartes commerciales de sa société. Mais d'aussi loin qu'il s'en souvienne, il ne se voit pas remettre l'adresse de sa société, dactylographiée sur un papier. De plus, il n'a jamais mis les pieds en Hollande. Par contre, l'autre se rappelle très bien avoir remis, au mois de juin dernier, l'adresse dactylographiée de la société Inter-marché à un Japonais qui lui demandait l'adresse de clients africains éventuels. Et il se souvient que le Japonais en question y a ajouté, de sa main, le nom de la personne qu'il lui conseillait d'aller voir : M. Lachatre.

– Et d'où venait ce Japonais ?

– De la société Zawanishi, une firme de textiles à Tokyo.

– C'est tout ?

– Non, non. M. Gérard Herman et le policier français ont appelé la société Zawanishi qui a répondu que son représentant pour l'Afrique s'appelle Yakata Suzuki. Il a trente-deux ans. Les responsables de Zawanishi sont sans nouvelles de lui depuis quinze jours – ce qui n'a rien d'extraordinaire. Par contre, ils ont précisé que la Zawanishi remet à ses représentants, pour transporter leurs échantillons, des valises métalliques. D'autre part, Yakata Suzuki devait posséder une importante somme d'argent. »

Le 31 août 1965 est un dimanche, mais le commissaire Van Boot se rend tout de même à son bureau. Deux policiers japonais doivent arriver aujourd'hui de Tokyo car la victime vient d'être définitivement identifiée. Il s'agit bien de Yakata Suzuki, représentant pour l'Afrique d'une firme de textiles japonaise. Le directeur pour l'Europe de cette firme a confirmé que Yakata Suzuki devait se rendre à Lomé au Togo et qu'il devait posséder sur lui environ cinq mille dollars. Le malheureux laisse une femme enceinte et un enfant de trois ans.

Comme il faut essayer de battre le coupable de vitesse, le commissaire a donc demandé qu'on recherche trois personnes : d'abord un Japonais de vingt-six ans qui, ayant quitté Bruxelles le 5 juillet, n'y était pas revenu. Il vient d'être finalement retrouvé à Luxembourg où il travaille comme stagiaire à la haute autorité de la C.E.A. Depuis les locaux de la police luxembourgeoise, le commissaire entend une voix de jeune homme souriante et décontractée.

« Je vous remercie de m'appeler, dit le commissaire, mais je me serais contenté d'une déposition à la police luxembourgeoise.

– J'ignorais tout de cette affaire jusqu'à ce que mes collègues aient lu mon adresse dans les journaux, explique le jeune homme. J'ai préféré vous appeler directement.

– Où étiez-vous aux environs du 21 août 1965 ?

– A Luxembourg. Je n'ai pas quitté mon travail depuis le mois de juillet. J'ai d'ailleurs la confirmation écrite de mes supérieurs.

– Bien. Vous la remettrez à mes collègues de Luxembourg.

– C'est fait. Ils ont l'air satisfaits.

– Avant Bruxelles, où habitiez-vous ?

– Chez nous à Amsterdam. Mais depuis, je n'y ai pas remis les pieds. »

Le commissaire n'écoute plus le jeune homme. Il n'a d'yeux que pour la manchette du journal dominical d'Amsterdam qu'on vient de poser sur son bureau. Il lit : *Le cadavre de la malle sanglante est identifié. Voici le détail de l'enquête la plus internationale de l'année.*

C'est la catastrophe. A partir de cet instant, le coupable va se méfier et si l'un des deux autres Japonais dont il a demandé l'audition à Bruxelles ne vient pas, il y a des chances pour qu'il soit le coupable. Le commissaire fait donc prévenir immédiatement la police belge d'envoyer un inspecteur au domicile de chacun d'eux. En attendant, le commissaire relit pour la dixième fois le dernier rapport de l'enquête. Le 21 août, Yakata Suzuki a dû quitter son appartement de Bruxelles vers midi quinze. La porte de sa chambre a été fracturée quelques instants plus tard. On retrouve Yakata

Suzuki à Amsterdam vers 17 h 15. Il demande à une dame l'adresse d'une agence de voyages, en déclarant qu'il se trouve à Amsterdam depuis à peine une heure. On peut donc supposer qu'il est arrivé par le train de Bruxelles de 16 h 27. Il n'a pas sa fameuse valise métallique à la main. Peut-être l'a-t-il laissée à la consigne de la gare, peut-être a-t-il encore le ticket de consigne dans sa poche. On peut donc imaginer que le criminel, ayant su, à Bruxelles, qu'il possédait une forte somme d'argent, a voulu s'en emparer dans sa chambre. Découvrant qu'il était parti pour Amsterdam, il y est venu à son tour, probablement en voiture. Il l'a peut-être retrouvé aux environs de la gare, l'a tué. Pourquoi pas dans sa voiture ? Ayant trouvé sur lui le bulletin de consigne, il a été chercher la valise dans laquelle se trouvait peut-être l'argent, cette valise qui allait devenir le cercueil de Yakata Suzuki.

10 h 45. Téléphone :

« Allô ! commissaire Van Boot, ici Bruxelles. Le témoin n'est pas venu.

– Où est-il ? Vous ne l'avez pas fait suivre ? Il me faut sa voiture !

– Trop tard, il est mort.

– Comment ça ?

– Ce matin, il s'est endormi au volant de sa voiture, et il s'est écrasé contre la pile d'un pont. »

11 heures. Le commissaire attend maintenant un second compte rendu de la police belge qui devrait interroger un autre Japonais, un journaliste, l'unique ami de Yakata Suzuki, mais ami aussi de celui qui vient de s'écraser contre la pile d'un pont.

11 h 30. Téléphone :

« Allô ! commissaire Van Boot, ici Bruxelles. Votre second témoin n'est pas venu non plus. On l'a trouvé chez lui, mort d'une crise cardiaque. Mais on va creuser l'affaire. Au revoir, commissaire. »

La matinée du dimanche s'étire au rythme des coups de téléphone :

« Allô ! commissaire Van Boot ? Ici Bruxelles. Le compteur de la voiture qui s'est jetée contre la pile du pont marquait cent vingt kilomètres à l'heure. La vitesse permise à cet endroit n'est que de cinquante kilomètres à l'heure. Nous pensons qu'il s'agit d'un suicide.

– Allô ! commissaire Van Boot ? Ici Bruxelles. Le journaliste qui vient de mourir d'une crise cardiaque était en train d'écrire un article, à la demande de son journal, sur l'affaire de la malle sanglante d'Amsterdam.

– Qu'est-ce qu'il disait dans son article ?

– Rien. Il n'avait écrit encore que les cinq premières lignes.

Le commissaire a raccroché tristement le téléphone. Il voulait finir en beauté, c'est raté : l'enquête la plus internationale de l'année se termine en eau de boudin. Les deux témoins essentiels, et peut-être les coupables, ayant disparu, on n'en apprendra jamais plus, il le sait. Il avait vaguement pensé à une histoire d'espionnage industriel sur la haute couture masculine. On parle tellement de ces Japonais qui viennent photographier (clic clac) les modèles des autres, et retournent ensuite au Japon pour les fabriquer en série, trois fois moins cher que les Européens. Le commissaire Van Boot avait vaguement pensé à un règlement de compte entre espions japonais de firmes concurrentes. Le journaliste était peut-être au courant... C'est drôle de mourir d'une crise cardiaque en écrivant les cinq premières lignes d'un article sur une affaire qui le concernait, puisqu'il connaissait la victime. C'est drôle aussi cette histoire d'espionnage dans les chiffons et ce cadavre découpé au ciseau cranteur...

Et le commissaire Van Boot, qui avait vaguement pensé à tout ça, se dit tout à coup : « J'avais sûrement raison, mais j'étais bien bête d'espérer trouver des preuves, et finir ma carrière sur un triomphe. Les histoires d'espionnage, même en matière de chiffons, ne sont pas pour des gens comme moi. » S'étant marmonné cela, le commissaire Van Boot a refermé la porte de son bureau. Dans le fond les commissaires sont comme les petits garçons curieux, quand ils demandent : « C'est quoi, ça ? », il arrive qu'on leur réponde : « Ça ne te regarde pas. »

« ROUTINE CONNECTION » OU NOTRE INFORMATEUR À ISTANBUL

Il y a des hommes dont on ne voit jamais le visage, dont on ne sait jamais le nom. Des hommes qui mènent une existence en marge, contraints de se priver de femme et d'enfants, de pantoufles et de tranquillité. Ils vivent à l'hôtel, un jour ici, un jour ailleurs. Ils n'ont que des amis de rencontre et des relations de travail, et pour toute sécurité une arme légère et plate qui ne doit pas faire de bosse sous le costume. Ils sont de toutes nationalités, de tous âges, avec des caractères différents. Certains sont calmes et prudents. D'autres violents et instinctifs. Il y en a sûrement qui ont mal aux dents ou à l'estomac, qui ont des parents quelque part, un père, une mère, une sœur. On doit leur demander parfois :

« Alors qu'est-ce que tu deviens ? Toujours dans l'administration ?

– Toujours.

– Et ça marche ?

– La routine. »

Une drôle de routine. Une routine qui ne se traduit officiellement que par des rapports écrits à la police locale, transmis à INTERPOL, réduits en fiches bleues, vertes, ou marquées d'un point rouge.

Au 37 *bis*, rue Paul-Valéry à Paris, dans un petit hôtel particulier, domicile provisoire d'INTERPOL en 1956, le responsable du groupe « D » chargé du trafic de stupéfiants, examine une nouvelle demande de renseignements, concernant la zone 3 : Turquie. Depuis quelques semaines, les messages se multiplient en provenance d'Ankara où le chef de la police Kemal Aygun mène une enquête difficile. Une bande remarquablement organisée écoule des quantités faramineuses de morphine base. Il semble que le réseau soit constitué d'anciens repris de justice au Liban, en Syrie et en France. La morphine base convertie en héroïne, quelque part en Turquie, arrive enfin aux Etats-Unis par l'intermédiaire d'une toile d'araignée dont les ramifications se retrouvent dans une bonne dizaine de fichiers d'INTERPOL. Or voici que vient de surgir l'une des pattes de l'araignée elle-même : la demande d'Ankara avait pourtant l'air d'une bouteille à la mer.

« Urgent. Notre informateur à Istanbul a entendu parler d'un certain Mayi, âgé de vingt-cinq ans environ, domicilié à Izmir. Avez-vous quelque chose ? »

Au groupe « D » d'INTERPOL on a quelque chose : une autre fiche, qui concerne un certain Lazynek, grand fournisseur supposé de morphine base, déjà interpellé en Syrie, relâché, faute de preuves, en même temps qu'un certain Kemal Mayi, justement âgé de vingt-cinq ans. Ayant justement déclaré être domicilié à Izmir. Ankara tient le bon bout car ce Lazynek est sûrement l'une des pattes de l'araignée. Quant à ce Mayi, c'est probablement un sous-fifre, un minable, chargé des relations publiques, si l'on peut dire, en pareil cas. L'arrêter lui serait pire qu'inutile. Ce serait une gaffe. Il ne représente qu'un minuscule maillon, un fil de la toile d'araignée tendue entre la France, les Etats-Unis et la Turquie.

Le télégramme d'INTERPOL est sur la table du chef de la police d'Ankara, accompagné de deux photos : celles de Mayi et de Lazynek. « L'informateur » les observe minutieusement. Mayi a une tête de jeune frappe aux cils trop longs et au regard méchant. L'autre, l'informateur ne le connaît pas encore, mais c'est peut-être avec lui qu'il a rendez-vous demain. « Monsieur » Lazynek doit lui être présenté. Le chef de la police a sursauté.

« Demain ? C'est de la folie. Laissez-nous le temps de l'identifier, de le faire suivre.

– Et où croyez-vous qu'il vous mènera ? Nulle part ! Pour l'instant je suis officiellement un acheteur arabe. Mayi en est convaincu. C'est lui qui a organisé ce rendez-vous, et je dois faire vite. Je n'ai pas le temps de prendre des précautions pour savoir si oui ou non ce type est bien Lazynek. J'ai prétendu qu'il me fallait de la morphine base en grande quantité et d'urgence. C'est demain qu'on doit me donner une réponse. Et si ça marche, je dois traiter immédiatement, sinon ils se méfieront.

– D'accord, mais si ça marche, laissez-moi le temps d'organiser un piège pour la livraison !

– Impossible. Je leur demande trente kilos pour éviter une livraison en ville justement. Ils ne prendront pas le risque de transporter une quantité pareille, donc c'est moi qui en prendrai livraison et ça ne peut avoir lieu que dans leur laboratoire. C'est ce que nous voulons.

– Trente kilos, c'est de la folie ! Combien vous faut-il ?

– Douze mille dollars.

– Douze mille dollars ? Ça fait... ça fait soixante mille livres turques !

– C'est ça. Il faut que je les emporte avec moi

maintenant. J'ai rendez-vous demain soir à Izmir. La route est longue. Et si je tombe d'accord avec ce gangster je n'aurai pas le temps de revenir ici.

– D'accord, d'accord, je vous donne soixante mille livres turques.

– En billets usagés.

– En billets usagés, d'accord. Et si ça rate ? Je perds soixante mille livres turques !

– Exact. Mais ça ne peut pas rater.

– Pourquoi ?

– J'ai l'impression que ce Mayi, et ce Lazynek si c'est lui, et ça ne peut être que lui, sont des imbéciles. Pour moi, il n'y a pas longtemps qu'ils trafiquent sur un tel pied. Le premier contact a été relativement facile. Je n'ai eu qu'à raconter que j'avais une combine aux Etats-Unis, il a marché tout de suite.

– Et alors ?

– Alors, nous savons qu'ils trafiquent déjà avec les Etats-Unis. Des professionnels chevronnés ne prendraient pas le risque d'ouvrir un réseau parallèle sans demander des instructions. Ce type n'a pas eu le temps de le faire, et il est prêt à négocier. Donc c'est un imbécile, c'est peut-être ma chance.

– Et si c'était un piège ?

– Ce type n'a pas une tête à tendre des pièges. »

L'informateur a l'air sûr de lui. Mais de toute manière, il lui faut prendre le risque. C'est ça ou rien. Le chef de la police donne donc des instructions pour qu'on lui remette soixante mille livres turques à Istanbul, avec des hommes pour assurer sa sécurité. Le plan provisoirement accepté en attendant les détails du rendez-vous du lendemain entre l'informateur et le gangster est le suivant : l'informateur muni d'une valise contenant les soixante mille livres ira seul en voiture. Il sera suivi à bonne distance par une autre voiture banalisée, transportant quatre hommes. Deux policiers turcs et deux « spécialistes » américains. Il leur faudra intervenir au moment de l'échange. Le reste ne peut pas se prévoir. L'informateur prend donc le chemin de l'aventure. Elle commence mal.

Il est 5 heures du soir à Ankara. Il fait mauvais et il n'y a pas d'avion. Il prend donc le train de nuit jusqu'à Istanbul. Pour qui connaît les trains turcs, c'est là une expédition dont on se souvient. Ballotté dans un wagon de première classe, qui n'a de première classe que le numéro, l'informateur arrive à Istanbul à l'aube, les reins meurtris, pour se jeter dans un taxi. Il n'a que le temps de passer au quartier général de la police, prendre livraison de ses soixante mille livres turques, et repartir, toujours en train, jusqu'à Izmir, où il a rendez-vous dans un bar louche aux environs de minuit. Les taxis d'Istanbul sont encore pires que les trains. Ils rasent les voitures, freinent au dernier moment (quand ils freinent) et enguirlandent le monde entier sur leur passage. Transformé en sac de noix, affamé, avec une nuit de sommeil en retard, l'informateur galope dans les bureaux du quartier général de la police d'Istanbul, à la recherche de ses soixante mille livres turques. C'est ça, la routine. Ni palace, ni cabaret de luxe, ni poursuite en voitures américaines. Tout cela est réservé aux informateurs d'Hollywood en cinémascope. Mais lui, celui dont on ne doit donner ni le nom, ni décrire le visage, mange un sandwich dans un bureau de trois mètres sur deux. L'œil sur sa montre, pour ne pas rater le train d'Izmir, et trépignant contre les lenteurs de l'administration, qui a besoin d'une douzaine de signatures pour lui remettre douze mille dollars, soixante mille livres turques, six millions d'anciens francs : une misère pour des gangsters, une fortune pour la police turque. A présent, ils sont cinq, et une valise bourrée de billets, cahotés dans un nouveau taxi, dans un nouveau train. L'informateur et son commando mi-américain, mi-turc. Ils seront à Izmir le soir même, ils iront se cacher dans un hôtel de troisième ordre pour ne pas se faire repérer. L'informateur, avec cette fois deux nuits de sommeil en retard, l'estomac rétréci par les sandwiches, ira jouer le rôle d'acheteur de morphine base dans une boîte de nuit. Son rôle d'acheteur arabe travaillant pour les Américains. Ce qui suppose une légère transformation physique : tout dans le costume et la montre en or.

C'est donc un bar à Izmir, un bar bien caché dans les dédales du bazar qui longe le port. On y vit le jour et la nuit, on y vend et achète n'importe quoi à n'importe quel prix. Pourquoi pas de la morphine base ? Et pourquoi pas trente kilos ?

Mayi, la jeune frappe aux longs cils, le contact de l'informateur, le minuscule petit fil de la toile d'araignée est là. Accompagné cette fois d'une espèce de nain épais. Un coup d'œil suffit à l'informateur pour reconnaître Lazynek. Elle est là en chair et en os, la photo de la section « D » d'INTERPOL à Paris. Ce Lazynek est un modèle du genre. Il pue la combine louche à des kilomètres à la ronde. Chez lui tout est calcul et avidité : les petits yeux noirs, la bouche rentrée, le cou inexistant, les mains grasses et la voix prometteuse.

« C'est vous le gars dont m'a parlé Mayi ? Vous êtes toujours dans le coup ? »

L'informateur fait signe qu'il est toujours dans le coup.

« Vous voulez ça quand ?

– Demain.

– C'est court.

– Je suis pressé.

– Vous avez l'argent ?

– Je l'ai.
– Où ça ?
– Je l'aurai avec moi demain.
– Y a un voyage à faire, je vous préviens.
– Ça m'est égal.
– O.K. ! Rendez-vous à 6 heures du matin, derrière la forteresse de Kadife Kale. Sur le mont Pagos, vous connaissez ?
– Je connais. La route sera longue ?
– Assez. Dans la montagne, vers Illica.
– J'aurai ma voiture. »

Voilà, c'est fait. Le seul ennui, c'est que la route de montagne vers Illica interdit toute surveillance. N'importe quel véhicule se ferait immédiatement repérer sur ce trajet. L'informateur se charge de faire accepter à ses côtés la présence d'un garde du corps. Avec soixante mille livres turques, contre une cargaison de morphine base, rien de plus normal. N'importe quel malfrat accepterait cela. Mais le risque devient énorme. Comment se tirer d'une pareille situation à deux ? Comment embarquer les trente kilos de morphine sans remettre l'argent, et se sortir de là sains et saufs pour indiquer l'emplacement du laboratoire clandestin. Comment ? A l'inspiration.

6 heures du matin, derrière la forteresse de Kadife Kale, le 21 novembre 1955. Il fait gris. L'informateur et le sergent de police Pehli y retrouvent Mayi et Lazynek. Les deux gangsters regardent leur futur acheteur avec méfiance. Il n'avait pas prévenu qu'il emmènerait quelqu'un.

« Mon homme de confiance ; montre l'argent, Pehli. »

Le sergent Pehli, volontaire pour cette mission de routine, entrouvre la valise, le temps pour Lazynek de constater la présence des billets, puis la referme. Comme prévu, leur méfiance tombe : les quatre hommes s'engouffrent dans la voiture de l'informateur, une fourgonnette verte, sortie tout droit du garage de la police d'Izmir. Elle est verte, car on espérait ainsi mieux la repérer pour une filature éventuelle. Mais ce vert ne sert plus à grand-chose. Sinon à l'espoir. Le voyage se fait dans un silence méfiant. Après avoir quitté une route sinueuse, mais potable, la camionnette vire dans une piste de montagne où elle cahote péniblement à vingt kilomètres à l'heure. Le golfe de Smyrne en contrebas a disparu. La piste grimpe au milieu des paysages pelés du Taurus, rochers lunaires et cañons sinistres où roulent des torrents boueux. Les heures passent. Lazynek n'ouvre la bouche que pour guider le chauffeur, le sergent Pehli. La camionnette franchit un plateau de calcaire blanc et poudreux, où s'accrochent quelques hameaux aux maisons de brique sèche. Le soir tombe, et la route continue, dans le silence et l'aridité. Il est près de minuit lorsque Lazynek donne l'ordre de stopper. Tout est noir, et il faut bien lui faire confiance.

L'informateur et le sergent Pehli doivent désormais compter sur leur astuce et sur les armes légères dissimulées sous leurs chemises. D'un ton volontairement neutre, l'informateur s'adresse à son collègue :

« Fais demi-tour et remets la voiture dans l'autre sens, on chargera la camelote à l'arrière plus facilement. »

En réalité, c'est pour pouvoir partir précipitamment si besoin est. Mais Lazynek ne se méfie pas. Il descend même pour guider le chauffeur. A la lumière des phares, on aperçoit maintenant un bâtiment délabré, sorte d'école désaffectée. Le laboratoire. Le sergent Pehli reste au volant. L'informateur et les deux trafiquants se dirigent vers la maison. Sur le seuil, Lazynek s'immobilise et fait signe à Mayi d'aller chercher la marchandise. L'homme disparaît à l'intérieur du bâtiment. Les minutes s'écoulent, Lazynek sourit. L'informateur comprend pourquoi. Des ombres bougent alentour. Une lumière rouge clignote, à quelques centaines de mètres. Une autre lui répond, loin dans la montagne. Le laboratoire est bien surveillé. Mayi ressort, porteur d'une énorme valise, et Lazynek, toujours souriant, déclare :

« L'argent maintenant.

– Une minute, je veux vérifier la marchandise, allons jusqu'à la voiture. »

L'informateur a des fourmis dans la nuque, dans les jambes, et les mains glacées. Tandis qu'il se dirige vers la voiture suivi de Mayi, il discerne dans l'ombre une douzaine d'individus armés de fusils et de mitraillettes. Ils font un cercle à distance respectueuse et menaçante. Raide à son volant, le sergent Pehli ne bouge pas. Il garde les soixante mille livres. L'informateur prend place sur le siège arrière et entreprend calmement de vérifier la morphine. Réaction positive, elle n'est pas truquée. Il fait un signe de tête satisfait, ce qui a pour effet immédiat de resserrer autour de la voiture le cercle des hommes armés. L'un d'eux, barbu et sanglé d'une mitraillette, réclame l'argent d'un geste non équivoque. Toujours calme, l'informateur englobe la situation d'un coup d'œil. Lazynek, le chef, est resté sur le seuil du bâtiment à une centaine de mètres. Mayi par contre s'est assis dans la voiture à l'arrière tandis qu'il vérifiait la drogue. Les hommes armés entourent la voiture. Alors l'informateur annonce d'un ton serein au barbu à la mitraillette :

« Je vais remettre l'argent à ton chef. Ecarte-toi, je vais faire reculer la voiture. »

Et il se rassoit au côté de Mayi. Le sergent Pehli a compris. Sa nuque s'est légèrement raidie. Il va devoir démarrer en trombe, si les barbus armés ne se méfient pas. Et ils ne se méfient pas encore, puisque Mayi est dans la voiture. Ils amorcent un retrait pour faciliter la manœuvre, et en une seconde, le sergent Pehli démarre, droit devant lui ! Deux hommes tentent de lui barrer la route, des coups de feu éclatent, Lazynek hurle des ordres dans la nuit, et Mayi pique une crise de nerfs sur la banquette arrière. Mais le sergent Pehli fonce, tous phares allumés. La voiture dévale la piste, l'informateur tire au hasard pour protéger leur retraite, ajuste un coup de poing à Mayi en guise de calmant. La nuit leur est favorable. En une minute ils échappent au tir des mitraillettes.

Deux ou trois kilomètres plus bas, les deux fuyards se débarrassent de Mayi sur le bord du chemin, assommé mais vivant. L'informateur n'en a pas besoin. Il préfère pour l'instant laisser croire qu'il fait partie d'une bande rivale et non de la police. De cette façon les autres se méfieront moins et cela donnera le temps à la police de faire une descente officielle cette fois, dans le laboratoire clandestin, situé à Usak, un minuscule village de montagne.

Le lendemain à midi, dans les bureaux de la police d'Izmir, l'informateur remet les trente kilos de morphine base, et les soixante mille livres turques qu'il a eu la chance de ne pas dépenser. Le sergent Pehli fait un rapport, et un détachement d'hommes conduits par le chef de la police d'Izmir en personne reprennent immédiatement la route vers le laboratoire clandestin, armés jusqu'aux dents et en mission officielle cette fois.

C'est là qu'il faut bien parler d'un détail intéressant. Aussi comique que stupide.

La police d'Izmir, n'étant pas très riche en véhicules, reprend donc la même camionnette verte qui a servi à la première expédition. Et c'est le chef de la police qui y prend place. Or, sur la route du laboratoire clandestin, à cinq kilomètres d'Uzak, la camionnette verte est arrêtée par la police locale, et ses passagers contraints de descendre sous la menace. « Informée » par Lazynek de l'existence de deux gangsters arabes circulant en camionnette verte, la police locale prend carrément le chef de la police d'Izmir pour le gangster en question. Menottes, vérification des papiers que l'on croyait faux, palabres. Cette curieuse explication prend la journée. Et il devient évident que les trafiquants ont quelques relations sur le plan de la police locale.

Enfin le chef de la police d'Izmir, reconnu par un sien cousin des environs, peut reprendre sa mission. Mission au cours de laquelle il fait saisir soixante-quatre kilos de morphine, six cent quatre-vingts kilos d'opium, et tout le matériel chimique nécessaire à leur transformation en héroïne, à destination de la France, des Etats-Unis, de la Syrie et du Liban. Un réseau gigantesque, l'un des plus importants de la zone.

Il y eut bataille entre policiers et trafiquants, sept arrestations et un mort. Le fils de Lazynek, un gamin de dix-huit ans, drogué, fou, armé d'une mitraillette, tint le siège pendant deux heures avant de s'écrouler sous les balles des policiers qui donnaient l'assaut. Puis l'informateur s'est débarrassé de son costume de gangster arabe, il a cessé de teindre ses cheveux blonds, et repris son allure d'agent américain du Narcotic Bureau de Washington D.C...

Mais pour aller faire son rapport à Istanbul, il a

dû prendre le train jusqu'à Bandurma, puis le bateau jusqu'à Istanbul. Vingt-cinq heures de trajet, clôturé par une nouvelle course folle en taxi dans les rues de la ville. C'est cela aussi la « Routine Connection ».

UNE REVANCHE SUR LA VIE

C'est un petit homme distingué. Il a le front large et haut, les cheveux noirs ondulés, la bouche un peu amère, mais le regard réfléchi. Il entre chez un marchand de volailles. Le 25 décembre 1950, il y a du monde. Tandis qu'il fait la queue, derrière ses lunettes à monture d'or d'ingénieur tranquille, il examine la caissière qui encaisse et rend la monnaie. Elle a l'air joyeux qui sied à un jour de fête. Andréas Stassi observe qu'elle se préoccupe de bien lire le prix inscrit sur chaque paquet et de bien rendre la monnaie. C'est tout juste si elle jette un regard sur les billets que l'on pose sur sa caisse. Quand vient son tour, Andréas Stassi, pâle, la voix blanche, achète une oie pour sa famille. Une belle oie de Noël pour deux cents francs de l'époque. Avec des gestes presque inconscients il pose sur la caisse un billet bleu de mille francs. La caissière lui rend la monnaie. Il s'en va d'un pas somnambule, vers la station de métro. Là, son oie sur les genoux, un peu de couleur lui revient au visage. Il se détend.

Une heure plus tard, il entre chez lui, dans sa modeste mais coquette villa de Rueil près de Paris. Sa femme s'enferme avec son oie dans la cuisine. Les enfants de deux et quatre ans jouent dans leur chambre. Andréas Stassi s'assoit. Un sentiment difficile à analyser l'envahit. Il est à la fois satisfait et inquiet, fier et frustré, heureux et angoissé.

La police va-t-elle venir ? Stassi attend. Et il va attendre plusieurs jours ainsi. Il attend la police.

Né en 1912, Stassi est polonais. Officier allemand de force en 1939, engagé volontaire à Marseille en 1944, nanti de diplômes d'ingénieur et d'architecte qui ne lui servent à rien, incapable de trouver un poste convenable dans l'administration, car il parle trop mal le français, Stassi a tiré le gros lot en épousant la fille d'un avocat riche et renommé. Mais la famille de sa femme l'a vite considéré comme indésirable. Alors, puisqu'il ne pouvait pas travailler pour gagner de l'argent, qu'il était incapable de tuer pour s'en procurer, incapable même de voler, il ne lui restait qu'une solution : le fabriquer lui-même.

C'est ainsi que le beau billet bleu avec lequel il a payé son oie de Noël était faux. Non seulement il était faux, mais il l'a fabriqué totalement de A jusqu'à Z : papier, dessin, impression, il a tout fait lui-même. Il semble que ce soit une extraordinaire réussite et il en est parfaitement conscient. Depuis quelques jours il attend la police, et elle ne vient pas. Il n'y a donc aucune raison pour ne pas écouler de la même façon les milliers de beaux billets bleus qu'il tient en réserve.

Stassi sait bien qu'il faut l'examen attentif d'un spécialiste pour s'apercevoir qu'ils sont faux, mais il sait aussi qu'ils ont un défaut : le numéro de série de contrôle est bien celui figurant sur un vrai billet, mais tous les exemplaires qu'il a fabriqués portent ce même numéro. Il est donc prudent de les dépenser séparément. Ce doit être le principe, la règle d'or, qu'il devra toujours respecter en les écoulant. Désormais, son plan est simple. Il achètera dans les magasins des petits objets et on lui rendra la monnaie. Ces objets, il ne les ramènera pas chez lui, il s'en débarrassera. Avec la monnaie, il fera des économies et il achètera dans les bureaux de poste des bons du Trésor. Il ne changera rien à son train de vie jusqu'à ce que ses économies en vrais billets et en bons du Trésor soient suffisantes. Alors, il laissera tomber la fausse monnaie. Voilà le plan qu'Andréas Stassi va suivre à la lettre.

Au dire des spécialistes d'INTERPOL, il est rare qu'un seul homme ait les capacités requises pour faire de la fausse monnaie sans « collaborateurs ». Il faut au moins un dessinateur, un graveur, un clicheur, un imprimeur, sans compter de nombreux compères chargés d'écouler les faux billets.

En 1950, trois papetiers seulement, dans le monde, fabriquent le papier chiffon destiné aux billets de banque. Il est impossible de se le procurer, ce papier, plus soigneusement surveillé que les réserves d'or. Et il est impossible pratiquement de le fabriquer. Il faut un matériel énorme dont une presse assez puissante pour obtenir une bonne ressemblance du filigrane. De plus, la monnaie est facilement contrôlée par la Banque de France. On insère dans la pâte à papier des fils métalliques microscopiques, grâce auxquels une machine à cellules photo-électriques peut trier deux mille cinq cents billets à l'heure. Pour les dessins, c'est un autre problème. On critique souvent la médiocrité esthétique et artistique. On leur reproche d'être compliqués, alambiqués, surchargés, pleins de fioritures. Mais ces enchevêtrements linéaires poursuivent un but : déjouer la contrefaçon. Leurs motifs sont réalisés grâce à des gabarits, par une machine traceuse ; ces gabarits détruits, il n'est plus possible de réaliser des dessins identiques. Les faussaires tentent bien de surmonter ce handicap mais des « erreurs » apparaissent, minimes à l'œil peu exercé, mais décelables par ceux qui sont entraînés à manier les coupures. C'est pourquoi l'industrie de la « vraie fausse monnaie » est généralement le fait de gangs importants disposant de moyens considérables et très organisés, tant pour la fabrication que pour l'écoulement. Ceux-ci procèdent à de vastes opérations ponctuelles. Fabriquant d'un seul coup d'énormes quantités de billets, ils s'en débarrassent le plus vite possible. Le principal danger est donc l'inondation du marché par un grand nombre de complices. Dans le cas de Stassi, c'est le contraire : un homme seul, qui procède petitement et dont le danger est, justement, la permanence.

Le rythme normal de la circulation fiduciaire ramène un billet en moyenne trois fois par an à la Banque de France. Celle-ci s'est donc aperçue très vite de l'existence des fausses coupures de mille francs d'Andréas Stassi. Sans découvrir leur origine. Puis Stassi réussit, en 1953, à sortir une imitation du billet de cinq mille francs, d'une telle perfection artistique et technique que la banque, aussi bien que la police criminelle, estime que douze hommes au moins participent à leur fabrication. Seul le numéro de série, identique sur chacun des billets, trahit la falsification. Mais Stassi, fidèle à sa règle d'or, dépense ses billets un par un et dans des endroits si divers qu'on ne peut déceler leur origine. La Banque de France, comprenant que le public serait incapable de reconnaître les falsifications, préfère garder le silence, et honore les billets qui lui sont présentés. Elle compte malgré tout sur la compétence et le dynamisme du commissaire Bertou, qui dirige la Brigade de la répression de la fausse monnaie, pour mettre fin à ce trafic. Mais les années passent et Stassi continue d'être prudent et économe.

Enfin en 1963, pour la création des nouveaux

francs, la Banque de France estime avoir fabriqué un billet inimitable. C'est le billet de cent francs à l'effigie de Bonaparte. La complexité des couleurs est telle qu'elle représente un facteur de sécurité jamais atteint. Mais Stassi réussit ce faux billet. Et il est encore plus fignolé que la Banque ne le craignait.

En l'examinant, le commissaire Bertou constate qu'il ne représente que quatre fautes. Si minimes que seuls ses spécialistes munis d'une loupe peuvent les déceler. Si pour les écouler Stassi conserve la même prudente méthode, il ne court pas de grands risques. Et pourtant, en octobre 1963, c'est-à-dire onze mois après la sortie de ce dernier billet, un employé de la Banque de France tombe en arrêt devant une liasse de faux Bonaparte. Dans la liasse, plusieurs billets ont le même numéro de série. D'où provient cette liasse ? Une longue enquête d'INTERPOL permet d'établir que cet argent a été remis, en liasse, par un bureau de change qui le tenait lui-même d'un voyageur français. Grâce à la fiche de police que lui a fait remplir l'hôtel, le voyageur français est retrouvé à Berlin car il fait en Allemagne de fréquents voyages. Il indique avoir touché cet argent dans un bureau de poste de Paris en paiement d'un chèque postal.

Cette fois, le commissaire Bertou estime que la Banque de France ne peut plus garder le silence. Tant pis si la presse l'apprend, il ne faut pas laisser passer l'occasion, c'est la première piste sérieuse : plusieurs billets ensemble. Et cela semble indiquer une distribution massive. Une surveillance est donc mise en place dans les bureaux de poste.

Le 17 janvier 1964, le téléphone sonne dans le bureau du commissaire Bertou.

« Venez vite, on tient un type ! »

Quelques instants plus tard, tapi dans sa voiture, car il fait très froid, le commissaire voit un grand homme maigre descendre la rue François-Ier, les mains dans les poches de son pardessus dont le col est relevé jusqu'aux yeux. Un policier lui explique :

« Il vient de refiler une liasse de dix faux billets à la poste de la rue de La Trémoille. L'employé nous a donné son nom, c'est un Russe. Il s'appelle Chouvaloff. »

Malgré lui, le commissaire Bertou ne peut s'empêcher de murmurer :

« Quel imbécile ! »

En effet, si l'homme s'était contenté de glisser un billet parmi d'autres, la police ne serait pas derrière lui ce jour-là. Toujours les mains dans les poches, l'homme au pardessus entre dans une maison pour en ressortir un quart d'heure plus tard, une serviette de cuir à la main. Dès qu'il a passé le tournant de la rue, Bertou lui pose la main sur l'épaule. L'homme a un visage veule. Il ne fait pas un geste pour se défendre.

« Police. D'où venez-vous ?

– De chez mon beau-frère.

– Comment s'appelle-t-il ?

– Dowgied.

– Donnez-moi votre serviette, s'il vous plaît. »

Là, debout sur le trottoir, Bertou ouvre la serviette et compte dix liasses de dix billets de cent francs. Il sort sa loupe, les examine. Ils sont faux.

« C'est votre beau-frère qui vous a donné cette camelote ? »

L'homme évidemment ne peut nier puisqu'il avait les mains dans les poches lorsqu'il est entré dans la maison. Il acquiesce d'un signe de tête.

« C'est lui qui les fabrique ? »

L'homme le regarde d'un air ahuri comme si la question était tout à fait saugrenue. Comme si le beau-frère en question était capable de fabriquer des faux billets.

« D'où tenez-vous cette fausse monnaie ? demande au beau-frère, quelques instants plus tard, le commissaire Bertou.

– Je les achète !

– Combien ?

– J'achète soixante-cinq francs le billet de cent francs.

– A qui ? »

L'homme refuse de répondre. Mais il ne refuse pas longtemps car le commissaire Bertou a mis la main sur un petit agenda où figurent les adresses et numéros de téléphone des relations de Dowgied. Le commissaire l'épluche en prononçant tout haut les noms qui y figurent : « Vériout... Michel Porarneri... Godschek... » Quand il arrive à « Stassi », l'homme pâlit un peu plus.

« Qui est Stassi ?

– C'est un ami !

– Quel genre d'ami ?

– Un camarade de guerre.

– Et puis ?

– C'est tout, pendant la guerre, nous avons connu des moments pénibles.

– C'est tout ? Ce n'est pas lui qui vous fournit les billets par hasard ?

– Non !

– Vous feriez mieux de dire tout de suite la vérité. Parce que nous allons y aller maintenant. »

Alors l'homme comprend qu'il est inutile de nier et avoue : c'est Stassi qui les fabrique.

Avenue de Sénart à Rueil, aux environs de Paris, des voitures bourrées de policiers s'arrêtent discrètement. Le commissaire Bertou s'assure que son revolver glisse bien dans son étui et sonne à la porte du numéro 33. La villa est modeste, aussi modeste que le petit homme qui ouvre.

« Vous êtes monsieur Stassi ?

– Oui.

– Commissaire Bertou, Brigade de répression de la fausse monnaie.

– Ah bon ! Et qu'est-ce que vous venez faire chez moi ?

– Je viens vous parler de fausse monnaie. »

Le commissaire Bertou regarde autour de lui : une femme est apparue, puis deux enfants de seize et dix-huit ans. Tout est impeccable dans la petite maison, tout est en ordre. Dans la salle à manger, le dîner est servi. Rien qui évoque de près ou de loin un atelier de fabrication de fausse monnaie. Pas de billets séchant, accrochés à des fils par des pinces à linge, pas de presse à bras, aucun outillage, rien que la demeure tranquille d'un modeste ingénieur. Il resterait à Stassi une chance de s'en tirer s'il ne commettait une petite erreur psychologique. Il ajoute :

« Je ne sais pas ce que vous voulez, monsieur le commissaire, mais ma femme et mes enfants peuvent-ils continuer leur dîner ? Il est inutile qu'ils soient mêlés à tout ça.

– Comme vous voudrez. »

Tandis que Stassi entraîne le commissaire dans le salon, ce dernier pense que s'il était innocent, il n'aurait pas dit qu'il valait mieux que sa femme et ses enfants ne soient pas mêlés à tout ça. Il aurait pensé, s'il s'agissait d'une erreur, qu'elle allait être dissipée en quelques minutes. Au lieu de cela il propose aimablement au commissaire de s'asseoir, comme si l'entretien allait durer longtemps.

« Ce billet, vous connaissez ? »

Et le commissaire montre à Stassi le fameux billet de cent francs Bonaparte.

« Bah oui, c'est le nouveau billet de cent francs, dit Stassi.

– Vous ne remarquez rien ?

– Non, pourquoi, il est faux peut-être ? ajoute Stassi.

– Oui, il est faux ! Et vous vous moquez de moi, car vous le savez très bien, puisque vous en avez vendu des milliers à votre ami Dowgied. »

Stassi se révolte :

« Quoi, comment ? Ce n'est pas vrai ! Il vous a menti ! Ce n'est pas moi ! »

Alors Bertou fait entrer les inspecteurs qui commencent à fouiller la maison de fond en comble. Ils fouillent pendant quatre heures et pendant quatre heures le commissaire interroge Stassi. Pendant quatre heures la fouille comme l'interrogatoire ne donnent aucun résultat.

Brusquement, l'un des policiers s'avise que le linoléum, dans la cuisine, est curieusement posé. Il y est découpé un rectangle sur lequel est posée la cuisinière électrique. Le policier déplace le réchaud, puis le linoléum, une poignée apparaît dans le plancher. Stassi dit :

« Je suis inventeur, c'est le petit atelier secret où je bricole. »

Lorsque Bertou soulève la trappe, une échelle de bois se dresse automatiquement dans le minuscule atelier de cinq mètres carrés à peine. Tout de suite une planche sur laquelle sèchent trente billets de cent francs saute aux yeux du commissaire : il ne reste plus à Stassi qu'à dévoiler le secret de sa fabrication. Ce qu'il fait d'ailleurs avec un certain orgueil. Bertou montre le matériel qui l'entoure : presse, séchoir, microscope.

« Où avez-vous acheté ça ?

– J'ai tout fait moi-même. »

Il avise des tubes de lait condensé.

« Qu'est-ce que vous faites avec du lait ?

– Là-dedans ? Je cache des encres grasses. C'est la seule chose que j'achète avec le papier à cigarettes.

– Du papier à cigarettes ? Pour quoi faire ?

– Je mélange du papier à cigarettes, des feuilles de papier-calque et de l'eau de pluie pour fabriquer le papier.

– Ça n'a pas dû être facile.

– Non, j'ai mis des mois à mettre ça au point.

– Ce qui m'a toujours étonné, c'est le filigrane, comment l'obtenez-vous ?

– Je fais sécher la pâte à papier directement sur des plaques de cuivre portant le relief du filigrane. »

Enfin Bertou reste interdit devant un mixer.

« C'est pour vieillir les billets », explique Stassi.

Bertou a un sifflement d'admiration car il n'ignore pas que le vieillissement des billets est l'un des plus difficiles problèmes que doivent résoudre les faux-monnayeurs. Stassi a trouvé une solution extraordinaire : utilisant un mixer qu'il a lui-même modifié, il fait tourner dans le tambour, pendant des heures, ses faux billets mélangés avec de la cendre et un sable très très fin. Il obtient ainsi un poli inimitable.

Environ deux cent vingt millions de fausses coupures en liasses sont soigneusement rangés dans un tiroir. Stassi en a écoulé cinquante millions. Au moment de son arrestation, en janvier 1964, ses économies en pièces d'or et bons du Trésor se montent à soixante-dix millions : sept cent mille nouveaux francs. Bertou regarde Stassi avec étonnement :

« Etant donné vos méthodes et la qualité de votre travail, si vous aviez continué à opérer seul, en père tranquille de la fausse monnaie, nous ne vous aurions jamais pris.

– Je sais.

– Mais au bout de treize ans, vous aviez fini par croire que vous ne risquiez plus rien ?

– Il y a un peu de ça. Mais surtout, je me savais condamné par une grave maladie des os. J'ai voulu accélérer le mouvement pour mettre ma famille à l'abri. Et puis, j'avais besoin de réussir un coup sensationnel. Besoin de prendre une revanche sur la vie. »

Cette revanche sur la vie, Stassi l'a un peu prise finalement, car dans la collection du secrétariat général d'INTERPOL, où sont rassemblées les fausses monnaies de tous les pays, il occupe la place d'honneur. Et aujourd'hui, pour les collectionneurs privés, un Stassi vaut dix millions d'anciens francs... En cherchant bien, il en traîne peut-être encore un ou deux...

DEUX CENTS MILLIONS DE JURÉS

Le shérif de Bay Village dort paisiblement cette nuit du 5 juillet 1954. Bay Village est une petite ville sans grand problème, sur les bords du lac Erié dans l'Etat de l'Ohio. Il est 3 heures du matin. Réveillé en sursaut par le policier de garde, le shérif n'a que le temps d'enfiler un pantalon et une chemise en se faisant expliquer le motif de ce réveil brutal : un drame vient de survenir chez le Dr Armstrong.

Le docteur a téléphoné à la police en disant : « Ma femme est dans sa chambre, elle est morte, c'est horrible. » A l'arrivée du shérif, le docteur est en pantalon, mais torse nu. Son visage est couvert d'ecchymoses, il a l'air hagard et sa voix est si rauque qu'elle en est impressionnante. Le shérif a bien du mal à reconnaître en cet homme échevelé le beau, l'élégant Dr Armstrong qui, à trente-deux ans, s'est déjà fait une situation confortable.

Marilyn, sa femme, est bien morte. Morte horriblement car elle attendait un bébé, et le meurtre d'une femme enceinte a toujours quelque chose de plus horrible. Elle est étendue sur son lit, rouge de sang, le visage complètement détruit par les coups ; l'assassin s'est acharné sur elle avec violence. Le Dr Armstrong, de sa voix rauque, donne l'explication de ce drame bizarre :

« Hier soir, pour la fête de l'Indépendance, nous avions des invités. Lorsqu'ils sont partis, Marilyn est montée se coucher. Je suis resté dans le salon à regarder la télévision et je me suis endormi. Vers 2 heures du matin, j'ai entendu un hurlement de Marilyn. J'ai couru dans sa chambre où une espèce de fou, hirsute, s'est jeté sur moi. Nous nous sommes battus et il m'a mis K.-O. Quand j'ai repris mes esprits, il était parti, Marilyn était morte.

– Comment était cet homme ?

– Il avait les cheveux ébouriffés. C'est tout ce que je peux dire. Nous étions dans une demi-obscurité.

– Quelle arme a-t-il utilisée ?

– Je ne sais pas. »

Le shérif observe le Dr Armstrong. Quelques détails ne lui paraissent pas clairs. La suite de l'enquête va révéler bien d'autres lacunes dans ce récit : pourquoi le fils d'Armstrong, qui a dix ans, n'a-t-il pas été réveillé par le cri de sa mère ? Pourquoi les voisins n'ont-ils pas entendu le chien aboyer ? Il semble que le docteur ait mis bien du temps à prévenir la police, pourquoi ? Que sont devenus la chemise et le gilet de corps que le docteur portait cette nuit-là ? Comment l'assassin hirsute n'a-t-il laissé aucune trace de son passage ?

Toutes ces questions demeurant sans réponse, la police considère le docteur comme coupable a priori et cherche un mobile précis. Elle cherche, cherche, et ne trouve pas. Mais à défaut de mobile, elle va fournir une explication : Peter Armstrong est le troisième fils de Gérard Armstrong, un médecin propriétaire d'une clinique de deux cents lits. Ses trois fils sont également médecins et tous sont étrangement semblables : grands, bien faits, presque beaux, les cheveux voués au grisonnement précoce. Le père semble être l'aîné de ses fils. C'est une famille riche, connue, respectable, où les femmes comme les hommes sont représentatifs de la même classe, d'un même niveau social, d'une même manière de vivre. Peter Armstrong donnait gratuitement ses services aux pompiers et sa femme Marilyn passait ses journées dans les œuvres de bienfaisance. Cette sorte de dévouement étant lui aussi représentatif d'une certaine classe sociale. Mais le ménage de Peter et de Marilyn ne semble pas avoir été aussi uni que les apparences pouvaient le laisser croire. Peter avait des maîtresses, notamment son assistante, Suzan Hayes. D'où la thèse de l'accusation : « Le Dr Peter Armstrong s'est débarrassé de sa femme, au cours d'une crise de colère, afin de refaire sa vie avec sa maîtresse Suzan Hayes. » Formule un peu simpliste mais qui a le mérite d'être la seule possible. L'avocat du docteur affirme, bien entendu, que la police ne dispose d'aucune preuve. Mais comme le docteur s'en tient à sa première version des événements, assez incroyable, il est arrêté.

Le grand jury maintient son inculpation, et c'est ainsi que s'ouvre le procès le plus retentissant qu'ait connu l'Amérique. Le plus retentissant et le plus frustrant d'ailleurs.

Rien de solennel aux assises de l'Ohio : le décorum n'est pas de chez nous : un préau d'école de quatre mètres sur huit avec simplement deux drapeaux américains plantés derrière le juge Edward Blythin. L'homme a une figure longue et osseuse, il sait que le procès risque d'être long et difficile, mais il en a vu d'autres : il a soixante-dix ans et la retraite n'est pas loin.

L'extraordinaire de ce procès, c'est tout d'abord de s'installer sur une base de principe : la morale américaine face au problème du divorce. Car l'on considère bien entendu que si le Dr Armstrong a tué sa femme, c'est pour s'en débarrasser, au lieu de divorcer. L'Amérique à ce sujet est divisée en trois clans : ceux qui pensent qu'un homme peut tromper sa femme sans que quiconque en fasse un drame, ceux qui considèrent que si un homme marié trompe sa femme, c'est qu'il ne l'aime plus et que, donc, le divorce s'impose. Mais c'est des autres que la défense se méfie le plus, ceux qui considèrent que tromper sa femme est un crime de lèse-Amérique. Et c'est pour éviter que ces « ultras » soient représentés aux assises que Me Corregan demande à chaque juré :

« Considérez-vous l'adultère comme un crime aussi grave que l'assassinat ? »

Si le juré hésite seulement une seconde avant de répondre, l'avocat le réfute.

Tenant compte de ce critère, il faut trois jours pour constituer le jury, non sans mal. Ils sont sept hommes et cinq femmes, dans l'ensemble plutôt jeunes, tous de la classe moyenne américaine : petits commerçants, mécaniciens, une secrétaire, une esthéticienne. Ils ne quittent pas des yeux l'accusé.

Dans le box, vêtu de noir, la cravate en tricot noir sur une chemise blanche immaculée, le docteur : strict, précis, inquiétant de respectabilité ; visage ouvert, regard clair, les dents éblouissantes. Il domine le jury de sa haute taille et lui sourit. L'atmosphère est extraordinaire avant même que le procès commence. L'Amérique et surtout la presse n'aiment pas le docteur, et particulièrement cette bourgeoisie qu'il représente.

L'audience va commencer par un numéro digne du show-business, dont l'impact sur le jury en tout cas est impressionnant. La lumière s'éteint. Sur le mur blanc du tribunal, le faisceau d'un projecteur de diapositives lance une tache rosâtre, d'abord floue et qui, petit à petit, se précise. Un cri s'élève dans le jury. Dans la salle, les vedettes de cinéma, les écrivains qui composent le public, un public mondain, se sont figés. Le docteur baisse la tête et cache son visage dans ses mains qui se crispent tellement sur ses joues qu'elles en resteront marquées quand la lumière reviendra. Ce que le procureur du gouvernement fait projeter sur le mur, ce sont – prises sur la table de marbre de la morgue – les diapos couleurs du cadavre défiguré, écrasé et lacéré par trente-cinq coups d'une arme que l'on n'a pas retrouvée. Pendant que les images défilent, le médecin légiste décrit d'une voix monotone la nature des blessures :

« La blessure numéro dix-neuf, que vous voyez en ce moment, est la trace d'un coup produit avec une lame acérée qui pénétra jusqu'à l'os. Par contre, la blessure numéro trois a plutôt été provoquée par un objet contondant. Comme vous le remarquez, elle a produit cette coloration brunâtre de la peau, connue sous le nom d'œil poché, etc. »

Après avoir ouvert le dossier de cette manière brutale, le procureur fait défiler les témoins. Il en fait défiler vingt-six, sans prouver réellement la culpabilité de l'accusé. Mais la défense, de son côté, doit admettre qu'elle ne peut étayer par aucune preuve le récit du docteur.

Peter Armstrong, attentif, poli, écoute sans s'énerver, appelle ses avocats d'un claquement de doigts, leur parle à l'oreille, sourit aux femmes du jury ou aux membres de sa famille. Et rien n'est plus impressionnant dans ce long débat judiciaire que la solidarité des Armstrong. Frères et belles-sœurs, ces gentlemen et ces ladies, seraient peut-être les meilleurs défenseurs de l'accusé. S'ils n'étaient pas convaincus de son innocence, comment pourraient-ils l'entourer et l'épauler comme ils le font ? Toutes leurs attitudes donnent l'impression de croire totalement en lui. Si, au contraire, ils le savaient coupable, si même ils étaient effleurés par un seul doute, alors ce procès dissimulerait le drame le plus extraordinaire de la respectabilité bourgeoise.

C'est ainsi que la fin des audiences est toujours marquée du même mouvement : celui des Armstrong se serrant autour de l'accusé. Ils cherchent sa main avant que le bracelet d'acier des menottes se referme sur son poignet. Pendant neuf interminables semaines, il n'y aura jamais dans la salle moins de quatre Armstrong dont trois sur le premier banc public à gauche du juge. Toujours les deux belles-sœurs, l'un et l'autre des frères, et quelquefois le père : Gérard Armstrong, l'ancien, l'impassible. Le symbole vivant de l'unité familiale.

A droite du juge se sont assis les Grant, c'est-à-dire la famille de Marilyn. Le contraste est frappant. La pauvre femme était fille de divorcés, orpheline de mère dès son jeune âge, élevée par une tante, éloignée de son père par un deuxième mariage. Là, le groupe familial est dénoué et flou, l'aisance est moins grande, les conventions sociales moins fortes et l'éducation moins accomplie. Les Grant portent la marque infamante des familles désunies et jamais les Armstrong ne laisseront tomber sur eux un seul de leurs regards glacés.

L'affaire arrive enfin à un tournant décisif. Suzan Hayes, la « mauvaise femme », dépose. L'accusation attend beaucoup de cette déposition, les amateurs de scandales et de détails croustillants aussi. Suzan Hayes se présente devant la cour comme si elle se rendait à une exécution capitale. Vêtue d'une sobre robe de laine noire, ornée d'un col d'angora blanc, sans maquillage. Elle n'a pas l'air d'une femme fatale ni d'une vamp, mais plutôt de l'infirmière dévouée, de l'assistante fidèle, menace permanente pour les ménages établis. Elle ne manifeste aucune émotion pour son amant. C'est avec le plus grand détachement qu'elle raconte son aventure avec le docteur. Oui, elle passa sept nuits avec lui chez un de ses amis à Los Angeles, au printemps dernier. La procédure américaine ne lui épargne rien en ce domaine :

« Quelle chambre occupiez-vous ? demande le procureur.

– Celle du Dr Armstrong.

– Le même lit ?

– Oui. »

Plus tard, elle reconnaît sans hésitation qu'elle a été la maîtresse du docteur, bien avant cette date.

« Où ces actes avaient-ils lieu ?

– Dans son automobile et dans son appartement de la clinique. »

Pendant plus d'une heure, Suzan Hayes répond aux questions les plus indiscrètes avec détachement, comme si elle était étrangère à toute l'affaire. Mais elle s'acquitte de cette épreuve avec élégance, n'apportant aucun élément de preuve contre le docteur.

« Je savais depuis toujours, dit-elle, qu'il était marié et qu'il aimait sa femme. De temps en temps, il songeait au divorce, mais y penser, ce n'est pas vraiment le vouloir.

– Il vous aimait pourtant. »

Suzan hésite et répond :

« Il n'y avait aucun témoignage de véritable amour dans les lettres de Peter. »

L'accusation est déçue. Et le public aussi. On était venu voir la terreur des foyers. On se trouve en présence d'une héroïne de *Back Street*, poursuivant un amour impossible, traversant les tristes aléas de l'adultère américain, réduite aux étreintes furtives en automobile ou dans des chambres prêtées par des amis complaisants. La défense n'en demandait pas tant :

« Pourquoi le Dr Armstrong aurait-il tué sa femme ? s'écrie l'avocat. Il pouvait avoir Suzan autant qu'il voulait. »

Mais Suzan Hayes est déjà repartie, enveloppée dans son imitation de vison, après un dernier coup d'œil compatissant jeté à son amant. Alors, l'accusation se rabat sur ce qu'elle trouve. Peter et Marilyn ne se sont-ils pas disputés un jour où celui-ci reprochait à sa femme d'avoir acheté une machine à laver la vaisselle ? Oui, mais il y a dix ans de cela. Ne se sont-ils pas disputés aussi lorsque Peter a acheté une Lincoln alors que Marilyn voulait une Jaguar ? Oui, mais il y a sept ans de cela. Et, d'ailleurs, la Jaguar, ils l'ont eue quand même, en plus de la Lincoln et en plus de la Jeep : les trois voitures dorment dans le jardin de leur magnifique villa, près du tennis, au bord du lac Erié. Le docteur n'était-il pas coléreux ? Un témoin vient raconter une scène : le docteur était assis devant la télévision. Son fils de six ans lui a sauté sur les genoux, s'amusant à le piquer avec une flèche. Le docteur, rouge de colère, lui aurait alors administré une fessée magistrale.

« C'est tout ? demande le juge au témoin.

– Oui. C'est tout », répond le témoin.

Et c'est fini. L'un après l'autre, les jurés quittent la salle du tribunal. Sept hommes et cinq femmes, onze Blancs et une Noire. Dans son veston gris, sa chemise blanche et sa cravate noire tricotée, le Dr Armstrong est resté l'image de la correction. Il est pâle comme un linge mais ne montre rien de ces petits symptômes qui trahissent la peur : les lèvres ou les mains qui tremblent, la voix enrouée.

Non, rien de tout cela. Aucun des spectateurs n'oubliera pourtant son regard sur les dos courbés des jurés qui disparaissent en file indienne, comme s'ils portaient son destin. Les menottes que le shérif referme sur le poignet droit de l'accusé font un petit bruit métallique. C'est la preuve que le procès est fini. Il n'y a plus rien à ajouter. Rien à retrancher. Le docteur échange un regard avec ses frères et ses belles-sœurs qui se lèvent avec un air surpris, comme s'ils n'arrivaient pas à croire que ce long duel qui a duré neuf semaines est réellement terminé.

Un ascenseur va conduire le docteur jusqu'à la cellule de l'étage supérieur où son attente solitaire va commencer. Un autre ascenseur descend les jurés à l'étage inférieur, au milieu des archives du procès : deux millions de mots, soixante-dix dépositions et le bric-à-brac tragique et dérisoire des pièces à conviction : le pyjama ensanglanté, le drap rouge, les rognures d'ongles, des pantalons, des chemises et des chaussettes longuement auscultés, à la recherche d'une preuve.

Le juge indique au jury les trois issues juridiques entre lesquelles ils doivent choisir : pour « Assassinat avec préméditation » Armstrong serait voué à la chaise électrique, hormis une recommandation de clémence qui transforme automatiquement la peine de mort en peine à vie. Pour « Violences sans intention de donner la mort » s'ouvre le catalogue des peines de prison avec toutes les possibilités de libération anticipée. Enfin l'acquittement. Seulement, quelle que soit la décision, il faut que les jurés soient unanimes. Telle est la loi américaine.

Cent millions de foyers américains ont suivi l'affaire Armstrong avec passion. Chaque soir, le Dr Armstrong a été jugé dans chaque foyer, deux cents millions de fois. Et, petit à petit, chacun s'est fait à cette idée (préconçue) que le docteur devait être acquitté. Non pas qu'on le juge innocent ou qu'on éprouve pour lui la moindre pitié, car la presse, qui ne l'aime guère, n'a cessé de donner de lui à ses lecteurs un portrait antipathique. Mais c'est une question de principe. On ne peut pas condamner un homme sans preuves, même si l'on a de fortes présomptions et qu'il vous déplaît.

Lorsque les jurés sortent pour déjeuner, après une longue matinée, escortés par deux huissiers, ils ont l'air sombres. Le soir, lorsqu'ils quittent le tribunal, ils n'ont toujours pas rendu leur sentence. Ensemble, toujours sous bonne escorte, lorsqu'ils gagnent leur hôtel où ils vont passer la nuit, ils se regardent de travers. Le lendemain, leur longue délibération recommence, preuve qu'ils ne sont pas d'accord, alors que deux cents millions d'Américains pensent que le docteur doit être acquitté. Et parmi le jury, certains le pensent aussi, alors combien sont-ils parmi ces onze hommes et femmes qui osent se mettre en travers ? Et qui sont-ils ? Est-ce le quincaillier ? Est-ce l'esthéticienne ? La femme noire fait-elle partie de ce petit groupe opposé ? On les épie. On les observe. Et comme, le soir du deuxième jour, ils n'ont toujours pas pris de décision, leur petit groupe, à la sortie du tribunal, devient pathétique. Une escorte fait le vide autour d'eux. Les photographes essaient de se glisser sous leur nez tandis que les journalistes sont tenus à bonne distance. Les badauds se bousculent. Les gens se pressent aux fenêtres. Les jurés, eux, avancent vers leur hôtel, serrés les uns contre les autres, tête baissée, sans regarder ni à droite ni à gauche. Depuis quarante-huit heures, ils sont isolés du monde, isolés de leurs familles, aussi prisonniers que l'accusé lui-même, uniquement préoccupés du destin de cet homme, tout entier entre leurs mains. Et à ceci s'ajoute le sentiment tragique que, quelle que soit leur décision, le mystère ne sera pas levé.

Le troisième jour est un dimanche. C'est la première fois aux Etats-Unis qu'un jury délibère le jour du Seigneur, mais le juge a déclaré que la loi ne s'y opposait pas. Et il voudrait bien en finir.

Pendant ce temps, la famille Armstrong poursuit son enquête personnelle. Elle soupçonne aussi un drogué, à qui le docteur aurait refusé de la drogue. Surpris fouillant la maison, il pourrait avoir voulu le tuer. Sans qu'on le prenne au sérieux, un vagabond déclare être entré la nuit du drame dans une maison de Bay Village et y avoir tué une femme. Un grand criminologiste décide de reprendre l'étude de l'affaire de zéro. Mais la presse, la télévision, la radio, ne s'en préoccupent guère ; elles n'ont d'yeux que pour ce jury qui, depuis trois jours, s'oppose et délibère. Enfin, le soir du dimanche, un ascenseur descend le docteur jusqu'à la salle du tribunal. L'autre ascenseur y monte les jurés qui entrent l'un après l'autre pour rendre enfin leur sentence.

« Le Dr Peter Armstrong est reconnu coupable du meurtre de sa femme. Néanmoins, le tribunal n'a pas reconnu la préméditation. En conséquence, le coupable est condamné à la détention perpétuelle. »

Le Dr Armstrong accueille la sentence sans sourciller. C'est tout juste s'il se mord les lèvres. Se tournant vers le jury, il lance d'une voix ferme et dure :

« Je tiens à dire que je suis innocent et j'estime qu'on a prouvé dans ce tribunal, d'une façon irréfutable, que je n'aurais pas pu commettre ce meurtre. »

La mère du docteur se suicide en apprenant la sentence. Le père ne lui survit que quelques semaines. Mais les frères et les belles-sœurs restent profondément unis derrière le condamné. Dans la famille Armstrong, on parle de « notre procès », de « notre prison », de « nos gardiens ». Même les enfants sont parfaitement au courant de ce qui est arrivé à l'oncle Peter, que l'on considère comme le héros de la famille, le martyr qu'il faut sauver. Longtemps hostile, la population de Bay Village admire maintenant l'unité de la famille Armstrong.

Peter, de son côté, écrit des lettres une fois par mois :

Ne vous en faites pas pour moi. La nourriture est très bonne. Je joue au basket-ball. J'organise le spectacle pour les prisonniers. Je prépare un cadeau de Noël pour les enfants. Et chaque lettre se termine par cette phrase : *N'est-il pas merveilleux que des gens comme vous existent dans le monde ?*

Aidé par cette atmosphère de défense passionnée, l'avocat ne se tient pas encore pour battu et réclame une révision du procès. Mais le rapport du fameux criminologiste, qui conclut avec une extrême précision que l'assassin devait être gaucher, alors que le docteur est droitier, ne suffit pas à entraîner une révision. Neuf années vont donc s'écouler jusqu'au jour où le juge fédéral de l'Ohio – estimant que le Dr Peter Armstrong n'a pas joui du droit que lui donne la Constitution de bénéficier d'un procès équitable – déclare sa condamnation nulle et non avenue.

Pour ce juge fédéral, l'attitude de la presse, la composition du public au cours du procès et la passion qui s'est emparée de l'Amérique tout entière ont créé un climat tel qu'il n'a pas permis aux jurés de délibérer avec la liberté d'esprit qui convient. Il ordonne donc que le docteur soit libéré sous caution de dix mille dollars et décide que, si les autorités ne prennent pas de décision dans les soixante jours, la mise en liberté du docteur sera définitive et inconditionnelle.

Dès sa mise en liberté, le docteur épouse une jeune Allemande avec qui il correspondait depuis plusieurs années. Six mois plus tard, une cour d'appel revient sur la décision du juge fédéral et réclame le retour du docteur en prison. Mais ses avocats ayant fait appel, la Cour suprême des Etats-Unis invite le ministère public soit à ratifier définitivement sa mise en liberté, soit à demander la réouverture du procès. Quatre jours encore et le ministère public choisit cette dernière solution.

Le second procès s'ouvre donc le 1er novembre 1966, mais il faudra au jury, constitué comme le premier de sept hommes et de cinq femmes, plus de douze heures de délibération pour reconnaître le docteur « innocent de ses crimes ». Le 10 novembre 1967, après avoir écrit un livre autobiographique, le Dr Peter Armstrong tente de reprendre ses activités médicales. Mais il ne peut, malgré tous ses efforts, obtenir sa réintégration dans l'ordre des médecins dont il a été exclu après sa condamnation. Il vient alors s'installer en France, sur la Côte d'Azur, non loin de Paris, et du secrétariat général d'INTERPOL, où dort son dossier depuis dix ans, sans que l'on sache s'il fait de beaux rêves, ou des cauchemars.

LA RÉPUBLIQUE MONDIALE

6 décembre 1960 : une voiture vient de passer les contrôles italiens à la frontière italo-autrichienne au col du Brenner. Elle arrive maintenant du côté autrichien. Le conducteur présente au garde-frontière trois passeports par la vitre baissée. Le policier jette un coup d'œil à travers le pare-brise : il y a quatre personnes dans la voiture : quatre hommes, pour trois passeports. Il fronce déjà les sourcils, mais la main tendue présente maintenant le quatrième passeport. Le policier jette un coup d'œil sévère au conducteur, prend les passeports : trois passeports allemands et, à présent, un passeport chilien. C'est ce dernier qui attire l'attention du policier. Il passe la tête par la vitre :

« Lequel d'entre vous est Karl Michalek ?

– C'est moi, dit un homme d'une soixantaine d'années au sourire affable sous une moustache brune.

– C'est votre nom, Michalek ?

– Oui, pourquoi ?

– Rangez-vous sur le parking, s'il vous plaît. »

La voiture se range. Puis, à la demande du policier, le dénommé Karl Michalek descend en frissonnant de la voiture pour entrer dans le bureau où le principal responsable le dévisage : Michalek est grand, assez élégant. Son épais manteau en poil de chameau et son autorité tranquille lui confèrent d'emblée un « je-ne-sais-quoi » d'important. Un passeport chilien se rencontre même en Autriche, ce n'est pas une infraction, mais le policier explique à voix basse à son supérieur en posant le fameux passeport sur le bureau :

« Le conducteur présentait trois passeports. Quand j'ai constaté qu'ils étaient quatre, ils m'ont tendu un passeport de plus, celui-là, et c'est un passeport chilien. Ils se sont moqués de moi. A mon avis, cet homme a voulu passer clandestinement. »

L'homme au manteau en poil de chameau, toujours affable et tranquille, les regarde en souriant, assis près du calorifère. Le responsable du poste de police se glisse dans la pièce à côté. Ce nom, Michalek, lui dit quelque chose, et il va se renseigner par téléphone. Le temps passe. On a relevé l'adresse en Autriche et l'identité des trois autres occupants de la voiture qui ont pu continuer leur route en direction de Vienne. Mais Karl Michalek attend toujours, toujours affable, toujours souriant et détendu. Il mange un sandwich et boit une bière en brossant les miettes qui tombent sur son pardessus en poil de chameau.

La réponse vient d'INTERPOL : « Karl Michalek est un gros gibier. Il est commissaire de la Sûreté, donc il occupe le second rang du gouvernement de la République mondiale, c'est un ami personnel du président de cette république, Frantz Weber Richter – fils naturel de Adolf Hitler – qui travaille depuis plusieurs années à l'avènement de cette république. »

L'extraordinaire, c'est que ce jour de décembre 1960 où l'on arrête cet étonnant personnage, ce jour est justement le jour J, moins quatre, si l'on en croit la suite du rapport d'INTERPOL : le 10 décembre 1960, une armada de soucoupes volantes, appartenant à la troisième flotte de la planète Vénus, doit se poser sur l'aéroport de Tempelhof à Berlin. Ase, commandant en chef de ce commando spatial, proclamera immédiatement le Terrien Frantz Weber Richter président du haut gouvernement de la République mondiale. Le président Frantz Weber Richter exigera immédiatement la reddition de toutes les armées des nations de la Terre qui devront détruire leurs stocks d'explosifs tandis que les troupes seront consignées dans les casernes.

Les conditions, déjà rendues publiques, sont draconiennes : Chine et Japon devront détruire ou faire exploser leur matériel militaire le deuxième jour de la proclamation de la République, à 2 heures de l'après-midi, entre cent dix-sept degrés de longitude et trente degrés de latitude Nord. Les Etats-Unis, à 3 heures de l'après-midi, à soixante-dix degrés de longitude et cinquante degrés de latitude Nord, etc. (pour les autres pays). Il y aura une nouvelle carte géographique du monde terrestre. Déjà préparée, elle ne comporte que soixante-douze divisions, un certain nombre de pays sont donc appelés à disparaître politiquement. Par exemple, l'Autriche.

Voilà qui est Karl Michalek. Et voilà donc à quoi correspond son « je-ne-sais-quoi » d'important. Qu'il s'agisse d'une farce, d'une attrape ou d'une idéologie inquiétante, il se trouve pourtant sur notre Terre des milliers d'hommes prêts à suivre cette fantastique entreprise. A la frontière autrichienne du col du Brenner, on a fouillé la valise de l'homme au manteau en poil de chameau : le commissaire à la Sûreté de la République mondiale. On y a trouvé une liste de personnalités chiliennes, italiennes, allemandes et autrichiennes. La liste, transmise à tous ces pays via INTERPOL, les polices enquêtent. Un exemple parmi d'autres :

Eberhard Karasch, né le 17 janvier à Breslau, haut fonctionnaire de la police en Westphalie, devait se présenter aujourd'hui même, avant l'arrivée des Vénusiens, à la « Division 3 – Bureau 311 » du ministère de la Sûreté à Berlin, pour prendre son poste d'inspecteur. Sa carte d'identité de la future république, établie le 15 avril 1956, est munie du fac-similé du président Frantz Weber Richter et porte la signature du commissaire de la Sûreté Karl Michalek, ainsi que de quatre cachets qui ne peuvent qu'inspirer la plus grande confiance. Il y a comme cela, en Europe et en Amérique du Sud, quantité de gens qui attendent à cette date l'avènement tant espéré de la République mondiale. Les uns ont postulé des emplois, voire des postes de ministres. Ils ont dû payer des sommes importantes pour « constitution de dossier ». Les autres se sont contentés d'acquérir des lettres de protection du président Frantz Weber Richter, destinées à les protéger d'une agression éventuelle de l'armée vénusienne, toujours possible dans une entreprise de cette envergure. Pour ceux-là, une simple cotisation au parti unique du président Frantz Weber Richter a suffi.

Tandis que Karl Michalek attend patiemment que la police des frontières décide de son sort terrien, à Santiago du Chili, à Rome, à Wiesbaden et ailleurs, les responsables des services d'INTERPOL se communiquent par télex les renseignements qu'ils peuvent collecter et s'efforcent de mettre de l'ordre dans cette affaire stupéfiante. A Rome par exemple, où le commissaire Franco Zurlini compulse différentes brochures et des articles de journaux. Notamment un magazine de Stuttgart, *Nouvelle Europe*, dont le sous-titre est « Le premier journal mondial consacré au problème du développement humain ». Ce journal, entre autres, publie depuis des semaines des appels à tous les habitants de la planète, du genre : « Aujourd'hui, chacun doit se décider à s'engager sans condition et sans restriction à suivre le président Frantz Weber Richter, ou à accepter que la Terre soit détruite définitivement par le feu cosmique. » Ou du genre : « Chacun doit savoir dans quel camp il se trouve cinq minutes avant minuit. Car c'est ce qu'il vous reste : tout juste quelques minutes. Le 10 décembre 1960, il sera trop tard. »

Un assistant, toutes les dix minutes, pose sur le bureau de Franco Zurlini un nouveau télex d'INTERPOL : télex 26 B-14 : « Alors qu'il est transféré du Brenner à Vienne, annonce l'INTERPOL autrichien, Karl Michalek a déclaré que son arrestation, à quatre jours de l'arrivée du commando de la troisième flotte spatiale vénusienne et de l'avènement de la République mondiale, était une stupidité politique dont les conséquences seraient très graves. Il ne se fait aucun souci pour sa personne. Il a renouvelé sa confiance absolue dans l'arrivée des Vénusiens et dans le président Frantz Weber Richter. »

Télex 43 N-25 : « Frantz Weber Richter, qui se prétend fils naturel d'Adolf Hitler et président de la République mondiale, a quitté hier matin par avion Santiago du Chili, avec sa femme Elvira, son fils Adolph et sa fille Illy. Il a déclaré aux journalistes qui l'ont interviewé à l'aéroport avant son départ qu'il transférait son quartier général du Chili à Rome, le président vénusien Urun lui ayant confirmé que la troisième flotte spatiale vénusienne atterrirait le 10 décembre 1960 à Berlin Tempelhof. Cette date, selon le soi-disant président Urun, est irréversible. »

Ainsi donc Frantz Weber Richter serait à Rome.

Franco Zurlini bondit et appelle son assistant qui passe la tête par une porte entrebâillée :

« Il faut me retrouver ce type. Il a dû arriver à Rome hier soir ou cette nuit. On doit avoir une fiche de débarquement à l'aéroport de Fiumicino.

– Bien, patron. »

Et la tête de l'assistant disparaît pour reparaître quelques secondes plus tard, le temps de lui passer un nouveau télex, émanant du bureau d'INTERPOL de Vienne : « Karl Michalek, arrêté au col du Brenner pour tentative de franchissement clandestin, serait : Karl Mekis, âgé de cinquante-huit ans, né en 1920 à Vienne. Fiche de renseignement numéro 20172 indice 4. »

Zurlini fouille dans ses classeurs, à la recherche de la 20172 indice 4. La fiche est bien remplie : il a fait des études primaires à Vienne et y a travaillé jusqu'en 1939. Paresseux, fuyant le travail, son activité pendant la guerre est confuse. Ancien S.S. des compagnies spéciales du bourreau des juifs Eichmann, on le découvre subitement en prison pour un an, arrêté par la Gestapo pour avoir été en relation avec des juifs. Après la guerre, il est arrêté par les Russes en 1945. Camp de concentration en Tchécoslovaquie. Evadé en octobre 1949. De retour en Allemagne en 1952, il fait deux ans de prison pour port d'armes illégal. Le voici en Algérie, en Italie, en Bolivie, directeur d'une maison de modes, avant d'être « déporté politique ». Puis au Chili où il se prétend « écrivain ». A deux reprises, lors de son retour en Allemagne, il a été condamné à des peines de prison pour « outrage public à la pudeur » et attentat aux mœurs.

Pour compléter ce charmant curriculum vitae le bureau d'INTERPOL à Santiago du Chili ajoute que le dénommé Karl Michalek, avant de quitter le Chili, prétendait être dirigeant de la République mondiale du président Frantz Weber Richter qu'il a rencontré à Santiago, après avoir suivi un stage de formation accélérée de six mois dans un vaisseau spatial vénusien. On lui aurait appris, entre autres, à communiquer par télépathie avec les Vénusiens. Michalek est considéré comme le principal recruteur du président Frantz Weber Richter. A ce titre, il aurait extorqué des sommes considérables. Et l'avalanche des télex continue en attendant le jour J : INTERPOL Zurich communique à son tour :

« Ce sont les éditions Heinden qui ont imprimé les brochures contenant la constitution, la doctrine et les appels lancés à l'humanité tout entière par le soi-disant président de la future République mondiale. »

L'assistant du commissaire Zurlini a découvert quelque chose de plus concret : l'adresse du président : « Frantz Weber Richter a déclaré à la presse résider chez la vieille duchesse Elena Cafarelli, au palais de la via Condotti, à Rome. »

Après plusieurs coups de téléphone infructueux au palais de la duchesse, Franco Zurlini, soucieux, se prépare à quitter son bureau. Il est 20 heures. Il n'a aucun moyen légal d'obliger Frantz Weber Richter à répondre à ses convocations ni même à le recevoir. Franco Zurlini ne croit pas à ces sornettes vénusiennes, mais quelque chose le trouble : le 10 décembre approche. Pourquoi ces gens se sont-ils obstinés sur cette date ? Quel coup ont-ils préparé ? N'est-il pas indispensable de prévenir tout incident en démasquant l'escroquerie le plus vite possible devant l'opinion publique ? Le commissaire Zurlini en est là de ses réflexions, quand le téléphone sonne sur son bureau. Une voix énergique annonce :

« Je suis celui que vous cherchez. Etes-vous décidé à me rencontrer seul à seul ?
– Oui.
– Alors, je vous donne rendez-vous demain matin, 7 heures, au café *Greco*.
– Mais, demain, nous serons déjà le 8 décembre !
– Je sais. Mais ce soir, je suis pris et demain, je dois partir pour Berlin. Je dois accueillir les Vénusiens à Tempelhof dans trois jours. »

Il est évident que le commissaire Zurlini est secondaire dans cet emploi du temps présidentiel. Et que dire de toute façon à un homme qui vous annonce tranquillement l'arrivée des Vénusiens, comme ça, dans la conversation ! Zurlini n'a plus qu'à être d'accord.

A 7 heures pile, donc, le matin du 8 décembre 1960, Franco Zurlini s'assoit à une table du café *Greco* et regarde arriver le président Frantz Weber Richter : grand, fort, blond, malicieux, une trace de sourire méphistophélique au coin de la bouche, il attaque d'emblée sur le sujet :

« Commissaire, je ne suis ni un fou ni un rêveur, mais un réaliste et j'attends vos questions.
– Vous affirmez que les Vénusiens vont atterrir à Berlin dans trois jours. Pourquoi ?
– Parce que les Vénusiens nous observent depuis l'année 1640. Notre découverte de l'énergie nucléaire ne les a ni surpris ni inquiétés. Mais, lorsqu'ils ont vu que nous avions mis au point des fusées spatiales qui permettaient de transporter des charges nucléaires dans le cosmos, ça ne leur a pas plu. Mettez-vous à leur place. Enfin, il est prévu que des sondes américaines « Pioneer » se posent un jour sur Vénus. Cela les contraint à prendre cette décision.
– Comment le savez-vous ?

– C'est le président Urun de la République vénusienne qui me l'a dit.

– Donc, selon vous, il y a des habitants sur Vénus ?

– Il y en a sur toutes les planètes de la galaxie qui présentent un intérêt quelconque.

– Pourtant, les scientifiques estiment que Vénus est inhabitable tant par son atmosphère que par la chaleur qui règne à sa surface. »

Fier d'être à la pointe de l'actualité cosmique, Zurlini espère avoir marqué un point. Mais le président a l'habitude de ces contradictions.

« Inhabitable pour des hommes non préparés et non équipés. La Lune aussi est inhabitable et, pourtant, nous nous préparons à y envoyer des êtres humains. Il en est ainsi des populations évoluées du cosmos. Elles colonisent les planètes en utilisant le matériel adéquat.

– Vous-même avez été sur Vénus ?

– Oui. J'ai été physiquement sur Vénus.

– Comment sont ses habitants ?

– Comme tous les autres habitants des planètes de la galaxie, et comme nous-mêmes. C'est-à-dire qu'anatomiquement, ils nous ressemblent, mais, en moyenne, le niveau intellectuel de ces populations nous est supérieur.

– Comment se nourrissent-ils ?

– Avec des comprimés.

– Où le vaisseau spatial vénusien vous a-t-il pris à son bord ?

– En Russie, lorsque j'étais prisonnier.

– Vous étiez seul ?

– Oui.

– Pourquoi vous ?

– Action psychologique : je suis le fils d'Adolf Hitler. L'Allemagne venait de perdre la guerre et nos essais atomiques commençaient à les indigner.

Ils se sont préparés à atterrir en Allemagne. Après quoi, ils ont attendu longtemps, jusqu'aux derniers projets russes et américains d'atteindre la Lune et Vénus. Ils ne peuvent admettre cette violation de leur territoire.

– Où avez-vous atterri à votre retour ?

– Je ne peux pas vous le dire aujourd'hui. Attendez le 10 décembre.

– Pourquoi avoir traité avec des habitants de la Terre ?

– Les Vénusiens ont une grande habitude des invasions et savent que des collaborateurs indigènes sont indispensables dans une colonisation.

– Vous avez suivi un stage ?

– Oui. Dix-huit mois. Après quoi, ils m'ont demandé de revenir sur Terre et d'y publier nos projets. »

Là-dessus, le président Frantz Weber Richter expose son plan dans les grandes lignes au commissaire Zurlini. Il s'agit de créer un Etat planétaire de type confédéral. Notons au passage quelques détails : la recherche scientifique sera supprimée. La langue universelle sera l'allemand (!) après une période d'un an durant laquelle l'anglais servira de langue de transition. Des tas de professions n'existeront plus. Une nouvelle valeur monétaire sera créée qui s'appellera le « E » et vaudra vingt fois le coût du dollar au jour de l'invasion. Plus de percepteurs car on ne paiera plus d'impôts. Les journaux seront nationalisés et la critique tolérée que si l'on propose en même temps un acte positif. Le président Frantz Weber Richter gouvernera pendant trente ans et choisira lui-même son successeur.

« J'ai édité deux livres, dit-il, pour exposer tous ces principes, que je viens de faire porter à tous les ambassadeurs étrangers, accrédités à Rome.

– De quoi vivez-vous ? » demande Zurlini, pratique.

Mais le président sourit.

« Des dons que me font mes amis, et j'ai beaucoup d'amis et partout !

– Vous savez que votre commissaire de la Sûreté est arrêté, il va être accusé d'escroquerie.

– Je sais. C'est stupide, mais tout cela prendra fin dans trois jours.

– Vous êtes prêt à partir pour Berlin ?

– Bien sûr. Je dois être à l'aéroport de Tempelhof le 10 au matin.

– Pourquoi habitez-vous chez la duchesse Elena Cafarelli ?

– Elle est ma mère adoptive planétaire.

– Avez-vous connu votre père, Adolf Hitler ?

– Je l'ai très peu connu. Je dois la vie à une infirmière qui l'a soigné en 1917 lorsque Hitler était caporal dans un hôpital militaire de Munich. »

Là-dessus, le président Frantz Weber Richter se lève, presque royal (le comble pour un président). Il a l'air pressé, et n'écoute que d'une oreille les autres questions.

« Tout ceci a dû vous rapporter beaucoup d'argent ? Vous avez beaucoup d'adeptes !

– Officiellement, je n'ai reçu que des dons. C'est mon collaborateur Michalek qui a vendu des postes ou des lettres de protection. Je suis totalement inattaquable. D'ailleurs, je suis désintéressé. Si j'ai beaucoup d'adeptes, et pas des petites gens : des patrons d'usines, des imprimeurs, des techniciens, des ingénieurs haut placés, cela n'a rien d'étonnant : je promets un monde meilleur. Avant que les Russes n'arrivent, avant que les Chinois ne viennent, ou que les nazis reviennent, ne vaut-il pas mieux que ce soit Vénus ? Ils détruiront nos armes atomiques et nous connaîtrons une paix tranquille. On peut rêver, non ?

– Et si rien ne se passe le 10 décembre 1960 ?

– Pas un instant ils ne regretteront d'y avoir cru. La seule chose qu'ils regretteraient, monsieur le policier, c'est que l'on n'ait rien promis ! »

Sur ce bon mot, l'homme est parti. A 8 heures du matin, en décembre, il fait encore nuit à Rome. Dans le ciel laiteux, Vénus s'éteint. Le commissaire Zurlini imagine un instant la troisième flotte spatiale vénusienne, voguant vers la Terre.

« Si ce n'est dans trois jours, se dit-il, peut-être que dans vingt ans, trente ans ou cent ans, qui sait ? » Le 10 décembre 1960 a vécu et Vénus et les Vénusiens n'en ont pas hurlé pour autant. Cependant, le matin du 10 décembre 1960 deux à trois mille personnes attendaient à l'aéroport de Tempelhof le commando spatial de Vénus, tandis qu'on bloquait à la frontière italo-suisse le soi-disant président Frantz Weber Richter. Et Frantz Weber Richter n'avait pas si mal manœuvré. Il expliqua à ses adeptes que le président Urun (de Vénus), voyant qu'il était empêché de se rendre à Berlin, préféra remettre l'expédition. Après quoi, le président Urun ayant expiré, son successeur eut d'autres chats vénusiens à fouetter que de s'occuper de la Terre.

Les journaux, qui jusque-là avaient servi de lien entre le président et ses adeptes, s'en désintéressèrent, les dupes oublièrent et Karl Mekis fut condamné à quatre ans de prison pour escroquerie. Frantz Weber Richter, lui, ne fut jamais inquiété. On n'inquiète pas les doux rêveurs.

COMME UN TAUREAU MALADE

Dans le silence du petit appartement, les deux regards se sont croisés : ceux de l'homme et de la femme. La femme est belle, gracile, mannequin chez un fourreur de Turin. Elle semble tourner autour de l'homme massif, comme un toréador autour du taureau, et à chaque arrêt, c'est une pique :

« Dominico, j'en ai assez de toi ! »

L'homme-taureau suit d'un regard noir à travers de longs cils la femme-toréador. A chaque arrêt, il encaisse la nouvelle pique :

« Tu es malade, tu devrais te faire soigner. »

L'homme est large, haut. Il est très beau mais il boite. Il a trente-deux ans. C'est un Piémontais, ingénieur dans une usine d'automobiles de Turin. Il fait front à la troisième pique :

« Alors c'est fini ! Tu comprends ? Fini ! »

L'homme ne bronche pas, comme s'il était insensible, mais il continue de suivre, derrière ses longs cils, la jeune femme blonde au regard bleu, qui va et vient dans le studio moelleux, qui le frôle avec une sorte de fierté provocante, l'air de dire : « Allez ! Vas-y ! Mais vas-y ! Défends-toi ! Attaque ! Attaque ! »

Il n'attaquera pas. Car lorsqu'il est ému, il bégaie : on ne peut pas attaquer en bégayant, c'est ridicule, alors il se tait. Et lorsque la blonde jette, pêle-mêle, dans une minuscule valise quelques objets de toilette, il laisse faire. Lorsqu'il entend claquer la porte, il ne réagit pas. Il ne bouge toujours pas lorsqu'il entend la grille de l'ascenseur. Quelques instants plus tard, Germaine Bolognini, réfugiée chez des amis, s'étonne gaiement :

« Il en a pris un coup sur la "carafe" mais il a été très raisonnable. Je m'attendais à autre chose. Ouf ! Je suis bien contente d'en être sortie. Je vais prendre trois semaines de vacances et j'espère qu'à mon retour, il en aura pris son parti ! »

Le même soir Germaine Bolognini a rendez-vous avec un célèbre styliste italien de Turin. Ils doivent aller à Rome et de Rome à Bari, un port italien de l'Adriatique, pour embarquer sur le *Yosepine*, un yacht voile et vapeur. Leur destination : les îles Ioniennes.

Mais le même soir, dans une maison de Turin, un gardien, étonné, lève la tête : il entend cette nuit-là Dominico Autori hurler dans son studio et démolir tout ce qui lui tombe sous la main. Le lendemain, la police retrouve dans le désordre indescriptible des meubles brisés, deux bouteilles de whisky vides. Les tentures, les coussins et les fauteuils sont lacérés. Des couteaux et des fourchettes plantés dans les murs. Le taureau s'est enfui. La véritable corrida a commencé, mais ce n'était que la première figure. Juste de quoi étonner le public.

Voici la deuxième, elle est plus délicate :

Huit jours avant les fêtes pascales en 1973, le locataire d'une H.L.M. des faubourgs de Rome s'étonne de voir un liquide brunâtre couler en mince filet sur le palier du troisième étage. Cela vient du dessous d'une porte. La police trouve bientôt l'origine de cette fontaine : le corps exsangue et nu d'une jeune serveuse blonde. Elle a été frappée, avec un acharnement incroyable, d'une trentaine de coups de couteau. Et, détail extraordinaire : l'assassin a coupé avec des ciseaux une poignée de ses cheveux blonds.

Troisième figure :

Le surlendemain à Bari, port italien de l'Adriatique, à 8 h 30 du matin, une femme d'étage pousse la porte de la chambre 17 et lâche le plateau du petit déjeuner. Le corps nu d'une blonde touriste allemande est étendu en travers du lit, baignant dans une mare de sang. Sa chevelure déployée a été grossièrement coupée avec des ciseaux. La fenêtre grande ouverte, les fleurs piétinées quelques mètres plus bas, ne laissent aucun mystère : l'assassin que la jeune femme avait admis dans sa chambre s'est enfui par là. Il devait être 1 heure du matin.

Les fêtes pascales de l'année 1973 resteront pour toujours dans la mémoire des habitants des îles Ioniennes. Cet archipel grec de l'Adriatique est encore sauvage, paisible, ni industrie ni tourisme de masse. Avec les beaux jours, les fleurs y éclatent des collines aux balcons. Dans ce paysage biblique, quelques silhouettes vont à pas comptés : un enfant juché sur un âne, un pope à la barbe vénérable. Et c'est un pope justement qui, sortant du monastère de Santa Maura dans l'île de Zante, fait la troisième découverte. Au détour d'un chemin, il entend un cri lointain. Là-bas, une silhouette est appuyée contre un arbre. Le pope fait quelques pas dans cette direction puis, s'avisant que c'est une femme, qu'elle est peut-être blessée ou qu'elle court un danger, il relève sa soutane, court, enjambe les buissons et les pierrailles : l'émotion lui coupe les jambes : « La femme est attachée à l'arbre ! Seigneur Dieu... elle est nue ! »

C'est une blonde, italienne, venue avec des amis passer les fêtes pascales en bateau dans les îles. Elle escaladait la colline, légèrement vêtue, pour gagner un village et y faire provision de légumes et de fruits, elle a été agressée par un homme armé d'un revolver qui, après l'avoir attachée à un arbre, lui a arraché ses vêtements, sans doute pour la violer. Puis comme s'il changeait soudain d'avis, l'homme l'a laissée accrochée à son arbre, et a disparu dans les collines.

La malheureuse, entre deux sanglots, ne peut guère en dire plus, elle n'a pas compris l'attaque, ni la fuite, l'homme la regardait comme un taureau furieux, il a posé son revolver, sorti un couteau et il a fait volte-face d'un seul coup, comme si elle ne lui plaisait plus, en quelque sorte...

Or, il s'agit du taureau furieux qui a déjà tué deux fois. Mais on peut comprendre pourquoi : la pauvre fille a eu de la chance. La chance de ne pas être une vraie blonde. Ce qui, bien sûr, ne se voit qu'à l'œil nu... Le chef du minuscule bureau de la police de Zante, une île qui ne doit pas compter plus de trois ou quatre cents habitants, est dans tous ses états. Des renforts de police vont venir du continent. Une vedette de la douane va quitter Corfou pour Zante. Le ministère de la Marine envoie un hélicoptère sur l'archipel, car la situation le dépasse, et le policier, inquiet, se demande comment protéger ses quatre cents îliens, répartis sur cinquante kilomètres de côtes en deux ou trois villages où les maisons sont quelquefois fort distantes les unes des autres. La première précaution en attendant le renfort est de prévenir les habitants par radio. Et, avant même que la nuit tombe, chacun ferme sa porte et ses volets.

Le lendemain est un vendredi saint. A Corfou, à Céphalonie, à Ithaque, Leucade et Cythère, les îliens repeignent à grands coups de badigeon les façades et les volets. On mêle des plantes aromatiques dans la nourriture de l'agneau qui sera immolé le samedi soir. L'animal est attaché devant chaque maison, à la vue des passants. Avec son sang, on peindra une croix sur le linteau de la porte pour protéger les habitants. Et le dimanche, après avoir participé aux processions et à la punition de Judas, tous mangeront l'agneau rôti.

Mais dans l'île de Zante, les quelques boutiques du village sont fermées et le marché n'a pas lieu ce matin-là : il y a un fou dans l'île. Un hélicoptère passe et repasse. Une vedette de la douane, hérissée de jumelles, longe sans arrêt les côtes. Ce vendredi saint est un jour de siège, qui n'a rien de pascal.

Dans le port déserté par les touristes, un bateau de plaisance à moteur battant pavillon italien entre et se glisse entre deux bateaux de pêche pour s'amarrer. L'homme qui commande la manœuvre, un cigare éteint au coin de la bouche, s'adresse à un pêcheur en lui lançant son bout :

« Qu'est-ce qui se passe ? C'est bien calme ici ?

– C'est parce qu'il y a un fou dans l'île.

– Un fou ?

– Oui, avec un revolver. Hier, il a failli violer une femme. »

Et là-dessus le brave pêcheur s'en va, laissant les autres passagers du bateau, deux hommes et deux femmes, en grande discussion sur le quai. Vont-ils rester ou gagner une autre île ? Ils n'ont pas encore pris de décision lorsqu'un grand gaillard, massif, vêtu d'un jean et d'une chemise blanche, sort d'une ruelle. L'homme a les yeux noirs derrière de longs cils, il boite légèrement. A quelques mètres du quai, il reste plaqué contre un mur et leur demande de loin en bégayant s'ils ont croisé, quelque part, le *Yosepine* : « C'est un bateau de plaisance, dit-il.

– Oui, répond l'un des passagers du bateau.

Nous sommes partis d'Ithaque en même temps que lui. Mais il allait à Corfou. »

La situation en est là, et quelques secondes passent. Puis, dans le port silencieux, résonne un bruit de pas. Pendant un instant, on n'entend que le claquement des drisses contre le mât métallique du seul yacht qui soit resté là, et ce pas lent d'un homme pour le moment invisible. Enfin l'homme apparaît. Il est en uniforme et c'est le flic. Le seul flic de l'île qui dégaine un revolver. Avec une rapidité incroyable l'homme en jean, sortant lui aussi un revolver de sa ceinture, tend le bras et fait feu. Le policier s'écroule. Tout a été très vite, mais les quatre Italiens, debout sur le quai, refluent en hâte vers leur bateau. Ils ont compris, c'est le fou !

Mais le fou les a rejoints. Son revolver dans les côtes de l'homme au cigare, il saute en même temps que lui sur le pont et intime l'ordre d'appareiller.

« Où allons-nous ? » demande l'homme au cigare.

Et le tueur lui ordonne d'aller à Corfou. Il veut retrouver le *Yosepine* coûte que coûte. C'est Dominico, ce tueur. C'est lui, le taureau fou. Et il cherche son toréador, car la corrida n'est pas finie.

Hélas, une regrettable confusion se produit dans le port de Zante. Personne ne voit Dominico s'embarquer et tout le monde trouve normal que le bateau quitte l'île comme les autres l'avaient fait. La vérité n'apparaît qu'au cours de l'après-midi lorsque les battues, organisées par une centaine de policiers venus du continent, demeurent sans résultat. De plus, le bateau de l'homme au cigare reste sourd aux appels radio. Cela évidemment ne prouve pas grand-chose, car les plaisanciers se servent très peu de leur radio souvent mal réglée, mais c'est inquiétant. Vers 15 heures un hélicoptère, grâce aux renseignements fournis par d'autres navigateurs, repère une minuscule tache blanche à la pointe d'un immense sillage. Il s'en approche. C'est le bateau de l'homme au cigare qui fonce dans un nuage d'écume vers l'île de Corfou.

Le pilote descend l'hélicoptère jusqu'à toucher les cannes destinées à la pêche au thon qui hérissent verticalement le bateau à bâbord et à tribord. Deux femmes se dressent à son approche et lui font signe de s'éloigner. Elles hurlent, mais en vain, dans le vacarme conjugué du navire et de l'hélicoptère. Finalement, le pilote croit comprendre que le fou est à bord et qu'il tient les deux hommes à sa merci dans la cabine au poste de pilotage. Le pilote envoie par radio à la vedette de la douane le relevé de la position et la direction prise par le petit bâtiment. Et c'est vers 6 heures du soir, seulement, le long de la côte ouest de Corfou, que la vedette de la douane aborde l'embarcation. Celle-ci avance maintenant très lentement et sur un seul moteur qui tourne au ralenti. Les quatre passagers accueillent les douaniers avec de grands gestes de soulagement.

« Où est-il ? demandent les policiers.

– Parti ! s'exclament gaiement les passagers, un tantinet ivres. D'ailleurs des bouteilles de champagne vides flottent dans leur sillage.

– Parti ? Où ça, parti ?

– Un moment on a longé la côte de Corfou à cent ou deux cents brasses, explique l'homme au cigare, et comme on était presque à sec de fuel, il a préféré partir dans le youyou.

– Vous l'avez vu débarquer ?

– Oui. Un moment j'ai pensé à lui foncer dessus pour le chavirer. Mais il avait son revolver et les femmes m'en ont dissuadé.

– Vous avez parlé avec lui ?

– Non.

– Il vous a dit qui il est ? Où il allait ?

– C'est un Italien et il cherche le *Yosepine*... C'est un yacht que nous avons vu hier à Ithaque. Il porte un pavillon panaméen. C'est tout ce qu'on peut dire. »

Cette fois la police grecque avertit le bureau central national d'INTERPOL à Athènes qui, lui-même, demande au B.C.N. de Rome des renseignements concernant un Italien qui semble en proie à une crise de démence et recherche le *Yosepine*, un bateau battant pavillon panaméen, croisant dans les îles Ioniennes.

INTERPOL identifie immédiatement Dominico Autori et la corrida s'organise, cette fois dans l'île de Corfou. Apparemment la tâche de la police est facile. Puisque le forcené cherche le *Yosepine*, il suffit de trouver le yacht avant lui et de l'y attendre de pied ferme.

Mais il y a des taureaux vicieux dont les réactions sont totalement imprévisibles. Depuis qu'il a débarqué dans Corfou, le tueur n'a pas chômé. Une Française d'une quarantaine d'années conduit sa voiture, sa fille – une jolie blonde de seize ans – assise à côté d'elle. Elles voient surgir, debout au milieu de la route, un homme massif en blue-jean et chemise blanche, ruisselant, qui les arrête pour leur demander en bégayant de le conduire au port de Corfou. La femme regarde l'homme et lui trouve un air bizarre.

« Qu'est-ce qui vous est arrivé ? »

L'homme, agité au point qu'il semble incapable de s'exprimer clairement, déclare qu'il a fait naufrage. Comme la femme hésite, l'homme sort un revolver et l'appuie sur sa tempe. A demi bégayant, à demi hurlant, il lui fait comprendre qu'il est inutile de discuter et qu'il n'a pas de temps à perdre.

Mais la voiture n'a que deux portes et comme l'homme entend s'asseoir à l'arrière, pour mieux surveiller les deux femmes, la jeune fille est obligée de descendre, sous le regard fou de l'agresseur. Elle sent qu'il l'examine des pieds à la tête. Quand la voiture démarre, l'homme prend ses longs cheveux blonds dans sa main, et la maintient légèrement en arrière, collée au siège. Elle crie :

« Mais lâchez-moi ! Vous me faites mal !

– Lorsque je vous lâcherai... »

La phrase reste en suspens. L'homme semble étouffer de rage et d'impuissance à la fois. Son regard est terrifiant. La mère conduit le dos droit, raide de peur, un œil sur sa fille, le cou renversé, pâle... et un incident va les sauver. En entrant dans Corfou, à un carrefour, la mère qui conduit comme un automate emboutit un autobus. Devant les voyageurs stupéfaits, l'homme jaillit de la voiture et s'enfuit après avoir tiré trois coups de revolver en direction du chauffeur descendu de son siège, et qui s'apprêtait à l'interpeller. Il disparaît sans l'avoir atteint. Le lendemain matin, la radio ayant largement et dramatiquement informé la population de Corfou, chacun cherche à reconnaître dans les passants l'homme qui tue les blondes. La police, elle, se doute déjà qu'il n'y a plus aucune chance de le retrouver dans l'île. Un pêcheur vient de révéler qu'un homme en blue-jean et chemise blanche et qui boite lui a demandé en bégayant où était le *Yosepine*.

Dominico Autori a volé au matin un chris-craft et gagné le continent, distant à cet endroit d'une vingtaine de milles. En débarquant, il a immédiatement enlevé une femme – une blonde de trente-cinq ans – qu'il a entraînée dans les rochers, violée et tuée à coups de couteau.

INTERPOL ayant fait parvenir à la police grecque

une photo de Dominico Autori, il est reconnu par un policier alors qu'il entre dans le village de Igoumenitza. Le forcené barbu, sale, taché de sang et ivre de fatigue, tire aussitôt. Mais le policier riposte et parvient à le blesser à une jambe sans pouvoir toutefois l'empêcher de s'enfuir à nouveau.

Pendant ce temps, la police maritime a retrouvé le *Yosepine*. Il est caché tranquillement dans une crique en face de Corfou. Une vedette vient mouiller à côté de lui, et un hélicoptère survole les abords de la crique qu'une armée de policiers envahit. Germaine Bolognini, le blond mannequin aux yeux bleus, apprend alors avec stupeur l'atroce conséquence de sa rupture.

« Il doit être par là ! lui dit un policier. Vous ne devez pas aller à terre. »

Debout sur le pont du *Yosepine*, la jeune femme regarde autour d'elle le paysage idyllique, les rochers, l'eau transparente, le sable doré et, plus loin, les broussailles et cette végétation luxuriante qui ruisselle des hauteurs. Elle ne voit rien d'autre, mais c'est vrai, l'homme est là-haut, sur la colline, tapi au pied d'un mur de pierre. Il voit s'agiter au loin l'uniforme verdâtre des policiers et, tout en bas à ses pieds, comme suspendu entre ciel et terre tant l'eau est claire, le *Yosepine*, la vedette de la police maritime, et sur le pont du yacht, parlant avec les policiers la blonde Germaine Bolognini. De sa cachette il ne peut rien tenter. La femme est trop loin. Mais s'il pouvait atteindre cette maison à droite, cette vieille ferme en ruine, tout au bord de la falaise, il pourrait tirer.

Dominico rampe, se glisse et se faufile enfin dans la vieille bâtisse, au bord de la falaise. A son entrée, une femme en noir au visage ratatiné se dresse. La vieille Monténégrine est d'une race intrépide, un peuple qui n'a jamais été vaincu, même par les Turcs, même par les nazis. Elle n'a pas peur. Pourtant, elle sait. Un poste de radio murmure tout prêt d'elle. Elle a reconnu l'homme. Mais le tueur, tout à sa fureur, ne lui prête aucune attention. Son revolver à la main, il prend dans sa poche, au milieu d'une poignée de cheveux blonds, les quelques balles qui lui restent et monte l'escalier à claire-voie qui mène au premier étage.

La vieille, le regard levé, suit les pas de l'homme au plafond. Puis elle va chercher un fusil, accroché contre le mur derrière la porte. C'est un fusil à deux coups. Elle y introduit deux balles qu'elle a prises au passage dans une boîte en bois. Elle entend l'homme piétiner, là, au-dessus, juste là, devant la fenêtre du premier étage. Alors, elle lève son fusil, applique le canon contre le plafond et appuie sur la détente. Une seule fois.

Elle a gardé le deuxième coup pour tourner le canon de son fusil vers l'escalier. Mais c'est inutile. Elle repose la crosse sur le sol. Un grand bruit a fait vibrer le plafond d'où s'échappent quelques grains de poussière. Au-dessus d'elle, l'homme s'est effondré.

Le taureau est mort. Il était bien malade mais son toréador n'y croyait pas vraiment.

DU DANGER DE LA BÊTISE EN MATIÈRE DE LECTURE

Dans la salle des télétypes du secrétariat général d'INTERPOL, un message s'inscrit en code, signe par signe, sur une bande perforée. L'opérateur suit des yeux les petits trous qui racontent une histoire angoissante, en termes mesurés et précis :

« Sans nouvelles d'un autocar transportant vingt-six enfants en vacances à Appenzell, en Suisse, qui devait excursionner en Autriche pour la journée. Le poste frontière de Wildhaus a enregistré son entrée en Autriche. Les enfants étaient attendus pour un petit déjeuner à Feldkirch. Avons fait effectuer des recherches sur itinéraire présumé. Aucun accident n'a été signalé. Craignons kidnapping. Demandons toutes informations concernant l'autocar, marque Scania Vabis, de couleur blanche, appartenant à la Société anversoise de transport automobile et sur le chauffeur Julius Ernster, d'origine néerlandaise. Vu disposition géographique, il peut volontairement, ou par suite d'une erreur, être passé en Allemagne, au Liechtenstein, en Italie ou être retourné en Suisse. Toutefois, les postes frontière autrichiens ne signalent pas sa sortie. Signé bureau national d'INTERPOL de Zurich. »

Une fois décodé, le message file à la division police d'INTERPOL, où les responsables accumulent les points d'interrogation. Un autocar et son chauffeur qui disparaissent avec vingt-six enfants à bord, c'est un kidnapping hors du commun. Peut-être même un attentat politique.

En moins de temps qu'il n'en faut pour le dire, le téléphone sonne un peu partout, d'Anvers jusqu'à Rome. Tandis que la police autrichienne enquête sur le terrain, INTERPOL s'efforce de rassembler le maximum de renseignements concernant l'autocar et ses occupants.

D'abord les occupants : vingt-six enfants de douze à seize ans, de la région anversoise, généralement des fils et des filles d'ouvriers diamantaires, donc de classe sociale très modeste. Ils appartiennent à une paroisse de la ville qui organisait un camp de vacances à Appenzell, en Suisse, non loin de la frontière autrichienne entre le Liechtenstein et le lac de Constance. Les enfants sont partis le matin même, à 8 heures, pour une excursion en Autriche qui devait les conduire jusqu'à Innsbruck. Ils étaient attendus pour le petit déjeuner à Feldkirch par le jeune moniteur qui avait préparé l'excursion. A 10 heures, ils n'étaient pas là, ni à 11 heures. Le jeune moniteur, depuis la maison forestière où ils devaient prendre le petit déjeuner, est entré en rapport téléphonique avec le camp de vacances où on lui a répondu que le car était parti à l'heure. Jusqu'à midi, le camp de vacances a appelé plusieurs fois pour avoir des nouvelles de l'autocar. Comme à midi celui-ci ne s'était toujours pas manifesté, les responsables du camp ont pensé, bien entendu, qu'un incident imprévu pouvait avoir obligé le chauffeur à sauter l'étape du petit déjeuner. Mais, dans ce cas, vers 1 heure au plus tard, on aurait dû le voir arriver à Innsbruck pour le repas de la demi-journée. Innsbruck étant de son côté sans informations, le camp de vacances a demandé au jeune moniteur, à la maison forestière et au restaurant d'Innsbruck d'avertir la police autrichienne locale. Celle-ci a fait effectuer des recherches par des policiers à moto sur l'itinéraire présumé de l'autocar, depuis le poste frontière, où son passage a bien été signalé, jusqu'à Innsbruck. Tout le long de ce trajet, d'environ cent vingt kilomètres, aucun accident, aucun autocar en panne, les tavernes et les restaurants n'ont pas reçu la visite des enfants.

Un hélicoptère a fait alors le trajet pour examiner les bas-côtés de la route et, bien entendu, les pentes et les précipices, nombreux dans cette région montagneuse. Rien, aucun mauvais renseignement concernant le chauffeur qui semble jouir d'une excellente réputation. La photo de cet homme est rapidement distribuée à toutes les polices. On y voit un homme apparemment sympathique. Visage rond, petits yeux sombres et vifs, cheveux noirs plantés bas sur le front, l'air à la fois attentif et jovial. Aucun poste frontière ne signale le passage du car. C'est la disparition la plus mystérieuse qui soit.

D'habitude, la machinerie huilée du secrétariat général d'INTERPOL tourne toute seule. Son rôle est de servir de plaque tournante en matière d'informations pour les bureaux nationaux des pays étrangers. Il ne lui appartient donc pas d'intervenir dans les affaires des polices étrangères quelles qu'elles soient. Mais l'important est de savoir s'il s'agit d'une affaire politique ou non, cela devant conditionner l'attitude d'INTERPOL. Mais les spécialistes n'ont pas d'avis pour l'instant, car il est encore trop tôt, et il n'y a pas de précédent. Les seules affaires ayant un vague rapport avec celle-là ont été, en effet, des affaires ayant plus ou moins la forme politique d'opérations militaires ou de guérillas, avec demande de rançon.

La grande question est : qui espère une rançon pour vingt-six enfants dont les parents sont des gens modestes ? Des ouvriers travaillant dans la taille du diamant mais qui n'en possèdent pas, bien entendu. Si les kidnappeurs savent à qui ils ont affaire, c'est qu'ils ont destiné la demande de rançon à quelqu'un d'autre. Peut-être à une collectivité. Au président d'une association ou d'un syndicat de diamantaires. Les diamants ne sont pas une coïncidence dans cette histoire. C'est ce que tout le monde pense, en attendant des nouvelles.

La radio, la télévision, elles, n'attendent pas. Cet extraordinaire fait divers a filtré, propagé par les informations du soir, en Autriche, en Suisse alémanique et surtout en Belgique. Les ambassades et les consulats harcèlent les gouvernements concernés. La paroisse d'Anvers, d'où sont originaires les enfants, crée une permanence où les parents affolés se réunissent le soir même. La police d'Innsbruck, renforcée par un commando spécial d'inspecteurs, fait procéder à des interrogatoires, tant à la maison forestière qu'au restaurant où étaient attendus les enfants. La police suisse interroge le personnel du camp de vacances d'Appenzell. Trois pays sont sur le pied de guerre. Et les organisations professionnelles du diamant à Anvers surveillent leur courrier avec angoisse. D'où va jaillir la demande de rançon ? A qui ? Et pourquoi ?

Mais la nuit passe sans apporter de réponses à toutes ces questions. Ce n'est que le lendemain qu'un avion d'observation de l'armée autrichienne découvre à six cents mètres de la route une tache blanche sous les arbres d'un bosquet. Il s'approche, effectue trois ou quatre virages. Pas de doute, c'est un autocar. Et il s'agit bien du car Scania Vabis de la Société anversoise de transport automobile.

Mais il n'y a personne à l'intérieur, ni les enfants, ni le jeune moniteur, ni le chauffeur.

Par contre, beaucoup de choses semblent y avoir été abandonnées. Les imperméables et la sacoche contenant les papiers d'identité des enfants, ainsi que les papiers officiels du car et du chauffeur. Il n'y a pas de traces de lutte, mais le car donne l'impression d'avoir été abandonné dans un certain affolement : une porte n'est pas refermée, des vêtements sont tombés au milieu de l'allée centrale et y sont restés.

Sur le chemin, les enquêteurs observent des traces de pneus de camions qui se sont superposées à celles de l'autocar. Or, si des camions sont venus jusqu'à ce bosquet, ils devraient avoir vu l'autocar, et, considérant le battage qui est fait autour de cette affaire, il serait bien étonnant que les conducteurs n'aient pas averti la police. Donc il s'agit probablement de camions ayant participé activement à la disparition des enfants. C'est bien un kidnapping. Et il faut être bien organisé pour kidnapper d'un coup vingt-six enfants.

Quiconque ayant été instituteur ou chef de colonie de vacances se rendrait compte de l'énormité de la tâche. Vingt-six gosses, ça discute, ça proteste, ça pleure et ça réclame sans arrêt quelque chose. Pour les transporter dans un camion sans attirer l'attention, il ne faut pas avoir un long parcours à faire. L'avis d'INTERPOL est donc qu'il ne s'agit pas d'une opération politique. Cette opinion est confortée par le fait qu'aucune demande de rançon, aucune exigence quelconque n'a vu le jour depuis vingt-quatre heures, et qu'aucun groupuscule n'a revendiqué l'enlèvement. L'avis d'INTERPOL est ensuite qu'il ne s'agit pas non plus de l'œuvre de professionnels. Des professionnels ne prendraient pas le risque d'enlever vingt-six enfants, là où un seul suffirait...

Des professionnels n'auraient pas laissé traîner les papiers d'identité des enfants, sachant qu'ils représentent la meilleure identification possible. Et la meilleure preuve pour un kidnappeur qu'il détient le kidnappé. Or tout kidnappeur a besoin de faire la preuve qu'il détient un otage pour demander une rançon. Non, décidément, on pense, au sommet d'INTERPOL, qu'il s'agit de l'œuvre d'un isolé, deux ou trois peut-être. Et que cette affaire, sans lien politique, peut être traitée par INTERPOL comme une affaire de droit commun.

L'enquête repart donc sur le principe que l'idée de l'enlèvement n'a pu venir qu'à des personnes relativement proches des enfants et qui connaissent bien la région. Avec peut-être la complicité du chauffeur. Il est évident également que le ou les kidnappeurs étaient au courant de l'excursion longtemps à l'avance. C'est donc du côté suisse qu'il faut chercher, puisque le voyage a été organisé par la Suisse.

Ce raisonnement est un bon raisonnement. Il se trouve d'ailleurs rapidement étayé par un témoignage imprévu. Un jeune homme se présente timidement à la police suisse. Il est bibliothécaire à Appenzell. Toute la journée, il prête des livres à la bibliothèque, et il note soigneusement sur un registre le nom des emprunteurs. Il se souvient d'avoir prêté un livre il y a quelque temps, livre qu'il a lu, comme presque tous les autres. Et ce livre, qui raconte une histoire criminelle imaginaire, raconte justement l'histoire de l'enlèvement d'un car avec neuf enfants et leur chauffeur par un groupe de jeunes gens. La coïncidence est trop grosse pour que la police ne démarre pas immédiatement sur cette piste.

Sur le registre de la bibliothèque est inscrit le nom d'une jeune fille italienne, bonne à tout faire à Appenzell. La jeune fille est interrogée rapidement, mais elle n'a plus le livre. Il est retrouvé, par contre, dans la bibliothèque de son patron, un entrepreneur de travaux publics. Mais l'homme ignore totalement comment ce livre est arrivé chez lui, il ne l'a pas lu. Son fils peut-être. Il est possible que le livre ait traîné à l'office quelque temps et atterri au salon, ramené par lui. Mais l'étonnement du père est immense en apprenant le pourquoi de cette grande enquête autour d'un malheureux bouquin. Il n'imagine pas son fils en kidnappeur. Quel père l'imaginerait, d'ailleurs ? Pour ne rien arranger, le fils, qui a vingt-deux ans, est parti en voiture il y a plusieurs jours pour camper sur la côte adriatique, en Yougoslavie. Il a donc traversé l'Autriche, mais il est impossible de le joindre actuellement. La police estime toutefois que l'audition du jeune homme est impérative et lance un avis de recherche en Yougoslavie.

Au cours de cette deuxième journée, dans la presse et à la radio belge le ton commence à monter ainsi qu'en Autriche et en Suisse. On publie des photos du car retrouvé dans le bosquet, des pages entières des photos des enfants, et surtout les déclarations et les supplications affolées des parents. Et la nuit tombe pour la deuxième fois sur leur angoisse.

La même nuit, un cantonnier demeurant près d'une carrière des environs de Fielkierch dort à poings fermés. Il a clos ses volets à cause des moustiques et ouvert sa fenêtre à cause de la chaleur. Vers 11 heures du soir, il est réveillé par des bruits de pas dans son jardin. Les pas d'une véritable foule. Il a l'impression que sa maison est littéralement encerclée. Il s'empare d'un fusil de chasse, tandis qu'on tambourine à sa porte, et crie :

« Qui va là ? »

Une voix d'homme lui répond en allemand, mais avec un accent bizarre :

« Ouvrez-nous.

– Pourquoi ?

– On nous a kidnappés ! »

Le brave cantonnier est comme tout le monde au courant des rebondissements de l'affaire, il a vu toute la journée les policiers sillonner la route et battre la campagne, cela ne l'empêche pas de tomber des nues. Il entrouvre la porte avec une grande prudence et aperçoit sous la lune un homme hirsute, presque nu et couvert de sable. Tout autour de lui, une ribambelle d'enfants ébouriffés, les plus âgés tenant la main des plus jeunes.

« C'est vous qu'on a kidnappés ?

– Oui, c'est nous. »

Le cantonnier ne lâche pas son fusil.

« Restez là, je vais prévenir la police. »

Un quart d'heure plus tard, une voiture de police s'arrête devant la maison, suivie d'un car d'hommes en armes et casqués, lui-même suivi de trois ambulances.

La scène est étrange et attendrissante. Le cantonnier, en caleçon, son fusil à la main, sa femme en chemise de nuit donne à boire aux enfants assis calmement. Ils sont rapidement relayés par un docteur et trois infirmières. Tandis que le chauffeur de l'autocar, toujours en slip, est interrogé par trois inspecteurs en civil.

« Ça s'est passé hier matin, vers 9 h 30. Tout d'un coup, j'ai été obligé de freiner sec ; la route était barrée par deux camions et trois ou quatre hommes avec des fusils pointés sur moi. L'un d'eux est monté et m'a obligé à rouler sur un chemin vers un bosquet.

– Vous pourriez reconnaître ces hommes ?

– Non, ils avaient tous des foulards avec des trous pour les yeux. Les enfants criaient, appelaient au secours. Les deux camions nous suivaient. Dans le bosquet, ils nous ont fait descendre et monter dans l'un des camions. On a roulé à peine vingt minutes, et ils nous ont débarqués. On était dans une carrière, un vieux camion était enterré, complètement enterré, il n'y avait qu'une ouverture dans le toit. Ils m'ont fait descendre le premier. Puis les enfants. J'ai vu autour de moi des conserves, des bidons d'eau et des matelas. Mais les salauds ont posé une grande plaque de tôle au-dessus du trou et fini d'enterrer le camion en jetant du sable et de la terre. Ils nous avaient laissé une grosse lampe électrique, mais j'ai eu du mal à calmer les enfants et j'ai inspecté le camion, tant bien que mal. La première nuit et la journée ont été longues... je distribuais des vivres aux enfants. Puis l'air est devenu irrespirable. J'ai compris qu'on allait mourir asphyxiés, alors j'ai fait empiler les matelas pour atteindre le trou. J'ai réussi à soulever un peu la plaque de tôle, je l'ai calée avec des boîtes de conserve. J'ai déblayé le sable. J'ai demandé aux plus petits de se glisser entre la plaque de tôle et le camion et de tirer vers eux le sable qu'on faisait tomber dans le camion. Quand les garçons n'en pouvaient plus à cause de la chaleur, je les arrosais d'eau pour les rafraîchir. Enfin, vers 10 h 30, j'ai réussi à soulever complètement la tôle. Heureusement qu'on s'en est sortis nous-mêmes, sinon on serait morts asphyxiés.

Il ne faudra pas plus de quinze jours pour arrêter, dans différents pays d'Europe : le fils de l'entrepreneur d'Appenzell, deux de ses jeunes voisins et leur ami autrichien de vingt-trois ans, qui avait loué les deux camions et dont le père était propriétaire de la carrière. Il avait lu un livre stupide, qu'un jeune bibliothécaire de son âge avait lu aussi, car lui n'était pas stupide et faisait son métier, qui est de tout lire, même les livres stupides. En fouillant dans la voiture du jeune Autrichien, on a trouvé le brouillon d'une demande de rançon s'élevant à cent millions de francs belges. Les jeunes gens comptaient se rendre à Anvers et trouver sur place l'adresse de l'organisme le plus apte à verser une telle somme. Sans doute pensaient-ils que les enfants et le chauffeur pouvaient rester dans la cachette souterraine plusieurs semaines. Comme dira le procureur :

« Voici quatre jeunes rêveurs dangereusement bêtes et méchants. »

LA PERSÉCUTION

Un car s'arrête devant un hôtel. Six policiers en descendent et se précipitent dans l'hôtel. Il est 11 heures du soir, mais le soleil vient à peine de disparaître à Trondheim, en Norvège. C'est le mois de juin. Au concierge terrifié, l'un des policiers demande :

« Mlle Dany Etberg ?

– Porte 18.

– Vous avez un passe ? Oui, alors suivez-nous. »

Cavalcade dans l'escalier, puis l'un des policiers frappe à la porte 18. Personne ne répond, il frappe une deuxième fois. Une voix de femme, jeune, endormie, apparemment surprise, demande :

« Qu'est-ce que c'est ?

– Police ! Ouvrez ! »

Comme la porte tarde à s'ouvrir, le policier s'adresse au concierge :

« Allez ! Ouvrez-moi cette porte ! »

Deux policiers font irruption dans la chambre, les autres restent dans le couloir. Devant eux, une très jeune femme essaie d'enfiler une robe de chambre sur une chemise de nuit très courte et quasiment transparente. Très courte, car en 1957 les vêtements féminins sont très courts, et pourquoi pas transparente, car la jeune femme est positivement ravissante. Elle est blonde avec de très longs cheveux, de grands yeux bleus, un beau visage ovale aux traits réguliers, seul le nez est légèrement retroussé. Mais nul ne s'en plaindrait. Devant l'irruption des deux policiers, elle reste saisie. Puis regarde, avec autant de stupeur que d'effroi, les uniformes qui attendent dans le couloir.

« Mais qu'est-ce qu'il y a ? Qu'est-ce qu'il y a ? »

C'est tout ce que la jeune Dany Etberg, vingt et un ans, trouve à dire, et sa voix sonne comme celle d'une petite cloche fêlée. Grognon, le policier lui enjoint de s'habiller.

« Mais, mais qu'est-ce que j'ai fait ?

– On verra ça au commissariat ! »

Dans le couloir surgit un metteur en scène de cinéma. Célèbre, mais que nous appellerons Olofson. Il se trouve à Trondheim, et Dany est sa maquilleuse. Olofson a été réveillé par le bruit et tente de s'interposer, mais il est brutalement repoussé ; et Dany est emmenée sous les yeux stupéfaits de toute la petite troupe du metteur en scène. Au bureau de police de Trondheim, on enferme Dany dans la pièce réservée aux interrogatoires.

« Asseyez-vous là et attendez. »

Dany attend. Un policier est en faction devant la porte. Dix minutes, un quart d'heure, une demi-heure passent. Le dernier rayon de soleil se glisse dans la pièce lugubre puis disparaît. Trois quarts d'heure, une heure. Dany est dans un état de tension insupportable lorsque, vers minuit et demi, un policier en civil, au visage dur et pressé, entre enfin dans la salle. Il pose une question brutale :

« Qu'avez-vous fait de l'enfant ? Allons, répondez-moi, qu'avez-vous fait de l'enfant ?

Dany est au bord de la crise de nerfs. Elle cherche autour d'elle un regard auquel se raccrocher. Mais rien que ce policier dur et pressé.

« Ce que j'ai fait de l'enfant ?

– Je n'ai pas l'intention de perdre mon temps avec vous, mademoiselle. Nous avons des renseignements sûrs. C'est vous qui avez enlevé le jeune Henrich. »

Dany tente de se souvenir. Ce nom lui dit quelque chose. La télévision et les journaux ont parlé de cette affaire la veille au soir : le jeune Henrich, enfant d'une famille riche, est sorti pour jouer et a disparu. La police norvégienne, mobilisée pour rechercher l'enfant et son ravisseur, attend une demande de rançon.

« Que faisiez-vous entre 17 heures et 20 heures hier au soir ?

– J'ai quitté le tournage en même temps que tout le monde, et puis je suis allée au cinéma. »

Bien entendu, c'est invérifiable, et plus Dany nie sa participation à ce kidnapping, moins le policier la croit. Il l'abandonne à nouveau, et elle reste seule dans la salle des interrogatoires. Vers 5 heures du matin, une femme policier entre.

« Vous pouvez partir, mademoiselle. Vous êtes libre. L'enfant vient d'être retrouvé. »

Dany, éberluée, demande :

« Mais pourquoi m'a-t-on amenée ici ?

– Un coup de téléphone anonyme », répond la femme policier.

De retour à son hôtel, Dany retrouve d'abord son lit puis la troupe du film. Persuadée qu'elle a été la victime d'une erreur et que cela ne se reproduira plus jamais. Ce en quoi elle se trompe.

Dany quitte Trondheim pour retrouver Stockholm où vit sa famille. Six mois plus tard, il se produit un hold-up à Stockholm, et la police reçoit une lettre exprès dénonçant Dany. Même scénario. N'ayant pas d'alibi, elle passe deux jours en prison, puis on identifie les auteurs du hold-up et Dany rentre chez elle : on s'était trompé de blonde ! La femme qui avait participé au hold-up portait une perruque. Dany a les nerfs quelque peu ébranlés quand, un matin, on frappe à sa porte. Deux policiers lui disent de s'habiller et de les accompagner au commissariat, et là on lui apprend qu'elle est suspectée de meurtre. Un enfant de cinq ans a été enlevé et retrouvé étranglé. La police a reçu une lettre anonyme tapée à la machine en lettres capitales disant : « Voyez Dany Etberg. »

« Je ne suis pour rien dans cette affaire, affirme la jeune femme.

– Peut-être. Mais vous avez déjà été suspectée d'enlèvement. »

Mais, avant que Dany ait trop à souffrir des interrogatoires, l'auteur du crime est retrouvé. La première dénonciation s'était faite sur un coup de téléphone anonyme dont on ne connaît pas la provenance. La seconde par un télégramme venu d'un bureau de poste de Stockholm. La troisième par une lettre dactylographiée, de Stockholm également.

Quelqu'un en veut à Dany, c'est certain, mais qui ? Et de quoi ? Etant donné la beauté exceptionnelle de la jeune femme, il pourrait s'agir d'un amoureux éconduit. Le père de Dany décide sa fille à porter plainte, et la police procède à une vague enquête parmi les anciens flirts, qui ne donne rien. Le contraire eût été étonnant. L'enquête était vraiment trop vague. Et c'est bien dommage, car au cours des trois années suivantes le même scénario recommence plusieurs fois. Dany accueille maintenant la police suédoise avec sang-froid et elle ne vient que par acquit de conscience. Mais, lorsque le même incident survient en Angleterre, au cours du tournage d'un film, il prend cette fois des proportions graves. Par INTERPOL, Scotland Yard interroge la police suédoise qui répond que Dany est persécutée par un accusateur systématique. Mais cela ne disculpe pas totalement la jeune femme, qui doit rester plusieurs jours à la disposition de la justice et ne pas quitter l'Angleterre pendant un mois. En raison du vieil adage selon lequel « il n'y a pas de fumée sans feu », un réel halo de suspicion entoure maintenant Dany Etberg qui se sent traquée. Désormais, elle prend la précaution de rédiger sur un cahier son emploi du temps, de noter ses horaires d'entrées et de sorties et de signaler à un témoin quelconque sa présence dans une salle de cinéma ou de théâtre. Mais ce n'est pas une vie, et, lorsque Olofson et son équipe s'en vont tourner un film en Italie, Dany, au soleil de Naples, se croit suffisamment à l'abri de son persécuteur pour négliger ses habituelles précautions. Pendant qu'Olofson tourne dans le merveilleux décor d'Amalfi, au sud de Naples, il y a dans l'équipe abondance de messes basses, conciliabules secrets et rendez-vous furtifs : un petit drame amoureux se noue entre l'un des jeunes acteurs du film, une starlette et Dany Etberg. Il n'y a pas lieu de s'étendre sur ce sujet, sinon pour signaler que le jeune acteur n'a que dix-sept ans et que Dany oublie de plus en plus ses problèmes au soleil.

Après quinze jours de tournage, l'équipe est libérée pour un week-end à Rome. Mais le lundi matin, le jeune acteur n'est pas présent à l'appel. Son cadavre est retrouvé dans une chambre de la villa Castel dei Fiori, mise à la disposition de la troupe par le producteur du film. La mort remonte à vingt-quatre heures au moins : abus de drogue, dit le médecin légiste.

L'incident fait grand bruit, on en parle dans la presse du monde entier. La police italienne établit qu'une jeune femme a passé la nuit avec le jeune acteur. Celui-ci n'ayant jamais fait usage de drogue, il est évident que la responsabilité de cette femme est gravement engagée. Et, parmi les deux ou trois suspects possibles, il y a Dany Etberg.

C'est alors que la police italienne reçoit une longue lettre tapée à la machine, rédigée en anglais, postée à Stockholm et qui accuse formellement la maquilleuse. La lettre prétend que Dany s'est déjà adonnée à la drogue dans des moments de dépression. Ayant lu l'affaire dans les journaux, le correspondant n'a pu s'empêcher d'en rapprocher les circonstances avec une expérience qu'il a lui-même vécue avec la jeune femme, il y a quelques années, alors qu'il était lui-même mineur, et qui a failli très mal se terminer. La police voudra bien comprendre, écrit-il, que pour cette raison, justement, le correspondant préfère garder l'anonymat.

« Où avez-vous passé la nuit du samedi au dimanche ? demande la police à Dany Etberg.

– Dans la villa Castel dei Fiori. Mais dans une autre chambre. Je ne savais même pas que le malheureux jeune homme y était aussi. »

Et le scénario habituel recommence : interrogatoires, vérification de l'emploi du temps. Mais, cette fois, tout tourne mal. L'examen médical de Dany effectué trois jours après le drame ne permet pas d'établir si elle a oui ou non usé de drogue. Il est vrai qu'elle a couché seule dans une chambre de la villa, mais elle peut y avoir couché seule dans la nuit du dimanche et avoir passé la nuit du samedi avec le jeune acteur.

Interrogé, INTERPOL, à Stockholm, répond une fois de plus que Dany est seulement connue pour être persécutée par un dénonciateur anonyme. Mais cette fois les soupçons sont trop vifs, la lettre est trop précise ; Dany est mise à la disposition du juge d'instruction. Et cette fois aussi l'affaire va trop loin.

A Stockholm, un grand bonhomme de cinquante ans, le chapeau mou en bataille, le foulard noué rageusement autour du cou, sort de chez lui ivre de rage. Il vient de lire dans un journal la mésaventure de Dany Etberg, et Dany Etberg, c'est sa fille. Comme un fou, ses yeux bleus délavés pleurant de froid, il fonce à la police. Il en a « ras le bol » ! Tous ces « flics » sont des incapables ! Il va s'occuper lui-même de l'affaire, c'est en tout cas ce qu'il pense, et ce qu'il a décidé. Pour cela, il lui faut trouver l'auteur des dénonciations anonymes. Le policier du B.C.N. d'INTERPOL qui le reçoit à Stockholm est le spécialiste des machines à écrire. Il a le même âge que le père de Dany, les mêmes yeux bleus délavés et, lui aussi, a des enfants.

« Ecoutez, on a tout de même quelque chose en main, dit le père de Dany... Quatre lettres tapées à la machine. »

Le policier regarde sur son bureau les pièces du maigre dossier parmi lesquelles des originaux ou des photocopies des fameuses lettres.

« Oui, mais tapées sur quatre machines différentes. Sauf peut-être ces deux-là : la première et la dernière. La première tapée avec les caractères majuscules et l'autre en minuscules.

– Je vous en prie, aidez-moi, je vais essayer de retrouver cette machine. »

Le policier réfléchit :

« Rien qu'à l'étude de la frappe de ces deux lettres, on peut en effet déterminer exactement le type de machine dont il s'agit. Mais pourrons-nous la retrouver, même quand nous aurons sa formule exacte ?

– Qu'est-ce que c'est que la formule ? demande papa Etberg.

– Eh bien, voilà : on arrive à identifier une machine à écrire exactement comme une personne, grâce à une formule de cinq chiffres et de deux lettres. Tenez, vous allez comprendre. »

Il met sous le nez du père de Dany Etberg une des fameuses lettres.

« D'abord, on mesure avec une simple règle graduée de bureau la longueur qu'il faut pour frapper cent lettres. Ce qu'on appelle "l'échappement" ! Celui-là est de deux cent soixante millimètres pour cent lettres. Je marque donc deux cent soixante. Maintenant, il faut examiner la barre des "t" minuscules. Sur les machines, la petite barre du "t" est quelquefois au milieu, mais quelquefois à droite ou à gauche. Donc symétrique ou asymétrique. Ici, elle est symétrique. Je marque "1" sur la formule. Ensuite, je regarde si les chiffres sont fermés ou ouverts. Ici, ils sont ouverts. Je marque la lettre "B". Enfin, j'examine le jambage intérieur du "M" majuscule. Quelquefois le jambage descend jusqu'en bas, quelquefois pas. Ici, il descend jusqu'en bas, je marque "A". La formule de cette machine est donc : 260-1-B-2-A. Le type de caractères est "Pica 12", clavier universel. »

Le père de Dany, qui a vu petit à petit se dessiner devant lui le portrait robot de la machine, reprend espoir. D'autant plus que le policier lui dit :

« Encore un peu de patience, je vais voir si je peux vous donner la marque correspondant à la formule. »

Il trifouille quelques instants dans un classeur.

« Non, je ne l'ai pas. Mais le secrétariat général va nous la donner. Ils ont une collection complète des formules correspondant à tous les pays du monde. Revenez dans deux heures. »

Et, deux heures plus tard, INTERPOL à Paris a transmis le renseignement : la 260-1-B-2-A est une portable *Olympia* fabriquée entre 1945 et 1948. Il s'agit d'un modèle standard numéro 8, et la personne qui s'en est servie pour écrire les lettres ne tapait que d'un seul doigt.

« Bonne chance, monsieur », conclut le policier.

Mais papa Etberg est déjà dans la rue. Une vieille machine portable, on n'a pas ça dans un bureau. On a ça chez soi, dans le fond d'un placard, car on ne doit pas s'en servir souvent. Et il a son idée. Depuis le début, il a son idée. Seule une déception amoureuse peut entraîner une telle hargne chez un être. Dany a eu trois flirts sérieux. Son père a retrouvé leur adresse. L'auteur des lettres anonymes doit être l'un d'eux, et il va faire son enquête lui-même. Il se présente comme un réparateur de machines à écrire.

« C'est une erreur ! répond le premier des flirts, je n'ai pas de machine ici. »

Le second, qui est représentant de commerce, a effectivement une machine à écrire, mais la machine est moderne, et l'homme est marié. Chez le troisième, il est reçu par une vieille dame.

« Je viens réparer la machine à écrire. »

La vieille dame est très étonnée.

« La machine à écrire ? Vous m'étonnez ! Mon fils ne s'en sert pas souvent. Je ne sais même pas où elle est.

Pourtant, il m'a demandé de la remettre à neuf.

– Remettre à neuf cette vieille guimbarde ? Elle n'en vaut pas la peine.

– Montrez-la-moi, je vous le dirai. »

Ils cherchent ensemble la machine, et d'un placard la vieille dame sort triomphalement une vieille portable *Olympia*. M. Etberg l'ouvre assez maladroitement d'ailleurs, devant les yeux de la vieille dame incrédule.

« Non mais, vous n'allez pas remettre ça à neuf !

– Je vais l'emmener, je vous ferai un devis.

– Non, non, dit la vieille dame d'un ton péremptoire, laissez ça ici, c'est complètement idiot.

– Alors, je vais au moins regarder si elle marche. »

Etberg emprunte à la vieille femme une feuille de papier, la glisse dans la machine et comme il ne sait pas frapper, sinon d'un doigt, il prend un air concentré de technicien, tend l'oreille et scrute le mécanisme chaque fois que de l'index il frappe une touche, comme un accordeur de pianos. Lorsqu'il a enfin frappé péniblement une dizaine de lignes, il dit à la dame :

« Vous avez raison, il n'y a rien à faire. D'ailleurs elle marche bien pour son âge. »

Et il se sauve comme un voleur, court littéralement retrouver son ami le policier, car le propriétaire de la vieille *Olympia*, en apprenant qu'on est venu la vérifier, va comprendre qu'il a été démasqué et risque de s'enfuir. Une demi-heure plus tard, grâce aux dix lignes si laborieusement frappées, la machine est définitivement identifiée par la police.

Une autre demi-heure, et la police interroge le dénonciateur anonyme. Olav Christiansen avoue très vite. Son excuse : il n'était pas assez bien pour Dany mais il n'avait jamais aimé qu'elle, et il pensait qu'après un séjour en prison elle aurait été bien heureuse de le retrouver et de l'épouser. En somme, il voulait rendre l'objet de son amour aussi méprisable que lui, mais c'était difficile. Il a été condamné à cinq ans de prison pour diffamation et fausses accusations. Mais quand on songe à la vie de la malheureuse Dany Etberg pendant un an, ce n'est pas cher payer.

LE NUMÉRO 127 ET SON FILS

Duelta est un petit village de trois cents âmes, à quatre-vingt-quinze kilomètres de La Paz, capitale de la Bolivie. Ici, les chemins empierrés, sans commencement ni fin, naissent et se perdent dans une nature luxuriante où s'élèvent quelques jolies résidences secondaires mêlées aux habitations plus modestes des paysans. Ce dimanche soir est calme. Une villageoise avance le long d'un petit chemin et fait une horrible rencontre. Il y a là, à genoux contre un arbre, le cadavre déjà froid d'une jeune fille. La pauvre femme affolée court prévenir la police, représentée à Duelta par un brave garde champêtre qui n'a jamais vu de sa vie un cadavre sanglant. La jeune fille a été tuée de deux balles de fort calibre, tirées dans le dos. Elle a glissé le long de l'arbre en s'affaissant pour rester dans cette curieuse position. Comme à genoux et en prières. Pieusement le garde champêtre emporte la jeune fille dans ses bras et s'en va prévenir la police de la capitale, la grande police, et il attend, impressionné, dans son petit bureau l'arrivée du commissaire Luis Gaudi et de ses deux inspecteurs.

Mais, décidément, le bureau du garde champêtre est minuscule. Accompagné de ses deux inspecteurs, le commissaire Gaudi marche d'un pas incisif. Petit, mince, il porte une moustache mince au-dessus de ses lèvres minces et rumine perpétuellement un cigare très mince. En un tournemain, dans cette pièce de six mètres sur quatre blanchie à la chaux, il fait installer un bureau, quelques sièges et vérifie que le téléphone fonctionne bien. Tout en retirant sa veste qu'il dispose minutieusement sur le dossier de sa chaise, il interroge le garde champêtre, un grand diable de paysan, avec une bonne tête d'Indien recuite par le soleil :

« D'abord, qu'est-ce que vous savez sur cette fille ? »

Respectueux, le petit doigt sur la couture du pantalon, ses cheveux gras rebiquant de dessous le képi tout autour du crâne, le garde champêtre fait son rapport :

« Elle s'appelle Maria Del Coseh, monsieur le commissaire. Elle est née en Espagne, dans la province de Navarre, et elle a seize ans. Elle était fiancée avec Anconio Alvarez, et puis, il y a quelques jours, elle a rompu ses fiançailles.

– Qui c'est, Anconio Alvarez ?

– C'est le fils d'Alvarez.

– Je m'en doute... Mais qui c'est, Alvarez ? »

Le garde champêtre a l'air tout étonné qu'un homme de la capitale ne connaisse pas le señor Alvarez, l'homme le plus riche de la région.

« C'est un éleveur, monsieur le commissaire.

– Et comment son fils a-t-il pris cette rupture ?

– Pas bien, monsieur le commissaire. Il est venu plusieurs fois lui faire des scènes. Mais c'est un gentil garçon, vous savez. C'est pas le genre à tuer quelqu'un. Il écrit des poèmes, c'est vous dire.

– Qu'est-ce que vous savez sur la famille de Maria ? »

Le garde champêtre prend un air entendu :

« Bizarre, monsieur le commissaire. La mère est née en Espagne. Elle a cinquante-huit ans, et des bijoux, monsieur le commissaire ! »

Sur cette déclaration, le garde champêtre se tait,

comme s'il fallait tirer de cette constatation des tas et des tas de déductions. Mais le commissaire le regarde avec des yeux ronds.

« Elle a des bijoux, et alors ? Elle n'est pas la seule... Expliquez-vous.

– C'est qu'elles ont aussi des robes qui viennent de La Paz... Et aucune des trois ne travaille...

– Qui "elles", et qui est la troisième personne ?

– L'autre fille : Carmen. Elle a vingt-trois ans. Elle est née en Espagne aussi. Mais le jeune fils, Pedro, il a treize ans, et il est né en France.

– Quels sont les rapports des gens du village avec cette famille ?

– Au début, on se méfiait. Vous comprenez, monsieur le commissaire, la mère, c'est une divorcée. Et puis on se demande qu'est-ce qu'elle est venue faire dans ce pays. Pourquoi elle habite pas la capitale. Et puis y a un homme qui vient la voir de temps en temps. Il reste pas, une heure ou deux, c'est tout. Maintenant, on est habitué ici. On n'a pas de problèmes. On les fréquente. Mais on ne sait rien. »

Le commissaire pourrait penser que l'« on » sait beaucoup de choses au contraire et que le fiancé est un premier suspect tout à fait intéressant. Il pense même que l'affaire ne doit pas être bien compliquée et qu'il va pouvoir rentrer chez lui rapidement. Il convoque donc le fiancé, Anconio Alvarez.

Le garde champêtre a parfaitement décrit Anconio Alvarez : c'est un doux rêveur qui ne s'est donné comme peine que celle de naître.

« C'est vrai, dit-il. La rupture m'a fait beaucoup de peine. C'est vrai, j'ai été jusqu'à sa maison plusieurs fois lui faire des scènes. C'est vrai, j'ai essayé de la faire revenir sur sa décision. J'ai été très jaloux. Mais de là à la tuer, monsieur le commissaire... D'ailleurs, j'ai passé l'après-midi avec un ami qui vous le confirmera lorsqu'il sera de retour de La Paz.

– Vous étiez jaloux de qui ?

– D'un comédien, le propriétaire du théâtre ambulant qui passe tous les ans ici. C'est un affreux cabotin, et je sais que c'est à cause de lui que Maria a rompu. »

Simple, l'affaire est toujours simple pour le commissaire qui remercie Anconio Alvarez et décide de convoquer le comédien, le propriétaire du théâtre ambulant. Cela ne prend guère de temps, et l'homme entre en scène dans le bureau du commissaire, comme s'il n'attendait que ça depuis longtemps. Pour un cabot, c'est un magnifique cabot. Un personnage directement sorti du répertoire classique : trente ans, une sorte de play-boy des années 30, avec toutefois un nez en bec d'aigle. Connaît-il Maria Del Cosch ?

« Oui, répond le cabot d'une voix étonnamment sonore. Je la rencontrais chaque année, et, cette fois-ci, j'ai découvert qu'elle était devenue une jeune fille très belle. Je l'aimais infiniment, et nous avions l'intention de nous fiancer. »

C'est une belle réplique. Claire. Mais peut-être joue-t-il un rôle ? Il paraît cependant très affecté par la mort de Maria, et le commissaire se demande si un comédien peut cerner ses yeux et creuser son visage à ce point. Quoi qu'il en soit, le comédien n'a pas fini son texte.

« Pour que vous ne perdiez pas votre temps, commissaire, il faut que vous sachiez qu'entre 16 heures et 19 heures, au moment où on commettait ce crime affreux, je suis resté sur la grande place, devant la roulotte de la caisse. Tout le monde pourra vous le confirmer, sauf le voisin de la famille Del Cosch, bien entendu.

– Pourquoi ?

– Parce qu'il me déteste, comme il déteste d'ailleurs la famille Del Cosch. »

Un voisin méchant ! Voilà qui fait l'objet d'une troisième convocation, mais le commissaire est à nouveau déçu. Pour une affaire simple, il y a beaucoup de suspects.

Car c'est vrai que le voisin était amoureux, lui aussi, de Maria. Et c'est vrai que celle-ci a repoussé ses avances. Vrai enfin qu'il avait voué une haine tenace à la famille Del Cosch, proféré des menaces à l'égard des jeunes filles et giflé le jeune Pedro pour une peccadille. Mais vrai aussi qu'il a passé l'après-midi du dimanche à jouer aux cartes avec des amis, et ceux-ci le confirment. Il ne reste plus au mince commissaire, ruminant son mince cigare entre ses lèvres minces, qu'à passer la nuit dans ce coin perdu.

Le lendemain, l'interrogatoire de la mère de Maria ne donne aucun résultat. Elle consent tout juste à préciser qu'elle est divorcée d'un banquier espagnol et vit de la pension qui lui est scrupuleusement versée chaque mois. La confrontation des principaux témoins, l'audition méticuleuse des villageois n'amènent rien de plus. Et le commissaire doit reporter son retour dans la capitale au lendemain, puis au surlendemain, et les jours passent. Le voilà à la tête d'une enquête mystérieuse, sans point de repère, avec le sentiment que l'assassin est là tout proche et se moque de lui.

Une seule chose paraît bizarre, c'est le témoignage de la sœur de la victime. Ses réponses ne sont pas nettes. Elle a des crises de nerfs qui pourraient être dues au choc provoqué par la mort de sa sœur, mais le commissaire a tendance à croire qu'elle ne dit pas tout ce qu'elle sait. Il a raison, car brusquement, le huitième jour, le 10 août, à

10 heures du matin, la mère arrive, affolée et les cheveux en désordre. Elle vient de trouver, en revenant d'une course, sa fille aînée, Carmen, morte devant sa table de toilette.

Comme une traînée de poudre, le bruit de ce nouveau crime se répand dans le village. Et cent personnes se pressent autour de la maison lorsque le commissaire y arrive, toujours suivi de ses deux inspecteurs et du garde champêtre.

La victime est assise sur une chaise, devant la table de toilette, sa tête retombe sur sa poitrine. Deux minces filets de sang naissent au bord des lèvres pour former une large flaque sur le sol. Comme sa sœur Maria, elle a été foudroyée de deux balles. L'une a traversé le sein gauche, l'autre a sectionné la carotide. Le calibre de l'arme meurtrière est apparemment le même que pour l'assassinat de Maria, un colt, ont dit les experts de La Paz lors du précédent crime.

Le meurtrier n'a pas pénétré dans la pièce. Une des fenêtres a été ouverte, sans doute par Carmen. Il n'y a pas trace de lutte, et la jeune fille a été surprise alors qu'elle faisait sa toilette le dos tourné à la fenêtre. L'assassin devait guetter du dehors. Il a dû attendre le départ de la mère et du petit Pedro, surgir des massifs d'arbustes, s'approcher et viser par la fenêtre ouverte. Il a tué avec précision, car les deux balles étaient mortelles. A l'extérieur, quelques traces sont visibles. Elles conduisent jusqu'aux abords de la maison de l'irascible voisin et s'y perdent. Les deux chiens de garde, de gros chiens de montagne, n'ont pas même aboyé. Décidément, ce voisin est un bon suspect, mais il fournit de nouveau un alibi impeccable.

Cette fois, une véritable panique s'empare du village. Le commissaire doit avouer à ses supérieurs que l'affaire prend des proportions qui pourraient le dépasser. On lui envoie deux détectives de la capitale et une douzaine d'inspecteurs qui décident de reprendre l'affaire de zéro. C'est-à-dire que dès le lendemain, à 8 heures, ils interrogent à nouveau les trois hommes : le fiancé, le comédien et le voisin jaloux. A 9 heures du soir, l'interrogatoire dure encore. Les suspects sont toujours là, écrasés de fatigue, mais l'enquête n'a pas avancé d'un pas. Aucun aveu n'a été obtenu. Que l'on soit quinze ou seul à interroger ces trois hommes, il est évident que ce n'est pas la bonne méthode.

A la porte, attendant d'être interrogés à leur tour ou confrontés aux suspects, les acteurs de la troupe théâtrale et les enfants du voisin des Del Cosch s'impatientent, mêlés aux habitants du village affolés par les événements et critiquant amèrement l'impuissance de la police.

Il est plus de 9 heures du soir lorsqu'un remous se produit dans la foule. Des cris de femmes se répercutent dans le soir, des chiens aboient, des enfants crient. Tout ce vacarme accompagne la course d'un homme qui surgit, fend la foule, bouscule le policier de faction et pénètre, sans reprendre son souffle, en trombe dans le bureau du commissaire.

« Commissaire, je viens de passer près de la maison de Maria Del Cosch. J'ai entendu deux coups de feu. Je voulais pas recevoir de pruneaux si l'assassin me découvrait. Alors je me suis enfui, et voilà.

– Qu'est-ce qu'il y a encore ! » soupire le commissaire en se levant d'un bond pour courir à sa voiture.

Et cinq minutes plus tard, il est à la maison des Del Cosch. Toute vie semble éteinte. Les chiens ne grondent pas. On n'entend ni la voix de la mère ni celle du garçonnet. Prudemment le commissaire, rejoint par les détectives, pénètre dans le jardin et contourne la petite maison. Aucune lumière. Aucun bruit à l'intérieur, mais une fenêtre est ouverte qu'il escalade. A la lueur de sa torche électrique, il découvre la mère, tuée de deux balles de revolver dans la tête. Le crime vient d'être commis : le sang macule le sol et le tapis. Le garçon de treize ans et les deux chiens ne sont ni dans la maison ni dans le jardin. Les recherches entreprises dans les environs ne permettent de retrouver que les chiens. L'un d'eux errait dans la campagne, à quelques kilomètres du village. Couvert de boue, le poil collé au corps, il semble avoir parcouru une très longue distance. Le deuxième chien est retrouvé peu après, tué d'une balle dans la tête.

Alors les policiers ont l'idée de se servir du chien survivant pour suivre la piste du criminel. En pleine nuit. A l'orée d'un bois, à quatre kilomètres du village, ils découvrent de nombreuses empreintes de sabots de cheval. Des chevaux ont dû piétiner à cet endroit un temps assez long, attachés à un arbre. C'est tout, et c'est pour le moins bizarre. L'unique rescapé de la famille Del Cosch, Pedro, treize ans, a disparu. Tout le monde va se coucher.

Le lendemain, un éleveur vient raconter au commissaire que, le soir du crime, il a aperçu deux hommes dissimulés dans un taillis. Ils se sont tus lorsqu'il est passé, mais il pense avoir eu le temps de reconnaître une voix : celle du fils du maire. Qui est le fils du maire ? Le garde champêtre a réponse à tout : le fils du maire est un pâle voyou. Il n'a aucun alibi, et l'on retrouve ses empreintes sur les vitres de la fenêtre de la chambre de Maria Del Cosch. Il a beau nier, protester, le petit jeu a assez duré, et il est expédié à la prison centrale de La Paz. Cela fait, les enquêteurs retournent dans la capitale, persuadés d'avoir rempli leur mission. Ils repartent tous, sauf le mince commissaire ruminant son mince cigare entre ses lèvres minces sous une moustache mince et rageuse. Il n'était point besoin d'être quinze pour en arriver là. Le fils du maire n'est jamais qu'un suspect de plus. Et un suspect qui n'avoue pas. Rien ne dit qu'il soit coupable. Il a trouvé dans la maison du drame une photo d'homme qui l'intrigue et reçu d'INTERPOL Madrid un bien curieux rapport. Mais il n'a même pas le temps de réfléchir sainement à ces deux nouveaux éléments. En effet : le 16 septembre 1946, un officier fanatique tente d'assassiner le président de la république de Bolivie. C'est du moins ainsi que les journaux présentent l'affaire, et il faudrait être un commentateur averti de la politique bolivienne de cette époque pour émettre la moindre opinion.

Le même jour, la population indignée assiège la prison centrale et s'en empare. Elle fait irruption dans la cellule où se trouve l'officier et le pend ainsi que quelques autres détenus politiques. Cet événement d'importance n'aurait rien à voir avec l'enquête du commissaire si, à la faveur de cette sédition, une vingtaine de prisonniers de droit commun n'en profitaient pour s'évader. Et parmi eux, le fils du maire de Duelta.

Il n'ira pas loin. Le lendemain, le petit commissaire Luis Gaudi est appelé de toute urgence à La Paz. Dans un parc de la ville on a découvert, écroulé sur un banc, un cadavre qu'il reconnaît immédiatement : c'est le fils du maire. Cette fois, le petit commissaire braque sur les détectives accourus un cigare mince, mâchonné mais triomphant.

Il avait raison. Ce pauvre type n'était qu'un comparse dans l'affaire. Le véritable criminel court encore. C'est lui qui l'a tué parce qu'il en savait trop. Et à l'heure qu'il est, il doit avoir quitté la Bolivie.

Le petit commissaire appuie sa certitude sur la photo d'un homme d'environ cinquante ans, celle qu'il a trouvée dans la chambre de Maria Del Cosch. C'est un instantané, pris dans une avenue très passante, qu'INTERPOL a fini par identifier comme étant une des principales artères de Barcelone. De même, INTERPOL a identifié l'homme : beau et brun au visage très dur, un certain Manuel Gimenez. Un nom qui vient on ne sait d'où, car il s'agit d'un ancien pensionnaire de l'annexe de la Société de protection de la jeunesse de Barcelone. Pendant onze ans, il a porté le numéro 127, et les registres de l'état civil portent la mention : « Né de père et de mère inconnus, le 3 septembre 1886. »

De onze ans à trente-quatre ans, il a travaillé dans les cirques, y accomplissant toutes les tâches : homme de piste, acrobate, dompteur, illusionniste et même clown. C'est à Bilbao qu'il a rencontré une jeune et très jolie Navarraise dont il tomba amoureux. Pendant deux ans ils ont vécu, apparemment, très heureux, et puis un jour la jeune Navarraise s'est envolée pour épouser le banquier Del Cosch. Lorsque Manuel Gimenez l'a retrouvée, elle avait deux filles, Maria et Carmen, et elle était divorcée de son banquier. Sans doute était-elle désemparée puisqu'elle reprit la vie commune avec Manuel Gimenez. Elle eut même un enfant de lui, qu'ils appelèrent Pedro. Malheureusement, Manuel n'était plus le même homme. Il était devenu violent, alcoolique et pas toujours très honnête ; bien que travaillant toujours dans les cirques, il lui arrivait de faire quelques séjours en prison. C'est au cours d'une de ses absences forcées que Maria Del Cosch décida de le quitter une seconde fois. Redoutant sa colère, elle décida d'aller s'installer en Bolivie avec ses trois enfants. Pour Manuel Gimenez, Maria et le petit Pedro étaient devenus une véritable obsession. Ce n'est pas tout à fait par hasard si on le vit pendant treize ans bourlinguer à travers le monde, en tant qu'administrateur de cirque en théâtre ambulant, jusqu'à Duelta, où l'apparition de Maria et ses filles déclencha une véritable démence. Une série de meurtres impitoyables. C'est lors du dernier meurtre, alors qu'il voulait enlever le petit Pedro, que Manuel eut besoin d'un complice, et ce fut le fils du maire, le pâle voyou. Lors de l'attentat du 16 septembre, pour aider son complice à s'évader, Manuel Gimenez était au premier rang des manifestants qui attaquaient la prison. Et il l'assassinait la nuit même pour être sûr qu'il ne parlerait pas.

Il restait à retrouver ce père fou et son fils kidnappé. Cela s'est passé dans des circonstances inattendues.

Le 10 novembre 1946, un fiacre attelé de deux forts chevaux trottine dans Barcelone. Un policier en civil, dont la voiture est en panne, voyant que le fiacre n'est occupé que par deux personnes, un homme et un enfant emmitouflé, fait signe au cocher de s'arrêter. Après avoir roulé quelques instants, assis en face de cet homme – apparemment paisible – et de l'enfant qui regarde la grande ville avec des yeux ébahis, le policier est soudain frappé de leur ressemblance avec des photos qu'il a reçues le matin même d'INTERPOL. Mais, s'il s'agit bien du tueur recherché, opérer dans cette calèche paraît risqué. Devant un garage, le policier demande à s'arrêter.

« Attendez-moi une seconde. Je vais voir s'ils peuvent me dépanner. »

Quelques instants plus tard, le policier remonte dans la calèche :

« Ils n'ont personne pour me dépanner. Je descendrai un peu plus loin. »

Durant cette brève absence, il a, bien entendu, prévenu le poste de police voisin. Ils n'ont pas trottiné plus de six cents mètres qu'une voiture puissante freine brusquement et se met en travers de la chaussée. Quatre hommes sautent aussitôt dans le fiacre. L'homme qui avait plongé la main dans sa poche, après avoir hésité un instant, la ressort vide. Il expliquera qu'il n'a pas tiré à cause de son fils. Son fils qui sera confié – car il en est ainsi lorsque la malédiction frappe une famille – à la Société de protection de la jeunesse de Barcelone, où le père portait le numéro 127... Injuste retour des choses.

CRIME D'OUTRE-TOMBE

L'inspecteur Viaud a quelque chose de racé dans l'allure et les traits. Il est mince, élégant, porte avec charme un début de calvitie, ce qui n'est pas donné à tout le monde. Il a aussi ce petit quelque chose qui fait aimer ou détester l'image du « flic » classique : le sourire un tantinet sarcastique. Le même sourire sert également à son image de célibataire endurci et de phallocrate distingué... L'inspecteur Viaud a toujours l'air d'avoir l'air de laisser supposer « qu'à lui on ne la fait pas », qu'il s'agisse d'assassins ou de femmes.

D'ailleurs il est convaincu d'une chose : on ne rencontre jamais un suspect ou une femme qui n'ait rien à se reprocher. Son scepticisme est d'ordre général, d'ailleurs, et fait partie de sa nature profonde. Ce qui rend particulièrement intéressante cette étrange histoire qui commence comme une blague.

Un copain de l'inspecteur Viaud, surnommé Gros Marcel, s'en vient le trouver un jour et lui dit :

« Ma femme et moi, nous allons chez une voyante, c'est une femme extraordinaire. Il faut que tu viennes avec nous demain absolument. La dernière fois, elle est entrée en communication avec une femme assassinée... »

L'inspecteur Viaud ricane, refuse. Il n'a pas le temps, il n'y croit pas... Mais le Gros Marcel insiste. Cette femme étrange raconte le crime, paraît-il, dans ses moindres détails. Il y a vraiment de quoi être troublé.

« Et puis quoi ! Tu ne risques rien ! Viens donc écouter, tu décideras ensuite. »

Le lendemain, donc, l'inspecteur Viaud suit dans l'escalier d'un immeuble bourgeois de la Canebière, à Marseille, son ami Marcel qui souffle comme un phoque. Sa profession de masseur ne l'empêche pas d'être obèse. Jadis il fit de la gymnastique, il fut champion de natation, et puis il rencontra Mireille, une charmante petite Provençale qui fait bien la cuisine et le mène par le bout du nez.

Dans l'escalier, derrière Marcel et Viaud, il y a aussi le Dr Harlan, d'origine alsacienne : quarante-cinq ans, éternel potache, bon docteur et affublé d'une femme jolie mais pimbêche. Une véritable caricature de bourgeoise. C'est Marcel qui sonne au palier du troisième étage, à une porte où l'on peut lire : *Mme Abattuci* et au-dessous : *Médium écrivain*.

Ce n'est pas le médium écrivain qui ouvre la porte, mais son petit mari. M. Abattuci n'a pas de profession à proprement parler. Il a cependant une fonction précise dans la société : protéger Mme Abattuci, organiser son travail, la débarrasser des corvées telles que courses, cuisine et comptabilité. Il est donc absolument indispensable à son épouse « médium écrivain ».

Mme Abattuci est de noir vêtue, grande, forte, avec une masse de cheveux gris, bien organisée en ondulations parallèles, posée sur sa tête comme une perruque, sans en être une. Elle trône dans des effluves, non point de myrrhe ou d'encens, mais de pisse de chat. Ce qui n'est guère encourageant pour les visiteurs. Malgré son poids, sa masse, la gravité de son visage, Mme Abattuci est une grande sensible. Son mari ne manque jamais de le faire remarquer : une rêveuse totalement incapable de surmonter seule les obstacles concrets de la vie quotidienne.

Les présentations faites, M. Abattuci ajoute à l'intention de l'inspecteur Viaud :

« J'espère que Rosine fournira assez de détails pour que vous puissiez faire quelque chose. »

Puis il dispose des chaises autour de la table recouverte d'un velours noir, sur laquelle va opérer Mme Abattuci, sa précieuse épouse. Il s'assoit à sa gauche, de façon que son avant-bras droit touche l'avant-bras gauche de sa femme. Celle-ci tient dans sa main droite un crayon que M. Abattuci va fréquemment tailler avec un canif bien aiguisé. Et c'est finalement sur un cahier d'écolier qu'elle doit écrire ce qui va lui être révélé.

« Si les révélations vont trop vite pour le crayon, dit-elle, je les dirai à voix haute. »

Il est 9 heures du soir lorsque M. Abattuci demande, sur un ton soucieux :

« Tu es prête, Rosine ?

– Je suis prête », répond la grosse femme d'un air inspiré.

M. Abattuci appuie du pied sur un bouton électrique qui amène une diminution progressive de l'éclairage, et c'est donc dans une pénombre quasiment angoissante que la pointe du crayon se lance sur la feuille de papier, avec une telle vigueur que la mine se casse. Et M. Abattuci de murmurer : « Elle est en forme... » Puis il lit les premiers mots qui viennent de s'écrire. Des mots venus de l'au-delà :

« Je m'appelle Lola Gaudi... »

Les invités de M. Abattuci sentent confusément qu'ils vont assister à une séance exceptionnelle.

L'inspecteur Viaud lui-même ose à peine bouger sur son siège, de peur de troubler le contact qui vient de s'établir entre le médium et Lola Gaudi. Il n'y croit pas du tout, mais il s'en voudrait de troubler Mme Abattuci dans son numéro. Pour être policier, on n'en est pas moins spectateur courtois. Le crayon, retaillé par le mari de la voyante, court à nouveau sur le papier, et M. Abattuci lit :

« Nous sommes en 1939, à Marseille depuis deux ans. Mon mari s'appelle Juan. Il est commerçant en café. Il est brutal, brutal, très brutal. »

Crac ! Une fois de plus, la mine du crayon vient de se casser. Et des sanglots secouent brusquement la pauvre Mme Abattuci. Ce n'est plus Mme Abattuci. Ces larmes n'ont rien à voir avec le crayon, car elle s'est complètement identifiée à Lola Gaudi. Elle n'est plus que l'incarnation de cette femme disparue et dont personne n'a jamais entendu parler. Et, tandis que son époux retaille le crayon, la médium continue d'une voix haletante :

« Juan est jaloux, exclusif, il me terrorise. Je crois qu'il veut me tuer. Il me donne du poison. Dans ma potion, je viens de trouver du soufre. »

L'inspecteur Viaud n'en revient pas. Au début, il se retenait pour ne pas trop sourire, mais à présent, il regarde avec curiosité les réactions des invités : le Gros Marcel et sa petite Provençale, le Dr Harlan et sa bourgeoise. Ils se serrent un peu plus les uns contre les autres, et l'atmosphère qui règne dans la pièce obscure devient intense, tandis que, moitié parlant, moitié écrivant, Mme Abattuci poursuit son récit : Lola et son mari, d'après ce qu'elle raconte, habitent dans des baraquements, aujourd'hui remplacés par un immeuble moderne de cinq étages. Lola est née dans une famille plus aisée que son mari, mais elle est de faible constitution.

Brusquement, la voix plutôt aigrelette de Mme Abattuci devient grave, profonde. Elle grogne : « Prends ça ! » Cette voix est censée être celle du mari empoisonneur. Terrorisée, Lola absorbe chaque jour un médicament qui contient un poison en faible dose. Elle s'affaiblit de jour en jour. Tandis que ses forces déclinent, elle pressent l'affreuse machination organisée par son mari. Il veut la faire mourir à petites doses.

L'inspecteur Viaud, persuadé que la voyante joue la comédie, observe les autres, à commencer par le mari. Croient-ils sincèrement ou font-ils semblant ?

« Prends ça ! » vient de répéter d'une voix méchante Mme Abattuci transformée en assassin.

Et Lola Gaudi, accablée par sa misérable situation, résignée, avale les potions.

« Il y a du soufre dedans. »

Ces mots, Mme Abattuci les a murmurés comme pour elle-même, comme si Lola n'osait pas les prononcer à haute voix, comme si elle avait peur des représailles qui pourraient être exercées sur elle par Juan, son bourreau. Elle sait qu'il veut sa mort, mais comment lutter ? Elle sait aussi qu'il lui préfère une trapéziste de cirque.

A ce sujet, l'inspecteur Viaud trouve que Mme Abattuci exagère et qu'elle en fait un peu trop. Rester dans la tradition du roman populaire, soit. Mais la trapéziste de cirque sent le roman à quatre sous à plein nez. D'autant que Mme Abattuci la décrit : « Excitante dans son collant, se balançant sous la toile d'un chapiteau, suivie par des centaines de regards inquiets. » Le crayon étant retaillé, c'est M. Abattuci qui lit la suite, en suivant ces évolutions sur le cahier.

« J'attendais un enfant, dit le crayon qui poursuit : Juan va-t-il cesser son action morbide envers la femme ? Non. Il poursuit son œuvre destructrice. Lola sait que, chaque jour, sa démarche se fait plus lourde, qu'elle s'écroulera bientôt, lasse de lutter contre cette mort lente.

– Prends ça ! » dit toujours le crayon.

Cette fois, il ne s'agit plus de potion plus ou moins empoisonnée, mais de coups. Mme Abattuci s'écroule en avant sur la table, écrase son front sur le cahier et gémit :

« Mon enfant ! Mon enfant ! »

L'inspecteur Viaud commence à se sentir atrocement gêné. Il trouve cette exhibition indécente. Il a envie de se lever et de partir. Mais les autres sont tellement fascinés qu'il n'ose pas. D'ailleurs, ce n'est pas le moment de partir. Dans un langage directement inspiré par la presse du cœur, Mme Abattuci raconte maintenant comment le bourreau, insensible, continue à frapper sa femme qui porte en elle le petit être qu'il lui a donné. Pour Lola, c'était le dernier espoir. Elle s'accrochait à la maternité comme un naufragé à une épave. Si on lui ôte sa dernière raison de vivre, à quoi bon lutter ? Sa raison chancelle. Que peut-elle faire, qui pourrait la délivrer de ce bagne où elle est échouée ? Ceux à qui elle fait part de ses craintes ne la croient pas. Elle a un frère qui vit au Venezuela. Elle lui écrit. C'est son dernier recours. Son frère, quelque temps plus tard, lui adresse une lettre. Ici le crayon, sur le cahier d'écolier de Mme Abattuci, prétend reproduire fidèlement les termes par lesquels il encourage sa sœur à quitter son mari pour venir le rejoindre au Venezuela. Il termine : « Ma sœur chérie, viens, il faut sauver ta vie et celle de ton enfant. »

M. Abattuci, qui vient de lire la lettre d'une voix enrouée par l'émotion, se tait. Est-ce la fin de l'histoire ? Non. Agité d'une frénésie diabolique, le crayon reprend sa course, et la voix du petit homme le traduit à nouveau : « Lola aura-t-elle la force de réagir et d'aller rejoindre son frère ? Son enfant meurt avant terme : les coups portés à la mère en sont la cause. Lola, délirante, reste de longues heures couchée sur un grabat, près du petit cadavre, sans qu'on lui porte secours. Elle sait désormais que tout va bientôt finir », comme dit Mme Abattuci, « les souffrances en même temps que la vie ». L'inspecteur Viaud, furieux qu'on le prenne à ce point pour un imbécile, serre les dents. Mais ne peut se défendre d'être pris par l'atmosphère de cauchemar qui règne dans la pièce. Cette Lola Gaudi, ce cliché invraisemblable, il a fini par la voir. Un instant, il croit même l'entendre comme si elle était là, lorsque Mme Abattuci, se tordant de douleur, s'agrippe à son mari et, d'une voix étouffée, en râlant, s'écrie :

« Je vais mourir ! Il m'a empoisonnée ! Je souffre, j'ai mal, très mal ! Je meurs ! »

Lola vient d'expirer dans d'atroces souffrances... Son martyre est-il terminé ? « Oui », pense l'inspecteur Viaud qui s'apprête à se lever. Mais non, Mme Abattuci n'a pas fini. Le mari de Lola ne va pas laisser son pauvre corps inerte, au repos. Il a peur d'être accusé par la justice d'avoir laissé sa femme sans soins. Que va-t-il faire ? Le crayon court à nouveau. L'inspecteur Viaud, sidéré, se demande ce que la voyante va pouvoir inventer. Or, d'après elle, le dénommé Juan dépèce Lola Gaudi à l'aide d'une scie, entasse les morceaux dans une caisse qu'il va jeter dans une décharge publique.

L'inspecteur Viaud attend la suite, mais, cette fois-ci, c'est fini. M. Abattuci le sent bien, il a retiré son bras, et avec un mouchoir tamponne le front de sa femme, épuisée, défigurée par la fatigue, renversée sur son siège, avec quelques larmes qui continuent de couler doucement. Du pied il actionne le bouton électrique, et la lumière, progressivement, revient, éclairant des visages livides. L'inspecteur Viaud a l'impression qu'il vient de vivre un cauchemar absurde. Il en veut terriblement au Gros Marcel de l'avoir entraîné dans cette tragi-comédie. Mais il n'ose rien lui dire et se contente de le regarder d'un air furieux. Après un long silence, c'est le Dr Harlan qui prend la parole :

« Qu'est-ce que vous allez faire, inspecteur ? »

Pour l'inspecteur Viaud, cette question est le comble de l'absurde : non seulement ces gens s'imaginent qu'il a cru à l'histoire, mais ils voudraient qu'il fasse quelque chose. Quoi qu'il en soit, il est difficile de leur rire au nez, étant donné leurs visages tragiques. Et l'inspecteur trouve un faux-fuyant :

« D'après ce que je crois comprendre, cette affaire se serait passée en 1939. Voilà près de quarante ans. Il y a donc prescription. Aucune action judiciaire ne peut être entreprise. »

La protestation est générale.

« Tout de même, s'exclament les braves gens, on pourrait au moins essayer de retrouver le mari ! »

Alors, pour couper court à tout, et pour partir plus vite, l'inspecteur Viaud promet :

« D'accord. Je vais voir s'il a bien existé un certain Juan Gaudi, marchand de café. »

Il ne sait pas que cette promesse va entraîner une cascade d'événements plus incroyables les uns que les autres. Le plus incroyable étant l'existence du couple lui-même. En fouillant très loin dans les archives de la préfecture et de la mairie de Marseille, Viaud retrouve en effet l'existence de Juan et Lola Gaudi, venus d'Andalousie et s'étant installés à Marseille, chassés par la guerre d'Espagne en 1937. Ce qui ne prouve rien, car Mme Abattuci, qui a soixante-deux ans, a fort bien pu les connaître à l'époque. Mais c'est tout de même curieux. Curieux aussi qu'il soit impossible d'ailleurs de retrouver leur trace. Sans doute ont-ils déménagé, peut-être pour retourner en Espagne. Mais, lors d'un voyage qu'il fait à Paris, l'inspecteur Viaud rencontre un ami anglais, chef de la division de police du secrétariat général d'INTERPOL à Paris. Comme tous les Anglais, son ami est un mélange de scepticisme et de crédulité qui fait les bons policiers, car il les rend curieux.

Pour le simple plaisir curieux, donc, les deux hommes estiment qu'il serait intéressant de pousser le bouchon un peu plus loin. Une demande de renseignements est donc envoyée au bureau central d'INTERPOL à Madrid, concernant le dénommé Juan Gaudi, commerçant en café. INTERPOL Madrid répond, en gros : « Commerçant en café, connais pas. Toutefois, un certain Juan Gaudi, condamné pour escroquerie et correspondant au signalement, s'est en effet marié à Séville en 1937 avec Lola Berlangua, née à Séville le 18 juin 1915. Tous deux ont quitté l'Espagne quelques mois plus tard. » Conclusion : le frère de Lola devait s'appeler Berlangua, et, comme on sait qu'il vivait au Venezuela, une demande de renseignements part donc pour l'INTERPOL de Caracas. Huit jours plus tard INTERPOL Paris reçoit avec stupeur le message suivant : « Avons entendu aujourd'hui même le señor Antonio Berlangua, né le 6 janvier 1904 à Séville, Espagne, commerçant à Caracas. Celui-ci nous a déclaré : "Ma sœur Lola a épousé à Séville, la veille de la guerre civile, un voisin, commerçant en café, du nom de Juan Gaudi. Moi-même, et d'ailleurs notre famille, étions contre ce mariage, car notre opinion sur cet homme n'était pas bonne. Au début de la guerre civile, je suis venu m'installer au Venezuela tandis que ma sœur et son mari allaient se fixer à Marseille. Ma sœur et moi avons correspondu pendant deux ans, jusqu'à l'été 1939. Elle était très malheureuse avec son mari et je me faisais beaucoup de souci pour elle. A partir de l'été 1939, je n'ai plus eu de nouvelles. Pendant la guerre, j'ai écrit à la préfecture des Bouches-du-Rhône pour demander des renseignements. On m'a répondu que Juan Gaudi avait déclaré à la police la disparition de son épouse, dans le courant du mois d'août 1939, et que l'on avait identifié, au début de septembre, comme étant celui de ma sœur, un cadavre trouvé coupé en morceaux dans une décharge publique. Apparemment ce crime n'a pas été imputé à mon beau-frère. Mon opinion est que c'est lui qui l'a tuée. Je n'ai pas engagé de poursuites, car c'était la guerre en Europe. J'ai essayé, mais je pense que les Français avaient d'autres chats à fouetter. Après la guerre, en 1945, j'ai tenté de retrouver mon beau-frère sans aucun succès." »

Et le message se conclut par des considérations d'ordre juridique concernant la prescription et l'impossibilité pour la justice du Venezuela de donner suite aux plaintes du señor Antonio Berlangua.

En apprenant la teneur du message, l'inspecteur Viaud fait fouiller les archives de la police criminelle de Marseille et reçoit confirmation : oui, le cadavre dépecé de Mme Lola Gaudi, vingt-cinq ans, femme d'un dénommé Juan Gaudi, commerçant en café, a bien été retrouvé dans une caisse le 11 septembre 1939, dans une décharge publique. Son mari avait signalé sa disparition quinze jours auparavant. Ce sont les émanations dégagées par la caisse qui l'ont fait découvrir. Le mari n'a pas été inquiété. L'affaire n'a jamais été élucidée. Cette fois, l'affaire vient aux oreilles d'un journaliste, et la presse publie l'information en première page. Première conséquence : le cabinet de Mme Abattuci, héroïne de ce fait divers peu banal, ne désemplit pas.

L'inspecteur Viaud, lui, se garde bien d'informer les journalistes, lorsque Juan Gaudi, qui a profité de la guerre pour changer de nom, est retrouvé à Paris. C'est un vieillard sénile qui vit cloîtré dans la soupente d'une maisonnette de banlieue que les enfants de la trapéziste peuplent chaque week-end d'une armée de bambins. La trapéziste existait bien, elle, selon toute vraisemblance. Et de même, après avoir longuement réfléchi, Viaud passera sous silence le dernier acte obscur de cette incroyable histoire. Quelques jours après la publication dans la presse, un brave homme a demandé à le voir. C'est l'un des terrassiers qui, en 1952, a participé à la démolition des baraquements où avaient vécu quinze années plus tôt Juan Gaudi et sa malheureuse femme. C'est lui qui détient la clé du mystère.

« Quand on a arraché les pilotis qui portaient le plancher d'une des maisons, j'ai trouvé une petite valise en fer, toute rouillée. Avec les copains, on a tout juste jeté un coup d'œil. Dedans, il y avait un cahier, des lettres, des photos... C'était écrit en espagnol. Il y avait des enveloppes qui venaient d'Amérique du Sud. On a tout refermé et on a été la porter aux dernières personnes qui avaient habité dans cette baraque.

– Et c'était qui ? demande l'inspecteur Viaud.

– M. et Mme Abattuci. »

En conséquence de quoi l'inspecteur Viaud a pu conserver son éternel et agaçant sourire sceptique.

À LA CHASSE AUX ESCARGOTS JE NE VEUX PLUS ALLER, BRIGADIER

Un homme (suisse) entre au poste de police des Brenets, petite commune (suisse) du canton de Neuchâtel près de la frontière, et demande à voir le brigadier (suisse) de la gendarmerie cantonale. Il est minable et n'a rien d'un guerrier ni d'un aventurier. Comment imaginer qu'il va être le héros d'une guerre, voire d'un conflit international ? Car il s'agit d'une guerre, dont le lecteur a tout ignoré jusqu'à présent et qu'il est grand temps de lui faire connaître.

Donc un petit homme minable, blond et suisse, légèrement abruti par l'alcool, vient voir le brigadier cantonal des Brenets.

« Qui êtes-vous ? demande le brigadier cantonal qui connaît parfaitement son visiteur.

– Ben... Je suis Jean-Louis Vervier...

– Et vous demeurez ?

– Bah ! Vous le savez bien. Au hameau de La Bugne.

– Et qu'est-ce qui vous arrive ?

– Eh bien... Voilà... Ce matin, j'étais en train de chasser, lorsque j'ai entendu qu'on m'appelait, de ce côté-ci de la rivière. C'était un Français.

– Tiens ! Mais alors il était en Suisse ? fait remarquer le brigadier cantonal.

– Peut-être un peu, monsieur le brigadier, mais juste un peu...

– Comment s'appelle-t-il ?

– Je ne sais pas.

– Alors comment savez-vous qu'il est français ?

– Son accent, monsieur le brigadier.

– Et qu'est-ce qu'il faisait là ?

– Il devait chasser les escargots, monsieur le brigadier, parce qu'il avait son seau à couvercle à la main.

– Et après ?

– Et après, je lui ai demandé ce qui n'allait pas, parce qu'il avait l'air tout triste. Mais alors, une vraie tête de croque-mort, monsieur le brigadier. Il m'a dit que ça allait très mal. Qu'on voulait lui déménager son camion. Parce qu'il vit dans un vieux camion, monsieur le brigadier. Qu'il n'avait plus d'argent, que sa femme voulait s'en aller, et tout le reste. Je lui ai dit que j'avais connu aussi des moments difficiles. Que, dans ces cas-là, je rentrais chez moi, que je prenais une bonne cuite, et le lendemain ça allait mieux. Il m'a répondu qu'il avait trop peur de rentrer chez lui, et que sa femme ne soit plus là, et qu'il préférait se tirer un coup de fusil dans la tête.

– Parce qu'il avait un fusil ?

– Oui, monsieur le brigadier, au cas où il aurait rencontré un gibier, je pense.

– Soit... Et après ?

– Et après, il a traversé la rivière, et moi je suis parti. Quelques instants plus tard, j'ai entendu un coup de feu. Je suis retourné à la rivière. Je l'ai appelé, il ne répondait plus.

– Vous pensez qu'il s'est suicidé ?

– Ça se pourrait, monsieur le brigadier.

– Et vous n'avez pas été voir ?

– De l'autre côté de la rivière... C'était la France, monsieur le brigadier. »

Tant il est vrai qu'un Français peut se permettre des écarts de frontière qu'un Suisse ne se permet pas.

En France, proximité immédiate de la frontière franco-suisse, un brigadier de gendarmerie chemine, courbé en deux, sous les branchages d'une forêt touffue. Devant lui, un paysan ému et surexcité sert de guide dans cette recherche émouvante.

« D'après la police suisse, c'est par ici, monsieur le brigadier. On approche. On approche. »

Derrière lui, un médecin dont l'imperméable s'accroche dans les ronces, qui a relevé ses bas de pantalon et maugrée :

« Dites donc, c'est encore loin ? J'ai l'impression qu'on tourne en rond. »

C'est un message du secrétariat général d'INTERPOL qui vient de lancer le brigadier dans cette aventure. En le décrivant, on décrit en même temps le brigadier suisse qui œuvre de l'autre côté de la frontière. Ils sont tous les deux assez grands, d'un sérieux imperturbable, méticuleux sans être maniaques. Ils ont tous les deux un accent venu d'ailleurs, une lenteur efficace, et, lorsqu'ils retirent leur képi, généralement vissé sur un visage sévère, leurs cheveux en portent longtemps la trace circulaire. Rien ne les différencie, sinon que l'un est suisse et l'autre français, et que leur uniforme est vert pour l'un et bleu pour l'autre. Soudain, une exclamation du paysan fait sursauter le brigadier de la gendarmerie française :

« Ça y est ! Le voilà ! »

C'est un beau cadavre. Sur le front, la plaie est bien nette. Le sang, qui a ruisselé sur les feuilles mortes, a déjà séché, mais permet de reconstituer les quelques pas titubants qui ont précédé la chute.

Il est vêtu de bottes de caoutchouc, d'un pantalon de gabardine usé, d'un pull et d'un anorak. Aucun mystère quant à l'identité : les papiers sont dans la poche intérieure de l'anorak. Il s'agit de Marcel Adolphe Jules Vivien, quarante-trois ans, né à Belfort. Aucun mystère non plus quant aux raisons qui l'ont amené en ce lieu : à quelques pas du corps, on retrouve un seau percé de petits trous. Il chassait donc l'escargot. A noter que le seau est vide, car, le couvercle étant parti, les escargots ont repris leur liberté. Ils en ont eu largement le temps. Une seule chose pourrait, à la rigueur, intriguer le gendarme : c'est un anneau trouvé sur le sol, à quelques pas du cadavre. Un anneau métallique de trente-cinq millimètres de diamètre. Mais un anneau en soi n'a rien de bizarre au premier abord.

Du côté français, le brigadier de gendarmerie va mener son enquête rondement. Jules Vivien, dont on vient de trouver le cadavre, était assez connu de ses services, beaucoup moins en tant que chasseur d'escargots que braconnier notoire. Sa femme, qui vit dans un vieux camion avec deux enfants en bas âge, voyant revenir le corps sur une civière, pousse des hurlements de pleureuse antique. Et, comme les femmes antiques, elle saisit le cadavre à bras-le-corps, comme si le tremper de ses larmes pouvait le ressusciter. Selon la veuve, le défunt serait parti à 7 heures du matin pour la chasse aux escargots, seul. Le brigadier ne se laisse pas impressionner par les lamentations spectaculaires de Mme Vivien. La femme du chasseur d'escargots est réputée pour jeter facilement son « bonnet par-dessus les moulins ». Un drame familial est toujours possible, il demande donc à voir le fusil du chasseur. Mais entre deux larmes, la veuve hoquette : « Jules l'avait emmené. » Le fusil est effectivement introuvable dans le vieux camion. Mais une battue permet de le découvrir dans les fourrés, non loin du lieu où l'on a retrouvé le cadavre. C'est un fusil à deux coups auquel il manque une balle. Qui peut avoir assassiné ce chasseur d'escargots, et pour quel mobile ? Jules avait-il des ennuis ? Se serait-il suicidé ?

A part le fait que sa femme le trompait trois fois par semaine, que l'un des gosses avait la coqueluche, l'autre la rougeole, et si l'on excepte qu'il était criblé de dettes, que l'épicier ne voulait plus lui faire crédit, qu'il avait emprunté trois mois d'allocations familiales et qu'on voulait le faire déguerpir de son camion, Jules n'avait pas d'ennuis. Le ramassage des escargots était en plein rendement. Or jamais le cours de l'escargot n'a été aussi haut, puisqu'il atteignait récemment vingt-cinq centimes la pièce. Il n'y a là ni de quoi se faire assassiner, ni de quoi se suicider.

D'ailleurs, à l'institut médico-légal où on a extrait la balle qui a tué Jules Vivien, on constate qu'elle n'est pas du même calibre que son fusil. Les têtes pensantes de la police française se demandent alors s'il n'y aurait pas lieu d'interroger avec quelque insistance le dénommé Jean-Louis Vervier, citoyen helvétique demeurant au hameau de La Bugne, et pour le moment seul témoin de ce fait divers campagnard. Elles en avisent le secrétariat général d'INTERPOL qui répercute sur le B.C.N. à Zurich et délègue depuis Paris un inspecteur particulièrement au courant des problèmes franco-suisses.

Du côté suisse, l'affaire étant tout aussi internationale, on délègue auprès du brigadier cantonal un inspecteur venu tout exprès de Zurich. Jean-Louis Vervier est ensuite prié de renouveler sa déclaration, ce dont il s'acquitte sans protester, niant toute participation directe à la mort de Jules Vivien.

« Pourquoi je l'aurais tué ? Je vous le demande un peu. Je le connaissais même pas, ce type ! »

Alors le brigadier cantonal, sous la haute autorité de l'inspecteur venu de Zurich, emmène Jean-Louis Vervier aux abords de la frontière pour procéder à une reconstitution.

De l'autre côté de la frontière, le brigadier français a chargé l'un de ses hommes de jouer le rôle de Jules Vivien devant l'inspecteur venu de Paris. Bel exemple de collaboration entre les polices, qui malheureusement ne donne rien. Tandis que, du côté français, le gendarme qui tenait le rôle de la victime se relève en secouant sa vareuse, du côté suisse Jean-Louis Vervier répète :

« Non mais... Pourquoi je l'aurais tué, ce type ? Je vous le demande un peu. J' l'avais jamais tant vu ! »

Il est vrai que, pour tuer un homme, il faut un mobile. Et, pour le moment, le mobile fait totalement défaut. C'est alors que le brigadier français se souvient du petit anneau en métal de trente-cinq millimètres trouvé à quelques pas du cadavre. Il faudrait savoir à quoi peut servir un anneau de ce genre pour un homme parti traquer l'escargot. Devenu pièce à conviction numéro 1, l'anneau est photographié, de face et de profil, sur un papier millimétré. Le secrétariat général d'INTERPOL à Saint-Cloud l'envoie au B.C.N. d'INTERPOL à Zurich, accompagné d'un long télex que l'on pourrait résumer ainsi : « Qu'est-ce que c'est que ça ? »

Mais les Suisses sont méticuleux, et les policiers ne sont guère enclins au canular. Zurich se garde bien de répondre par un long télex qu'il s'agit d'un anneau métallique de trente-cinq millimètres. Non, Zurich enquête et trouve. Tout humour, même froid, mis à part, il faut admettre que le travail de la police, à ce niveau, a quelque chose de fascinant. C'est de ce travail ingrat que doit naître « la déduction ». Et chacun sait que la déduction est une chose admirable, sans laquelle tout bon policier ne serait que ce qu'il est, c'est-à-dire un homme. Dans un premier temps, l'étude de l'anneau métallique de trente-cinq millimètres fait l'objet de trois rapports au secrétariat général d'INTERPOL. L'un est destiné au groupe « D » chargé de tout ce qui porte atteinte à la personne humaine, le deuxième au groupe « C », chargé de tout ce qui porte atteinte à la propriété et au trafic international ; à la Documentation criminelle, enfin, qui doit ouvrir une nouvelle section pour un trafic jusqu'alors inconnu. Voici le texte intégral de ce rapport qui, ne le cachons pas, présente un côté historique :

Anneau de calibrage destiné à mesurer le volume des escargots. Tout escargot pouvant passer par l'anneau doit être laissé en liberté. Cet anneau, répondant aux normes officielles, doit être obligatoirement utilisé par les ramasseurs d'escargots du canton de Vaud, qui doivent, en outre, être munis d'un permis spécial. Celui-ci coûte trente francs aux personnes domiciliées dans le canton et le double pour les personnes non domiciliées. L'anneau est vendu trois francs à toute personne qui désire l'acquérir. Le ramassage intensif des escargots a entraîné des risques de disparition, à tel point que, dans le canton du Valais, le ramassage des escargots est interdit pour trois ans. Des sanctions sont prévues contre les braconniers. Les autres cantons suisses ont adopté, pour protéger les escargots, des mesures similaires plus ou moins sévères.

La réception de ce télex éclaire l'affaire d'un jour nouveau. Jules Vivien, citoyen français ramassant en France des escargots, n'avait donc nul besoin de posséder un anneau. Par contre, il devient possible que cet anneau soit la propriété de Jean-Louis Vervier, qui dans ce cas aurait traversé la rivière et menti dans sa déclaration.

« Je peux voir votre anneau ? lui demande le brigadier cantonal qui lui rend visite.

– Mais certainement. »

On cherche dans toute la maison sans le trouver.

« Est-ce que, par hasard, vous n'auriez pas été chasser l'escargot en France ? Et perdu votre anneau là-bas ?

– Jamais de la vie ! Ce sont les Français qui viennent chasser l'escargot en Suisse. »

Ecrasé de questions, Jean-Louis Vervier finit par lâcher ce qu'il a sur le cœur :

« Même si on allait chasser les escargots en France, on ne ferait que reprendre ce qui nous appartient. Vous savez ce qu'ils font, les Français ! Ils attirent les escargots chez eux ! »

Comme les policiers le regardent ahuris, Jean-Louis Vervier s'indigne :

« Mais enfin, vous n'allez pas me dire que vous n'êtes pas au courant ? Demandez à mes collègues. Tout le monde sait que les Français attirent les escargots. Ils font des petits tas de feuilles de salade le long de la frontière ! »

Une telle accusation ne doit pas se prendre à la légère. Le brigadier de gendarmerie français retourne sur les lieux de l'incident avec mission de rechercher s'il ne s'y trouve pas les résidus fanés de quelques petits tas de feuilles de salade. De retour à la gendarmerie, il décroche son téléphone pour appeler ses supérieurs.

« Affirmatif ! dit-il. J'ai constaté dans les broussailles la présence de débris de feuilles de salade fanés qui n'avaient rien à faire dans cet endroit. Il n'en restait plus que les côtes, et je suppose que la partie tendre a été ingérée par les gastéropodes qui s'avèrent assez abondants. Il m'est impossible d'imaginer que certains d'entre eux sont venus de Suisse, toutefois, ils ont dû mettre un certain temps, car l'escargot – qu'il soit suisse ou français – se déplace à la même vitesse, environ trois ou quatre mètres par heure. »

Du côté suisse, cette constatation française permet enfin d'obtenir un mobile plausible : Jean-Louis Vervier pourrait avoir tué Jules Vivien parce qu'il tentait d'attirer les escargots helvétiques de l'autre côté de la frontière. On tire une balle en Suisse avec le fusil de Vervier, et l'on envoie à la police française la photographie des stries, c'est-à-dire les rayures que le canon du fusil marque sur la balle. Du côté français, on compare ces stries avec celles de la balle extraite du corps de la victime : elles sont rigoureusement identiques. C'est donc le fusil de Vervier qui a tué Vivien. La déduction est née.

Le Suisse ne peut plus nier, car il y a plus grave : l'analyse du bol alimentaire par le médecin légiste a fixé la mort de Vivien à 8 heures du matin. On s'étonne donc que Jean-Louis Vervier ne soit venu prévenir la police qu'en fin d'après-midi. Le chasseur d'escargots n'a plus qu'à passer aux aveux.

« Ben oui. C'est moi qui ai tué Jules Vivien. J'étais parti vers 7 heures ramasser les escargots. Mais y en avait pas beaucoup. Au bout d'une heure, j'en avais à peine le fond de mon seau. Je me suis dit : “C'est encore ce salaud de Français qui les a attirés chez lui.” J'ai été du côté de la rivière, et j'ai aperçu Jules Vivien. Je le connaissais un peu. On s'était déjà accrochés plusieurs fois. Je lui ai crié : “Je parie que tu les as encore attirés ?" Il m'a répondu que non. Mais j'étais sûr qu'il mentait, et j'ai voulu aller voir. J'ai traversé la rivière. En approchant, j'ai vu que son seau était plein, plein, plein, monsieur le brigadier. Des énormes, magnifiques, et moi, rien qu'une dizaine dans mon seau qui se battaient en duel... Et, en plus, il se moquait de moi. Il disait que les miens étaient trop petits, qu'ils passaient sûrement par l'anneau de calibrage. J'ai sorti mon anneau pour lui montrer que c'était pas vrai. Après ça, j'ai voulu le suivre. Mais, bien entendu, il voulait pas, parce qu'il avait ses coins. J'étais sûr qu'il avait jeté des feuilles de salade depuis plusieurs jours, et c'était pas la première fois ! Tout d'un coup, j'ai vu un gros escargot. Comme je me baissais pour le ramasser, il m'a dit de retourner chez moi, qu'ici j'étais en France et que ces escargots étaient français. On s'est disputés, et il m'a mis en joue avec son fusil. Mais j'étais tellement en colère que j'ai tiré avant lui. »

Après ce long silence, le brigadier cantonal, qui a soigneusement noté sa déclaration, lui tend la feuille de papier.

« Ecrivez, dit-il, "Lu, persiste et signe". »

Cela fait, Jean-Louis Vervier confie d'une voix tremblante :

« J'en ai beaucoup de remords, monsieur le brigadier, car un escargot, ça ne valait pas ça ! J'ai retourné le fusil contre moi, mais je n'avais plus de balle. J'ai voulu me donner la mort au gaz en mettant le nez sur une bouteille, mais je n'ai eu qu'une migraine. Alors, je suis allé cueillir des champignons vénéneux et j'en ai fait cuire un plat : manque de chance, ils étaient tous comestibles, et je n'ai eu que la colique. »

Ces tentatives de suicide manquées ne seront pas appréciées à leur juste valeur par les jurés d'assises. Au procès, les experts en balistique souligneront que le coup de feu qui a tué Jules Vivien a été tiré légèrement de côté, ce qui ne manque pas d'ébranler la thèse de « légitime défense » invoquée par l'accusé. De son côté, l'avocat de Vervier soulignera qu'avant l'incident mortel les deux hommes s'étaient partagé une bouteille d'eau-de-vie et que l'ivresse certaine des deux protagonistes ne permettait pas d'établir une véritable responsabilité criminelle.

Le 24 janvier 1973, le tribunal cantonal condamnait le meurtrier à quinze ans de réclusion criminelle.

Il reste le problème de la disparition de la race française, et celui de sa protection. Problème actuellement examiné avec la lenteur voulue en pareil cas par les autorités gastronomiques compétentes. Aux dernières nouvelles, et à l'heure où nous mettons sous presse, il n'y a toujours pas de département « escargots » au ministère de l'Environnement, mais tous les espoirs sont permis. Quant à la manœuvre déloyale des Français attirant les escargots de l'autre côté de la frontière, elle n'a pas été démentie. Il semble toutefois qu'elle fut le fait de quelques individus simplets ou ayant tendance à prendre leurs désirs pour des réalités. Car l'exode des gastéropodes ne prit jamais l'aspect d'une charge forcenée, plutôt l'exploration tranquille de quelques voyageurs curieux.

L'HOMME AUX OREILLES DÉCOLLÉES

Michel Stein a les oreilles décollées. C'est un petit incident de naissance, une négligence de sa maman qui ne les a pas collées avec du sparadrap quand il était bébé. À trente-cinq ans, et mis à part ses oreilles décollées, Michel Stein a plutôt une bonne tête où le front domine. Des cheveux châtains rejetés en arrière, parfaitement bien plantés et généralement bien coiffés. S'il convient d'insister sur son portrait, c'est que toute l'affaire va tourner autour de cela. Le nez est assez fort et charnu, la bouche généreuse, plutôt sensuelle, le tout éclairé par un regard bleu très franc, très direct. Taille moyenne. Pas gros, bien enveloppé.

Or ce portrait figure dans les fichiers de la police. Non que Michel Stein ait jamais commis le moindre délit, mais tout simplement parce qu'il fut interné, en tant que juif, pendant l'Occupation.

Depuis des jours et des jours qu'il suit ce client – le dénommé Michel Stein –, l'inspecteur Rudo n'a rien remarqué d'anormal. Le client habite une petite rue tranquille dans un quartier tranquille près de l'église des Batignolles. Il a une femme, deux enfants, et il est représentant en parfumerie. Il a l'air de bien gagner sa vie, et l'inspecteur Rudo ne voit pas pourquoi il éprouverait le besoin d'allonger ses fins de mois en commettant des escroqueries minables.

Michel Stein est pourtant soupçonné d'escroquerie. Depuis la fin de la guerre, il aurait tiré des chèques sans provision, falsifié des cartes grises et, depuis deux ans, entrepris de soutirer de l'argent aux familles ayant un fils ou un parent en Algérie. Etant donné que le signalement de l'escroc mentionne oreilles décollées, on a cherché dans le fichier anthropométrique de la police et l'on a trouvé, entre autres, les oreilles de Michel Stein. Des témoins, interrogés confidentiellement, l'auraient, paraît-il, reconnu sur ces photographies. Mais l'inspecteur Rudo n'y croit pas, après quinze jours d'enquête et de filature difficiles. Car le suspect se déplace beaucoup, et il décide de faire un rapport en ce sens.

Mais il y a dans la vie des coïncidences amusantes : par exemple, l'inspecteur Rudo entre timidement dans un bureau de la Sûreté nationale pour remettre son rapport. Le patron, obstiné, catégorique et autoritaire, très à cheval sur les principes, chausse ses lunettes et lit ce rapport. Il en est à la troisième page lorsque le téléphone sonne. C'est sa femme.

« Allô ? Je viens d'avoir une visite qui te fera plaisir », dit celle-ci.

Le patron fronce les sourcils. Il fronce d'ailleurs les sourcils pour les bonnes comme pour les mauvaises nouvelles. Et il se méfie terriblement des initiatives de sa femme.

« Ah ! oui... Et de quelle visite s'agit-il ?

– C'est un homme charmant qui est venu me voir. Un adjudant d'Algérie qui vient de passer quelques jours en permission. Nous avons longuement parlé de Roger, qu'il connaît bien. Il paraît qu'il se porte bien, mais il a un peu le cafard.

– Quand est-ce qu'il repart, cet adjudant ? demande le patron. On pourrait peut-être lui donner une lettre pour Roger...

– Bien entendu, c'est ce que j'ai fait tout de suite parce qu'il repart demain. Alors, je lui ai donné une lettre, un colis et un peu d'argent.

– Combien ?

– Combien je lui ai donné ? Eh bien... ce que j'avais.

– Et combien avais-tu ?

– ... Je sais pas moi... à peu près mille nouveaux francs... Allô ?... Allô ?... Qu'est-ce qu'il y a ? »

Il y a que le patron secoue douloureusement la tête. Il ne répond pas à sa femme, mais ses yeux parlent pour lui. Et finalement, s'efforçant au calme, il dit :

« Je crois que tu as fait une erreur. Je t'envoie l'inspecteur Rudo. Sois gentille. Attends-le. » Et il raccroche.

Le regard des deux hommes s'est croisé. L'inspecteur a compris et se lève. Le patron lui tend la photo anthropométrique, en écumant de rage :

« A moi... Me faire ça à moi !... Un flic. »

Le soir même, l'inspecteur Rudo est de retour au bureau du patron.

« C'est bien ce qu'on craignait... C'est lui ! dit-il.

– C'est Michel Stein ?

– Je ne sais pas si c'est Michel Stein, mais elle l'a reconnu sur la photo. Il a procédé comme d'habitude, en allant d'abord voir la concierge, sous prétexte de rechercher la famille d'un militaire en Algérie. Lorsqu'il a su qu'il y en avait une dans l'immeuble, il l'a interrogée adroitement pour avoir le signalement de votre fils. Après quoi il a été sonner chez vous.

– C'est bon, dit le patron. Cette fois, c'est une fois de trop ! »

Il est 8 heures du soir, et Michel Stein se dépêche de ranger le train électrique avec lequel son fils Jean-Pierre, douze ans, et lui-même viennent de jouer pendant une heure. Il y en a partout dans le salon. Et Mme Stein passe de temps en temps la tête, trouvant ce rangement méticuleux bien long, alors que le dîner est déjà servi.

Mais ce soir-là, Mme Stein et les enfants seront seuls à table, car à 8 h 10 l'inspecteur Rudo et son patron font leur apparition. Michel Stein est confronté avec la concierge du patron. Et cela lui fait un drôle d'effet de voir cette femme qu'il n'a jamais vue tourner autour de lui, le regarder sous le nez et déclarer :

« Je ne le jurerais pas, mais je crois bien que c'est lui ! En tout cas, c'est ses oreilles ! »

Quelques instants plus tard, c'est au tour de la femme du patron. Et à nouveau Michel Stein sent le regard de la femme se promener sur son nez, sur son front, sur sa bouche, soupeser son menton, estimer sa coiffure et, bien entendu, s'arrêter définitivement sur ses oreilles. Dire qu'il aurait suffi d'un peu de sparadrap ! La femme du patron se refuse obstinément à parler devant lui. Elle entraîne son mari dans le bureau d'à côté. Il s'ensuit une assez vive discussion. Michel Stein en déduit qu'elle a des doutes. Des bribes de conversation lui parviennent. Il croit comprendre que la femme est étonnée par la nuance de sa peau. Il entend les mots « peau mate »... « peau blanche »... Et le policier qui essaie d'expliquer : « Il est pâle parce qu'il a la trouille... » Lorsque le patron revient, il est soucieux et entreprend rageusement de l'interroger.

A minuit, en sortant des locaux de la Sûreté, Michel Stein est libre. Il a pu démontrer qu'il était souvent absent de Paris au moment où étaient commises certaines des escroqueries dont on le soupçonne. La seule explication qui lui vienne à l'esprit, c'est qu'il a, quelque part, un sosie. Et que ce sosie, malheureusement, est un escroc.

Depuis longtemps, la presse fait allusion dans ses colonnes aux escroqueries odieuses dont sont victimes les familles des appelés en Algérie. Et comme Michel Stein saute dans un taxi, en sortant de la Sûreté, les journalistes sont déjà là. Le lendemain, si les braves gens lisent le journal, les autres aussi. Et parmi eux, peut-être, le sosie de Michel Stein. C'est pourquoi l'affaire va prendre des dimensions infiniment plus dramatiques.

Michel Stein est maintenant agent général à Bruxelles d'une firme de produits de beauté et de parfums. Sa situation s'est grandement améliorée. Il habite un immeuble bourgeois dans un quartier plutôt élégant. Tant qu'il était à Paris, il n'ignorait pas qu'il était l'objet de soupçons et d'une surveillance chronique : plusieurs fois la police, gênée, était venue l'interroger. Et à chaque soupçon, il répétait : « C'est mon sosie. » Depuis qu'il est à Bruxelles, bien entendu, ces tracasseries ont cessé.

Or, fin 1964, une série d'agressions est commise dans ce quartier de Bruxelles. Et selon un processus à peu près identique : un homme aux oreilles décollées s'introduit, sous un prétexte ou sous un autre, chez de vieilles gens et se fait remettre de force leurs économies, leurs pensions, voire leurs bijoux.

La police belge, comme l'avait fait la police française, entreprend une surveillance discrète de Michel Stein qui lui semble répondre au signalement de l'agresseur. Mais, comme la police française, elle hésite à intervenir directement, tant l'existence rangée de Michel Stein, sa profession et ses revenus la déroutent.

Un matin de janvier 1965, des voisins de Michel Stein, en ouvrant leurs volets, remarquent que la fenêtre du premier étage de l'immeuble est ouverte. Il tombe pourtant une pluie glaciale. Les voisins du cinquième étage, dont le regard plonge dans l'appartement, croient même apercevoir le corps inanimé de la vieille dame qui l'habite... On appelle police secours, et les enquêteurs ont vite fait de reconstituer le crime : la veille au soir, la vieille dame, bousculée par un malfaiteur, réussit à ouvrir la fenêtre. Sans doute a-t-elle voulu crier. Mais l'homme l'a étranglée. Comme il faisait nuit, personne n'a rien vu. Mais une locataire de l'immeuble se souvient très bien d'avoir vu sortir un homme de l'appartement, de manière assez précipitée. Il s'est calmé quand il l'a vue. Mais il n'a pas voulu attendre l'ascenseur qui était en service, préférant descendre très vite l'escalier. Et, bien entendu, l'homme avait les oreilles décollées.

Cette fois, la police belge ne fait ni une ni deux. Il y a dans la rue un homme qu'on soupçonne depuis quelque temps qui répond au signalement : Michel Stein. Et c'est la deuxième descente de police chez l'homme aux oreilles décollées.

« Votre mari était-il là hier soir, vers 19 h 30 ?

– Non, répond Mme Stein. Il n'est rentré que vers 20 heures.

– Où étiez-vous hier, vers 19 h 30 ?

– J'étais dans un bar proche de mon bureau, répond Michel Stein. Avec un client et un inspecteur des ventes de ma firme. »

Malheureusement le client, lui, croit se souvenir qu'il est parti plus tôt, peut-être vers 19 heures. Et le barman, lui, ne se souvient plus. Reste l'inspecteur des ventes de la firme de cosmétiques. Mais il est retourné à Paris.

Alors, la police belge interroge INTERPOL Paris. Elle voudrait des renseignements sur Michel Stein et une déposition de l'inspecteur des ventes précisant l'heure à laquelle il a quitté ce dernier. Ce n'est en somme qu'une vérification d'alibi, mais qui va prendre des proportions étonnantes : dès le lendemain, un responsable d'INTERPOL, de la section « meurtres et agressions », se rend lui-même à Bruxelles, et les renseignements qu'il rapporte ne sont pas bons. Encore faut-il les interpréter avec précaution.

Premièrement Michel Stein, c'est vrai, a obtenu un non-lieu en 1959, après avoir été soupçonné d'escroquerie. Pour cette dernière enquête, l'inspecteur des ventes qu'il a cité pour son alibi ne le confirme pas vraiment. Il a effectivement bu un verre avec Michel Stein et son client en sortant du bureau. Mais, à son avis, il n'était pas 19 h 30. Il suffit de deux mauvais renseignements comme ceux-là pour que Michel Stein soit contraint de participer à une cérémonie d'identification qui fait sourire dans les films. Qui fait peur quand on est innocent et que la machine policière vous cerne d'aussi près : Michel est conduit dans une pièce inondée de lumières blanches. Là, sans trop de ménagements, on lui demande de retirer son pardessus et son cache-col. Il se sait innocent, mais il a peur. Il n'avait jamais éprouvé de vraie crainte jusqu'à présent, mais, cette fois, il s'agit d'un crime. Et Michel sait qu'on ne lui fera pas de cadeau ! A Paris, il n'hésitait pas à proclamer : « J'ai un sosie, c'est mon sosie, je dois avoir un sosie. » Mais ici, à Bruxelles, renouveler l'explication par le sosie paraîtrait stupide. On lui rirait au nez, on le prendrait pour un malade mental. Un homme qui s'imagine avoir un sosie, c'est « Dr Jekyl et M. Hyde » mélangé de « Gog et Magog ». Michel ne peut rien faire, rien dire. Il ne peut qu'attendre. On le prie de s'adosser à un mur blanc devant des traits horizontaux indiquant les mensurations. Quatre policiers s'y adossent à leur tour, clignant des yeux comme lui sous l'éclairage brutal.

Sur les trois enquêteurs qui organisent la mise en scène, deux sortent par une petite porte, et l'on introduit un vieillard. Michel n'aperçoit de lui qu'une silhouette tremblotante et deux trous sombres à la place des yeux. Mais ces yeux voient. Ils voient d'abord les cinq hommes, appuyés contre le mur, puis ils les revoient longuement, les uns après les autres. Et, finalement, reviennent sur lui en murmurant quelque chose à l'oreille du policier qui est resté dans la salle.

« Ça y est. Il m'a reconnu... » pense Michel Stein, qui en même temps, ne peut pas, ne veut pas y croire. Mais le même jeu recommence une dizaine de fois. Et six fois sur dix les témoins le désignent. Michel Stein, pris de panique, se met à hurler :

« C'est forcé ! C'est encore à cause de mes oreilles ! Mais si l'assassin a les oreilles décollées, je suis le seul ici à avoir les oreilles décollées ! C'est moi qu'ils reconnaissent, évidemment ! C'est faux, c'est injuste ! »

Le correspondant d'INTERPOL n'a aucun pouvoir et aucun argument pour retarder l'inculpation de Michel Stein. Et, d'ailleurs, il n'est pas convaincu de son innocence, mais il obtient cependant la permission de parler un peu avec lui. Michel se raccroche désespérément à cet homme qui semble lui parler comme à un être normal, et pas forcément à un assassin.

« Je vous en prie. Faites quelque chose. J'ai une

femme, des enfants, ce qui m'arrive est abominable ! »

Il paraît très abattu. Il parle de sosie, bien entendu, mais il a conscience en même temps de l'absurdité de cet argument, par trop incroyable selon son interlocuteur.

« Vous pouvez avoir un sosie à Paris, c'est possible en effet, mais pas deux ! Pas un à Paris et un à Bruxelles ! »

Alors Michel a une idée.

« J'ai peut-être un sosie à Paris qui a lu autrefois mon affaire dans les journaux et vient maintenant opérer à Bruxelles, sachant que c'est moi qui paierai à sa place...

– C'est peu probable. Avez-vous servi dans l'armée ?

– Non. Pourquoi ?

– Parce que l'escroc agissant à Paris, d'après la façon dont il procédait et les propos qu'il tenait à ses victimes, avait l'air de très bien connaître la vie militaire, c'est peut-être une autre piste ! »

C'est sur cette simple réflexion que la police française reprend toute son enquête, le plus simplement du monde : l'escroc ne pouvant être en Algérie puisqu'il a opéré en France, elle recherche donc parmi les soldats d'Indochine ayant subi des condamnations, s'il n'y en aurait pas un, par hasard, qui aurait les oreilles décollées. Et il y en a un. Il s'appelle Roger Blois. Il a trente-cinq ans. Et les oreilles décollées depuis trente-cinq ans.

On le découvre à Sarcelles, où il habite avec une ancienne prostituée qu'il a « enlevée » à une accueillante maison de Marseille. Après avoir commis quelques escroqueries sur la Côte, volé quelques voitures, il a regagné Paris pour escroquer les parents des appelés d'Algérie. Il est arrêté le 28 janvier, à l'entrée d'un cinéma de Montmartre affichant un film policier. Et Roger Blois est, trait pour trait, le sosie de Michel Stein. Avec toutefois la peau très mate, alors que Michel Stein a la peau très claire.

Roger Blois admet sans vergogne ni regret avoir escroqué ses victimes et avoir laissé soupçonner Michel Stein. C'était une trop belle occasion pour lui d'opérer tranquillement. Mais il refuse obstinément d'admettre la moindre participation au meurtre de Bruxelles. Et il donne un alibi irréfutable.

« Je ne pouvais pas être à Bruxelles. Ce jour-là, j'ai été voler des pneus avec des copains dans un entrepôt de Montmorency. »

Ce qui est parfaitement exact et permet entre autres de mettre la main sur les copains en question.

Alors, à Bruxelles aussi, on reprend l'enquête de zéro. Et cette fois on présente aux témoins plusieurs photos d'hommes aux oreilles décollées parmi lesquels Michel Stein. Et cette fois les avis sont tellement partagés qu'il faut bien le relâcher.

Entre-temps, la photo-robot du criminel est diffusée dans les journaux de Bruxelles pendant quinze jours, et il ne fait pas bon se promener les oreilles au vent si elles sont un tant soit peu décollées. Finalement, le criminel se fait prendre bêtement en grillant un feu rouge : au lieu d'obtempérer gentiment, il passe sa tête par la portière pour injurier le policier. Sur le moment, celui-ci ne réagit pas. Puis il se souvient des oreilles et note le numéro de la voiture. Et, comme il s'agit d'une voiture volée, il avertit le commissariat, et le criminel est arrêté une demi-heure plus tard.

Michel Stein, lui, a retrouvé sa femme et ses enfants. Et il a retrouvé par la même occasion un complexe qu'il traînait depuis trente-cinq ans, accroché à ses oreilles. Il s'est mis à les regarder de plus en plus, il a cru que sa femme ne voyait qu'elles.

Alors, il est entré dans le cabinet d'un chirurgien esthétique pour les faire recoller. Le chirurgien l'a prévenu :

« C'est long, et assez douloureux... »

Et Michel Stein a répondu :

« Je sais. Allez-y quand même. »

FANATIQUES PÈRE ET FILS

Une nuit de juillet 1973, des paysans de Basse-Autriche sont réveillés par une explosion gigantesque. Le lendemain matin, les gendarmes découvrent sur le bord d'un champ, non loin de Vienne, un cratère de plusieurs mètres de large. Dans le fond, mêlés à la terre, quelques bouts de bois, quelques lambeaux de toile de jute et les morceaux d'un cadavre. Des morceaux minuscules, dont aucun ne dépasse quinze centimètres.

Le premier mouvement de stupeur passé, les gendarmes réunissent dans un panier ce qui reste de l'être humain déchiqueté par cette explosion : cela représente une douzaine de kilos. Mais la tête manque. Le médecin de la police prend possession du panier. A lui de reconnaître qu'il y a là : une prostate, une peau de poitrine velue et la cicatrice d'une opération sur un autre morceau de peau. C'est peu pour identifier un homme.

Mais, dans la soirée du même jour, une femme vient déclarer la disparition de son fils, Richard Dvorak, employé de tribunal, âgé de vingt-cinq ans. Richard devait disputer un championnat de karaté au Japon. Il avait rendez-vous à l'aéroport avec son équipe. Il a quitté son domicile, mais n'est jamais arrivé à l'aéroport. Or, l'un de ses amis, un jeune ingénieur de vingt-trois ans qui prenait un petit déjeuner dans un café de Tullnerbach, près de Vienne, a vu Richard le matin même. Il allait d'un pas pressé et il l'a aperçu à travers la vitre. Il ne serait donc pas mort. Mais le médecin légiste pense le contraire, car d'après sa mère ce jeune homme avait la poitrine velue. Il a été opéré de l'appendicite et, surtout, il a le même groupe sanguin que le cadavre, un groupe assez rare.

Le jeune Richard ne donnant pas de ses nouvelles, trois jours plus tard l'inspecteur Sedlmayer convoque le témoin qui affirme avoir vu le disparu le lendemain de l'explosion. Le témoin s'appelle Ernst Dostal, il a vingt-trois ans, c'est un jeune ingénieur à la silhouette élancée. Le nez est large, légèrement aplati, et les yeux, dépourvus de cils, ont un regard étrange. Il maintient avoir vu son ami à travers la vitre d'un café. Il maintient qu'il avait l'air pressé et qu'il ne l'a pas interpellé pour cette raison. Sedlmayer essuie ses lunettes en observant le jeune homme. Possible qu'il mente, mais dans quel but ? Si son ami est mort, cela ne le fera pas revenir. Sa disparition restera suspecte, et lui aussi.

« Ecoutez, dit l'inspecteur, je sais que la police peut impressionner. Dans l'affolement, vous avez pu répondre que vous aviez vu votre ami de crainte d'être soupçonné de je ne sais quoi. Mais aujourd'hui c'est sérieux, car nous l'avons probablement identifié. Nous sommes à peu près sûrs que c'est lui qui est mort dans l'explosion. Vous pouvez donc revenir sur votre première déclaration. »

Le jeune Dostal est un peu pâle, et il a le souffle un peu court. Il regarde fixement l'inspecteur de son étrange regard sans cils. Il a l'air d'une grenouille, mais insiste :

« Je vous assure que je l'ai vu passer sur l'autre trottoir ce matin-là. Je ne peux pas me tromper, nous faisions du karaté ensemble.

– Vous faisiez autre chose ?

– On collectionnait des armes.

– Les explosifs aussi ?

– Aussi. »

L'inspecteur prend un air concentré pour marcher de long en large, en ayant l'air de réfléchir.

« Nous avons fait une enquête. Je sais même que vous êtes des collectionneurs fanatiques. Votre père aussi, je crois. Voyons, qu'est-ce qu'il fait, votre père déjà ? Ah oui ! c'est ça, il est le directeur général d'une société suisse en Autriche ? Vous êtes plutôt des gens à l'aise. Très à l'aise même. On a trouvé un drôle de matériel, et très coûteux, dans votre ferme en Basse-Autriche. Les bâtiments ne sont pas très entretenus, mais le matériel, lui, il est astiqué à neuf. Les gendarmes eux-mêmes ont été choqués. Ce n'est pourtant pas très émotif, un gendarme. Remarquez bien, ce n'est pas tous les jours, bien sûr, qu'ils voient une chambre de torture. »

L'inspecteur s'arrête dans le dos du jeune homme, prend un temps et continue :

« Avec des pinces nickelées. »

Il refait un tour de bureau, comme s'il pensait à tout cela avec intensité.

« Des chaînes, et des colliers à clous. »

Puis l'inspecteur s'assoit en face du jeune homme et sourit.

« Evidemment votre père est au courant. Il a dû falloir beaucoup d'argent pour insonoriser tout ça, percer des meurtrières dans les murs de la ferme, et évidemment elle n'a jamais servi, cette chambre de torture ?

– Evidemment.

– C'est en quelque sorte une pièce de collection ? Par contre, les stands de tir que vous avez installés, vous vous en serviez ?

– Oui, c'est là que nous nous entraînions mon père, moi et Dvorak. »

La conversation se déroule ainsi à bâtons rompus jusqu'à l'heure du déjeuner, où l'inspecteur Sedlmayer autorise le jeune homme à aller déjeuner, où il veut, avec sa propre voiture. Mais dès son retour, la conversation prend le ton de l'interrogatoire classique.

« Comment était habillé votre ami Dvorak ?

– Comme d'habitude, je crois, avec un blouson et un pantalon gris.

– Tiens, sa mère nous a dit qu'il avait un pull, ce jour-là.

– Ah oui ! peut-être, mais je ne m'en souviens plus.

– Dans quel sens allait-il ? Il remontait ou descendait la rue ?

– Il la remontait.

– Donc, il allait prendre l'autobus ?

– Oui.

– Alors pourquoi était-il sur ce trottoir ? La station est de l'autre côté ! Vous allez me dire qu'il voulait peut-être marcher au soleil ?

– Sans doute.

– Sans doute. Mais vous voyez, il y a une chose que je ne m'explique pas, car il est difficile de lui trouver une explication. Comment avez-vous pu prendre votre petit déjeuner dans un café qui était fermé ce jour-là ? C'est son jour de fermeture ! Voulez-vous réfléchir au problème, je reviens dans un instant. »

Dans le silence qui s'est installé, l'inspecteur se glisse vers le bureau du commissaire qui dirige l'enquête.

« Alors ? demande le commissaire.

– C'est un garçon bizarre, gâté par ses parents, chouchouté par sa mère, élevé dans du coton. Il n'a même pas estimé nécessaire de poursuivre ses études. Il n'a jamais dû connaître la moindre contradiction. On lui a toujours tout laissé faire. Et dès sa plus tendre enfance, son père lui a passé sa manie fanatique des armes et des explosifs.

– Votre conclusion ?

– Je crois qu'il faudrait appeler le tribunal. Il faut obtenir un mandat d'arrêt.

– C'est sérieux ?

– Très sérieux. Je suis convaincu que c'est lui.

– Mais comment expliquez-vous le crime ?

– Je ne l'explique pas encore. Peut-être un accident provoqué par un maniement d'explosifs, ou un exercice de tir extrêmement dangereux comme en font ces fanatiques, ou un pari idiot qui a mal tourné, et le fils a voulu supprimer le cadavre pour ne pas être découvert !

» Mais il y a aussi une autre explication : ce garçon est un malade. Il est intelligent, mais son âge mental est celui d'un gosse de six ans, car il n'a jamais connu la moindre contrariété, la moindre résistance à ses désirs. Richard Dvorak devait lui racheter ses stands de tir, et il se peut qu'il n'ait pas été d'accord sur le prix. Il a pu le tuer de rage. »

Ce que l'inspecteur explique est d'un grand intérêt, mais il commet une lourde faute, au moment même où il touche du doigt le fond du problème. Ernst Dostal n'a jamais connu la moindre contrariété, c'est vrai. Son éducation a été telle qu'il est incapable de supporter, avec des réactions normales, la moindre épreuve. Or, quelle épreuve que cet interrogatoire où, brusquement pour la première fois de sa vie, il est contredit, acculé, traqué. Il va réagir avec une rage enfantine. Malheureusement, la rage d'un enfant armé de deux revolvers glissés sous sa veste, et dont l'inspecteur, pas une seconde, n'avait soupçonné la présence...

Les premiers coups de feu éclatent alors que les deux policiers discutent dans le bureau du commissaire. Ils sont suivis de cris de douleur. Dans le couloir, un inspecteur se tord sur le sol en se tenant le ventre. Un autre s'est réfugié dans une embrasure, et les impacts des balles font éclater le plâtre autour de lui. Tous les inspecteurs ont bondi dans le couloir, mais la plupart ne sont pas armés, et ceux qui le sont n'osent pas tirer de peur de s'atteindre mutuellement.

Ernst Dostal, lui, tire comme un fou. Il parvient à gagner un couloir qui donne sur une fenêtre ouverte. Là, un vieux gendarme tente de lui barrer la route. Il reçoit trois balles et s'écroule mortellement blessé. Par la fenêtre, Ernst Dostal saute d'une hauteur de cinq mètres sur le toit d'une voiture. Le conducteur d'une auto-école et son passager voient son visage apparaître derrière la vitre et les fixer de cet étrange regard aux paupières sans cils. Le canon d'un revolver cogne la vitre. Affolés, le conducteur et son passager descendent de voiture et regardent Ernst Dostal s'y asseoir et démarrer en trombe. Quelques instants plus tard, le fuyard s'arrête chez un marchand d'armes dans un faubourg de Vienne, présente un permis de port d'armes en règle, achète un revolver Smith & Wesson et quatre boîtes de balles. Deux cents balles à tirer, c'est énorme. Et lorsqu'un être est lâché dans une ville, plus rien d'autre ne compte pour la police. Elle est partout et enquête partout à la fois. C'est ainsi que trois voitures de police s'arrêtent devant la villa des Dostal. Le jeune homme n'est pas là et le père non plus. La mère est seule. L'inspecteur Sedlmayer observe quelques secondes à peine cette petite femme qui fut sans doute jolie, ses pommettes larges, ses cheveux très courts. Elle est douce, probablement un peu lâche. Elle a une voix bête. C'est cette lâcheté et cette bêtise, sans doute, qui ont fabriqué un monstre.

« Où est parti votre mari ?

– Je ne sais pas.

– Quand est-il parti ?

– Il y a une demi-heure. Il a reçu un coup de téléphone de notre fils. Il a brûlé des papiers et il est parti. »

Dans la maison, une formidable collection d'armes et d'explosifs de toutes sortes. Sur le bureau, une caisse de balles renversée, comme si le père en avait pris une poignée avant de s'enfuir, il a donc emmené aussi un revolver. Dans la cheminée, des cendres encore chaudes, là où il a brûlé des papiers.

Une nuit de veille et aucune nouvelle du fils. Mais le lendemain matin dimanche, vers 10 h 30, première alerte. Ernst Dostal s'est caché durant la nuit dans un bungalow de la banlieue de Vienne. Ce matin, vers 10 h 15, les propriétaires, un couple de cinquante-cinq ans, venu y passer la journée, l'a découvert. En les voyant, la même panique et la même rage qui l'avaient pris lors de l'interrogatoire se sont emparées du jeune homme. Il a fait feu sur le couple et s'est enfui dans leur voiture. Lorsque les voisins sont arrivés attirés par la détonation, l'homme et la femme étaient morts sur la terrasse de leur bungalow dans une flaque de sang.

Alors, en ce dimanche de juillet 73, les habitants de Vienne se terrent, craignant de rencontrer le regard étrange aux paupières sans cils d'Ernst Dostal, vingt-trois ans, devenu en une journée l'ennemi public numéro 1. A la police, on le croit parti à l'étranger. Il a pu passer entre les mailles du filet tendu autour de Vienne. Seul l'inspecteur Sedlmayer n'y croit pas.

Jusqu'à ce jour, il n'était qu'un pauvre petit inspecteur, mais maintenant on prend son avis et on l'écoute, car il est le seul à connaître un peu Ernst Dostal. Et il répète :

« Je ne crois pas qu'il soit à l'étranger. Il serait parti hier. Or, il est resté près de Tullnerbach et pas loin de chez lui. A mon avis il doit tourner en rond, parce qu'il voudra rester auprès de sa mère. Il n'a pas d'amis, il n'a pas de maîtresse. Un jour il a déclaré à ses voisins qu'il ne se marierait jamais. Aucune femme ne serait digne de lui. La femme qu'il vénère une fois pour toutes, c'est sa mère. Je suis sûr qu'il compte se réfugier chez elle. Et il n'a pas tout à fait tort. Si elle le pouvait, elle le cacherait. »

Pendant ce temps, sur une plage de l'Adriatique, une famille de Viennois en vacances, les Schmidt, bardés de serviettes de bain, de parasols, de lunettes noires et d'huile solaire, descendent de voiture pour s'installer dans un hôtel. Le père s'assure que l'hôtel recevra bien le *Courrier de Vienne*, le journal auquel il est abonné.

Au même moment, dans une banlieue de Vienne, un jeune serrurier qui pêche au bord d'un canal est abordé par un jeune homme. Ce dernier le considère d'un regard étrange. Ses paupières sont dépourvues de cils.

« Je suis Dostal, donne-moi les clés de ta voiture. »

Quelques instants plus tard, quatre cents scouts aperçoivent Dostal abandonnant la voiture et sautant dans une autre. Un dentiste trouve dans son pavillon de chasse les reliefs d'un repas et les vêtements de Dostal qui s'est changé avant de voler sa voiture, des armes de chasse et cent trente cartouches.

Sur la plage de l'Adriatique, M. Schmidt s'ennuie depuis deux jours déjà. Il lit tout dans le journal, même les petites annonces. Et voilà ce qu'il lit : *1919 t'ai attendu en vain lundi près de la tour. J'y retournerai mercredi et jeudi vers 22 heures. Je suis en ce moment au 02-7-74-326.* Or, le 02-7-74-326, c'est le numéro de téléphone de la maison de campagne de ce brave M. Schmidt, près de Vienne. Ne trouvant pas d'explication à ce mystère, il soupçonne que des hôtes indésirables ont envahi sa maison. M. Schmidt ne s'ennuie plus, il prévient la police italienne qui prévient INTERPOL à Vienne, qui prévient la police de ce petit village de la campagne viennoise : « Attention, il y a sans doute des hôtes indésirables dans la villa de la famille Schmidt. » Or, près de la villa de la famille Schmidt, une voiture est garée. C'est celle du dentiste. C'est une villa située sur une hauteur où un homme bien armé peut soutenir un siège.

Pendant ce temps, le téléphone a sonné dans la maison des Dostal. C'est le père qui téléphonait à sa femme pour l'informer qu'il allait bien et qu'il rentrerait un jour prochain en Autriche. L'appel émanait de Suisse. Aussitôt la police autrichienne, bien que n'ayant aucune charge contre le père, entreprend des démarches pour son extradition.

Dans le petit village de campagne, autour de la maison des Schmidt, cent soixante-dix policiers casqués, munis d'armes automatiques, de grenades lacrymogènes et de gilets pare-balles, accompagnés d'une meute de chiens policiers, avancent lentement. Dix minutes plus tard, au moment où les gendarmes approchent en se protégeant derrière le moindre abri, Ernst Dostal jaillit comme un fou par la porte ouverte, un revolver dans chaque main, tirant à tort et à travers. C'est un véritable suicide. Touché par deux balles à la tête et au bras, il pivote et s'écroule, mort. Mais l'affaire Dostal n'est pas finie pour autant. Il reste le père.

L'inspecteur Sedlmayer poursuit son enquête dans la maison des Dostal. Il a fouillé la maison de fond en comble, déchiffré ou décodé la moindre petite fiche. Il a trouvé notamment ce qui pourrait être la clé du code entre le père et le fils : un livre écrit par le père Dostal, un roman d'aventures à quatre sous. Le père s'identifie dans son roman au héros, qui rejoint dans un avion de chasse un centre de recherche nucléaire souterrain dans la forêt vierge du Brésil. Non seulement ce héros rapporte en Autriche des formules pour transformer le plomb en or, mais il correspond avec son fils par des petites annonces dans la presse et organise des kidnappings. Or, l'inspecteur a trouvé dans la maison Dostal une liste de personnalités autrichiennes, très riches, des plans de kidnappings élaborés, dont certains ont été mis sur pied. Dans ce but le jeune Dostal a volé une voiture au mois de janvier. Il y a installé un feu bleu, la radio et changé la plaque d'immatriculation pour en faire une voiture de police avec laquelle ils devaient enlever deux P.-D.G. qu'ils avaient suivis depuis des semaines. Les Dostal et probablement la première victime, Dvorak, n'étaient, finalement, qu'une bande de têtes brûlées affreusement dangereuses. Quel règlement de compte, quelle sombre exécution a amené les uns à faire exploser l'autre, la police ne le saura jamais. Car le 28 juillet INTERPOL de Wiesbaden avertit INTERPOL à Vienne :

« Trouvé le cadavre d'un homme d'environ cinquante ans dans chambre d'hôtel de Lüneburg. Stop. Correspondant signalement Dostal père. Stop. S'est tué coup de feu dans la tempe gauche.

Stop. A côté de son corps, journal relatant la mort de son fils. Stop. »

La mère, elle, n'a rien compris à l'étrange roman qu'avaient vécu les deux hommes. Un mélange de roman noir, de cape et d'épée, et de *Mein Kampf* réunis.

LA SOCIÉTÉ ANONYME POUR LE VOL DES OBJETS D'ART

1968. Cette année-là, les curés et les châtelains d'Autriche sont littéralement affolés, la police est sur les dents et le public abasourdi. Une série de vols effectués avec une audace et une ingéniosité sans pareil font disparaître, des cathédrales et des châteaux, les vierges polychromes, les chemins de croix et les tableaux. Les cambrioleurs agissent avec une sûreté de goût qui laisse à penser qu'il ne s'agit pas d'ordinaires petits malfrats : c'est ici quatre Kremser Schmidt, c'est là une *Sainte Famille* du Tintoret, ailleurs une icône de l'île de Crète. Ce choix trahit l'amateur distingué.

A cette époque, certains antiquaires de Suisse alémanique offrent à leurs clients quantités de très beaux objets d'art religieux. La plupart ignorent bien entendu leur provenance, mais ils atteignent des valeurs considérables.

Le secrétariat d'INTERPOL diffuse la liste des objets disparus, et certains sont retrouvés chez des antiquaires de Zurich où les véritables propriétaires autrichiens doivent parfois discuter âprement leur rachat. Lorsqu'on arrête enfin le principal coupable, le total du butin est évalué au milliard. Ce coupable, que nous appellerons Wilfried Litschka, se fait appeler avec humour le « baron de la

Houille ». Pendant quelques années, en effet, il fut modeste marchand de charbon. Mais un marchand de charbon qui a dû divorcer, et les divorces coûtent cher. Un marchand de charbon qui ne voulait pas se priver d'une certaine dolce vita. Alors, après différentes tentatives, toujours à la limite entre le bien et le mal, il eut l'idée de créer la société anonyme Litschka et Cie. Le premier investissement de la société anonyme Litschka et Cie était aussi modeste qu'utile : un guide de voyages. Dans lequel étaient décrits les objets les plus précieux et les plus remarquables que l'on pouvait admirer dans les églises et les monuments autrichiens. C'est dans ce guide que le « baron de la Houille » fit son choix : le plus souvent des madones, ce « produit » s'avérant le plus facilement négociable. Tel était l'objet social de la très officielle société anonyme Litschka et Cie : le vol des œuvres d'art.

Bientôt, ayant approfondi ses connaissances par la lecture d'ouvrages compétents, le « baron de la Houille », bien équipé, communiquant par radio avec le complice qui faisait le guet, sut de lui-même apprécier les objets qui en valaient la peine. Il examinait les statuettes convoitées pour voir si elles avaient une belle ligne de corps. Plus la ligne de la madone était belle, mieux elle se vendait. Le « baron de la Houille » est donc devenu un bon spécialiste : au moment de son arrestation, il s'habille avec élégance, roule dans un minibus laqué rouge et blanc et appointe généreusement six ou sept « collaborateurs ». Condamné à cinq ans de prison, il est assez malin pour se conduire en prisonnier modèle et être libéré en 73. Un an plus tard, les vols d'objets d'art religieux reprennent de plus belle : quatre églises de province en novembre, cinq églises de Vienne en décembre, et INTER-

POL reprend immédiatement ses diffusions dans toute l'Europe. La première personne que l'on interroge, c'est évidemment le trop fameux « baron de la Houille ».

Souriant, mince, souple comme une liane, athlétique et blond, le président de la société anonyme Litschka et Cie, qui a maintenant trente-cinq ans, répond à l'officier de police qui l'interroge :

« Mais vous voyez bien que je ne suis plus dans le coup, ma comptabilité est à votre disposition. Vous pouvez interroger mes collaborateurs. J'achète et je vends du charbon et du mazout. Rien que du charbon, rien que du mazout. »

Le policier n'est pas convaincu. C'est un petit gros qui commence à perdre ses cheveux. Il ne lui reste plus qu'une houppette sur le sommet de la tête. Il est aussi gauche que le « baron de la Houille » est élégant, aussi sévère que le « baron de la Houille » est plein d'humour. Mais ils ont deux points communs : ils sont aussi intelligents et rusés l'un que l'autre. Le policier s'en va. Le baron respire. Et les jours passent.

Mais le marché des objets d'art volés, même religieux, obéit aux mêmes lois que les autres marchés. C'est bientôt la surproduction. Les antiquaires suisses sont inondés par les saints et les madones. Les prix baissent, les antiquaires marrons ne veulent plus prendre de risque pour si peu. Un receleur de Zurich va jusqu'à brûler un triptyque de grande valeur avant d'être arrêté. Les voleurs essaient alors une nouvelle méthode de commercialisation : revendre les objets volés à leur propriétaire. C'est ainsi que le téléphone sonne un matin chez un évêque.

« Monseigneur, vous avez eu la douleur de perdre, il y a quinze jours, un tableau de votre cathédrale ? Un très beau Kremser Schmidt ?

– Oui, hélas !

– Eh bien, monseigneur, vous pouvez récupérer ce tableau à cent quarante mille marks. C'est le dixième de sa valeur. Qu'en pensez-vous, monseigneur ?

– Ecoutez, répond l'évêque, surpris et outré. Considérez que ce tableau est la propriété de la population du diocèse et que je n'ai pas le droit de discuter d'un tel marché !

– Eh bien, considérez-moi comme la population du diocèse, car je possède le tableau. »

L'évêque raccroche, furieux, et le voleur aussi : manifestement, revendre les objets volés à leur propriétaire n'est pas un bon système. Il faut se recycler.

Au mois de février 1976, les châteaux autrichiens deviennent brusquement la cible des voleurs. Ceux-ci font une razzia d'armures et d'armes autrichiennes et, via les antiquaires marrons, la Suisse regorge bientôt de hallebardes précieuses, de poignards ciselés, de mousquets aux crosses incrustées et d'armures d'époque. Bien entendu, le « baron de la Houille » n'est pas dans le coup.

« Moi, des armes ? Je n'y connais rien ! D'ailleurs vous pouvez fouiller mes entrepôts. »

Le petit policier à la houppette ne fouille pas les entrepôts du marchand de charbon, qui n'est pas assez bête pour y entreposer son butin ; d'ailleurs, ce butin a déjà certainement quitté l'Autriche. Il ne reste plus qu'à en communiquer au fur et à mesure la liste au secrétariat général d'INTERPOL.

Le 27 octobre 1977 au soir, le garde d'un château, dans le sud-est de l'Autriche, vient prendre son service à moto lorsqu'il entend un cliquetis dans la nuit. Il court vers la cour du château en sortant de son étui un gros revolver, pour voir la silhouette d'un homme qui s'enfuit en direction d'une grande échelle appuyée contre la muraille. Le garde le poursuit en tirant deux coups de feu en l'air, autant pour se rassurer lui-même que pour le chasser. L'inconnu est alors rejoint par un autre, ils grimpent rapidement l'échelle, et tous deux redescendent de l'autre côté les vingt mètres de la muraille grâce à une corde. Ils ont laissé sur place une grande quantité d'armes historiques, mais aussi une partie de leur équipement, grappins, échelles de corde et tout un outillage de cambrioleurs.

Le petit policier à la houppette interroge le gardien le lendemain et écoute soigneusement la description des voleurs. La veille, le gardien avait remarqué le plus grand au cours de la visite guidée. L'homme mettait son nez partout, à tel point que le gardien était sans cesse obligé de lui dire : « Pas par là, monsieur, c'est privé »... « Par ici, monsieur, vous allez vous perdre. »

« Comment était-il ?

– Un costaud avec des cheveux roux, presque rouges, et un accent viennois, je pense. »

Alors, l'un après l'autre, le petit policier à la houppette visite les marchands d'articles de sport de Vienne pour savoir si dernièrement un équipement d'escalade n'a pas été acheté par un grand rouquin costaud à l'accent viennois.

« Oui, oui, dit l'un d'eux, il y a quinze jours, j'ai vendu un équipement complet à un grand type qui avait les cheveux roux, presque rouges. »

Dans un autre magasin, une vendeuse se souvient qu'à la même époque une jeune femme qui portait un bébé est venue acheter un équipement semblable pour son mari. Or, l'un des amis du « baron de la Houille » est un grand rouquin aux cheveux presque rouges et un autre de ses collaborateurs vient d'avoir un bébé. Le petit policier à la houppette se frotte donc les mains. En Suisse et en Allemagne, les postes frontière visitent soigneusement les véhicules appartenant aux nombreux collaborateurs et amis du « baron de la Houille ». Tant et si bien qu'un jour, une voiture, ayant autrefois appartenu à la S.A. Litschka et Cie, et soi-disant revendue à une tierce personne, est saisie à la frontière avec tout un lot d'armes anciennes. Mais, lorsque le policier vient lui signifier son arrestation, le « baron de la Houille » ne paraît pas tellement inquiet. Il demande seulement s'il s'agit d'un interrogatoire ou d'une arrestation et sort du tiroir d'un classeur un petit bagage tout préparé.

Le policier, songeur, observe cet homme sûr de lui. Quelque chose lui dit que l'affaire n'est pas finie. La décontraction du « baron de la Houille » laisse à penser qu'il a préparé ses arrières.

Effectivement, quelques jours après son arrestation, la police est avisée qu'un vol d'armes anciennes de très grande valeur vient d'être commis au château de Forchtenstein. Le policier chargé de l'enquête, toujours le même, se rend au pied du rocher abrupt sur lequel s'élève le fameux château aux murs de deux mètres d'épaisseur, célèbre pour avoir résisté au siège des Turcs à deux reprises. Le policier lève le nez. L'un des gendarmes lui montre tout là-haut, là-haut, l'ouverture d'une fenêtre.

« "Ils" sont entrés par là ! »

Ce qui veut dire qu'« ils » ne sont pas sujets au vertige. On peut reconstituer la façon dont les voleurs – des gens entraînés sans aucun doute – ont pu venir à bout de ce château irréductible. La veille, l'un d'eux a dû participer à une visite et se laisser enfermer. La nuit, il a ouvert la fenêtre. Ses acolytes ont alors escaladé le rocher. Le policier vérifie à la jumelle les traces de leur passage et les pitons d'escalade qu'ils ont plantés. C'est un supplice pour lui que d'aller vérifier le reste, car lui est sensible au vertige. C'est avec peine qu'il découvre, sur la poussière d'une corniche large de vingt centimètres, de nouvelles traces. Sur cette corniche les voleurs ont dû péniblement avancer jusque sous la fenêtre ouverte par leur complice. De là, ils ont jeté un grappin pour grimper jusqu'au rebord de la fenêtre. De la fenêtre, ils ont gagné la cour intérieure du château, forcé, avec le matériel adéquat, les portes massives, pour parvenir à la salle d'armes. L'endroit avait été exploré d'avance, et les voleurs sont des experts, car ils ont manipulé les vitrines sans y laisser la moindre égratignure. Le butin est énorme : des dizaines d'armes des XVIe et XVIIe siècles, toutes des pièces de collection, le total valant près d'un million de marks.

Le petit policier n'a plus le vertige, mais il est doublement perplexe. D'abord il paraît impossible que la S.A. Litschka et Cie poursuive ses activités sans son chef. Lui seul a l'intelligence nécessaire. Les autres sont des petits malfrats sans consistance. Ensuite, les frontières avec la Suisse sont bouclées, et la police exerce une telle surveillance, le marché y est tellement saturé qu'un tel butin y est aujourd'hui pratiquement invendable. Où est le trou de souris ?

A Washington, INTERPOL y signale le départ, pour l'Autriche, d'un riche Américain, grand collectionneur dont on a quelquefois suspecté l'honnêteté. Avant de quitter les Etats-Unis, il n'a pas caché les raisons de son départ. « On » lui a promis trois Kremser Schmidt pour huit cent mille dollars. Et ce « on » a un nom tout à fait invérifiable.

Or, des Kremser Schmidt à vendre, il n'y en a pas sur le marché. A part les trois volés il y a bientôt dix ans, par le « baron de la Houille ». Et le petit policier a une inspiration : la Litschka et Cie posséderait encore les trois Kremser Schmidt. Et elle possède peut-être aussi la *Sainte Famille* du Tintoret qu'on n'a jamais retrouvée nulle part, elle a peut-être toujours la fameuse icône crétoise. Ce qui revient à dire que la Litschka et Cie a des stocks.

En comparant la liste des objets volés à ceux qui ont été vendus ou rachetés, on s'aperçoit en effet qu'ils ne représentent qu'une partie infime, le dixième du total. Les stocks de la Litschka pourraient donc s'élever à plusieurs milliards pour les neuf dixièmes restants. Or ce ne sont pas les petits malfrats, collaborateurs du « baron de la Houille », qui peuvent gérer une affaire pareille.

L'Américain est descendu au *Hilton*, où son téléphone a été purement et simplement branché sur table d'écoute par la police autrichienne. Un coup de fil attire l'attention du petit policier. Après quelques paroles sans importance, l'Américain demande à son interlocuteur :

« Vous venez quand ?

– Je viens ce soir.

– Seul ?

– Avec un ami.

– A quelle heure ?

– Je viendrai vers 19 heures pour vous amener le matériel. Mais mon ami viendra pour le dîner. Il ne pourra pas rester longtemps, car il a une soirée en ville.

– Bon, d'accord, mais j'espère que votre ami est un homme responsable. Je ne peux pas donner une somme pareille à n'importe qui.

– Ne vous inquiétez pas. Mon ami a du répondant. C'est un homme connu en Autriche. »

La police a réussi à localiser l'appel, qui provient d'un bar fréquenté par le « baron de la

Houille » lorsqu'il était en liberté. Le barman est connu de la police, c'est un repris de justice. Le petit policier décide donc de l'intercepter. Il a un bon prétexte pour cela. Le barman en question est fiché comme un fanatique des armes à feu, et il est sûrement armé.

18 h 30. Le barman monte en voiture. La police lui barre la route. Coup de frein. Fracas. Vitres brisées. L'homme tente de fuir dans la foule, mais il est ceinturé. Les trois Kremser Schmidt sont dans la malle arrière. Au commissariat, le policier abrutit le barman de questions :

« Qui est l'ami qui doit vous rejoindre au *Hilton* ?

– Je ne sais pas de qui vous voulez parler.

– Inutile de mentir, puisqu'il va venir. Nous n'avons qu'à l'attendre. Alors, dis-moi qui c'est.

– Ernst Beckman.

– Pardon ?

– J'ai dit Ernst Beckman. »

Le petit policier est furieux et persuadé que le barman se moque de lui. Dire que Ernst Beckman est son ami, c'est un peu comme si un voyou de troisième zone déclarait à la police que le gouverneur de la Banque de France est son complice.

Ernst Beckman a créé en 1966 une petite société d'intérim. Puis une société spécialisée dans la fourniture de techniciens. Il a deux mille employés. Il a créé une société autrichienne de transport aéronautique. Il possède personnellement un « jet », une maison aux Bahamas. Sa villa de Vienne est installée avec un luxe inouï digne des films de James Bond. Il y donne des fêtes éblouissantes au cours desquelles des notables de la politique et de l'économie, les prélats et les vedettes sont, sans le savoir, suivis par des micros et des caméras indiscrets. Sa collection d'œuvres d'art est protégée par un système d'alarme ultramoderne. A l'âge de trente-cinq ans, il vient d'être nommé conseiller. Son dynamisme, son ambition et son intelligence doivent l'amener aux plus hautes fonctions de la nation autrichienne.

Pour un peu, le barman mériterait une gifle, mais il insiste :

« Je vous assure, le patron, c'est Ernst Beckman. A quoi ça servirait de vous mentir puisqu'il va venir au *Hilton* !

– Il y vient peut-être pour d'autres raisons ? »

Le barman se rend compte qu'il a trop parlé ou pas assez, et que la partie n'est pas jouée. Mais c'est trop tard. Bousculé, harcelé, il finit par tout avouer.

« Quand le "baron de la Houille" a été arrêté, il m'a chargé de négocier la vente de son affaire. Et j'ai trouvé un client : Ernst Beckman. Une affaire comme ça l'amusait. Il avait le temps d'attendre. Il prenait la marchandise estimée à une dizaine de milliards, et on la revendrait petit à petit. Litschka serait payé au pourcentage. Mais il a reçu une avance de neuf cents millions. Le stock est dans la cave d'un hôtel du Tyrol. Mais la cave est truquée. Il n'y a que lui qui puisse vous conduire à la cachette. Personne d'autre ne la connaît. »

Ce soir-là a lieu le « Bal des Viennois 1977 ». Une soirée de gala qui réunit les sommités de la politique et où l'on attend en vain le conseiller commercial d'Autriche : le milliardaire Ernst Beckman. Sa Rolls Sylver Shadow s'arrête enfin devant la porte monumentale. Seul le chauffeur en descend.

« Le conseiller a été retenu à l'hôtel *Hilton* par un rendez-vous urgent. Il vous prie de l'excuser, il ne faut pas compter sur lui. »

Dans une chambre du *Hilton*, devant un Américain stupéfait qui vient de poser sur une table huit cent mille dollars, près de trois Kremser Schmidt, le petit policier a surgi. Il passe les menottes à un homme de trente-cinq ans, le visage ouvert, les cheveux noirs ondulés, l'œil vif et intelligent : le conseiller commercial d'Autriche. Détail amusant, celui-ci n'a jamais rencontré le « baron de la Houille » puisqu'il est en prison. La Litschka et Cie était vraiment une société anonyme.

LES DEUX FOULARDS

C'est une vieille dame du Sud, vêtue d'un manteau gris, les cheveux blancs soigneusement coiffés. Une vieille dame très digne, veuve d'un consul des Etats-Unis en France. Mme Coppus Yvonne est née en 1890. Sa paisible retraite a pour cadre les environs de Morgan City, en Louisiane. Sa villa, baptisée *Le Retour*, dort au soleil de décembre au milieu d'un parc. Les gardiens, un couple installé là depuis 1946, regardent sortir la vieille dame.

« Je sors un moment, dit-elle, je serai de retour pour le déjeuner. »

Au détour de la route, un homme attend Mme Coppus au volant de son automobile, c'est Jean-Baptiste Protesta. Il est courtier libre en immobilier à New Orleans. Mme Coppus l'a chargé de gérer ses affaires. Le soir, la vieille dame n'est pas revenue. Le lendemain, mercredi 28 décembre, non plus. Ce jour-là, la gardienne de la villa *Le Retour*, morte d'inquiétude, signale la disparition de sa patronne à la police de Morgan City. Mais, dans la soirée du même jour, des proches de Mme Coppus reçoivent chacun une brève missive, bizarre : *Je suis obligée de m'absenter quelques jours, je vous donnerai de mes nouvelles. Madame Coppus*. Les lettres sont postées de New Orleans et surprennent tous les destinataires, car Mme Coppus avait l'habitude de taper à la machine et de signer « Yvonne ». La police de Morgan City en est informée. Mais la vieille dame reste introuvable. Le 12 février 1964, à 10 heures du matin, à trois mille kilomètres de là, Mlle Maillard quitte sa villa de Québec où elle réside depuis peu, en déclarant à sa femme de ménage : « Je vais faire des courses. » C'est une vieille demoiselle aux cheveux noirs frisés et aux yeux sombres. Elle est née le 10 janvier 1903, à Trois-Rivières, dans la province du Québec où ses parents, fortunés, tenaient un commerce. En 1944, à l'héritage de sa famille s'est ajoutée une indemnité versée par les assurances, le commerce ayant été détruit par un incendie. Mlle Maillard ne s'est installée à Québec que plusieurs années plus tard. En 1963, elle est réapparue à Trois-Rivières accompagnée d'un homme présenté comme son « chargé d'affaires ». Ce dernier s'est occupé, dans la région, de récupérer des sommes d'argent que la vieille demoiselle avait prêtées à différentes personnes. Il a réalisé également des titres de propriété appartenant à sa cliente. Son nom : Félix Carcopino, agent immobilier à Québec.

A partir de cette date, on voit souvent Mlle Maillard en compagnie de l'agent immobilier, dans une petite localité des environs de Québec. Pour le compte de la vieille demoiselle, l'agent immobilier s'occupe de la construction de la villa *Mirador*, entreprise grâce aux sommes perçues des assurances. Mais à partir de ce jour, 12 février 1964, où elle part faire des emplettes, on ne la revoit plus. Tout comme Mme Coppus.

Il s'agit donc de deux disparitions à trois mille kilomètres l'une de l'autre, dans des pays différents, où l'enquête est menée par des polices différentes sous des juridictions différentes. Une seule similitude : il s'agit de deux vieilles personnes francophones vivant en Amérique du Nord, plutôt riches, et qui ont toutes deux un homme d'affaires. Pour l'instant, nul ne se préoccupe du rapprochement : l'agent immobilier. Dans les deux cas, l'agent immobilier est resté sur place. A propos de Mlle Maillard, il a répondu à la police :

« Je ne sais pas son adresse, je ne connais que le numéro de son compte en banque où je fais verser les fonds. A mon avis, elle est au soleil en Espagne. »

Et pour Mme Coppus :

« A mon avis, elle est au soleil en Italie. »

Alors, à la requête des deux polices locales, le bureau d'INTERPOL d'Ottawa et celui de Washington font adresser une simple demande de recherche à INTERPOL de Rome pour Mme Vve Coppus, et Madrid pour Mlle Maillard. Des vieilles dames, il en disparaît dans le monde tous les jours. Peut-être même plusieurs par jour, mais, devant la vague similitude de ces deux disparitions, la documentation criminelle d'INTERPOL ouvre un dossier. Rien de plus bébête à première vue que ces dossiers. Ils sont là, par milliers, à dormir dans des classeurs gris, attendant on ne sait quoi, on ne sait qui, on ne sait quand. En voici un de plus à la rubrique disparition.

Ce que le profane ne sait pas, c'est que le dossier d'INTERPOL a une vie propre. Une vie intérieure. Il s'ouvre et se referme au gré des renseignements codés. Il les digère et les restitue, parfois en prenant son temps, parfois dans un sursaut. Et il y a une nourriture que le dossier d'INTERPOL adore : les coïncidences.

La première coïncidence vient d'Ottawa, où la police locale recherche l'agent immobilier Félix Carcopino (celui de Mlle Maillard). Elle le recherche pour l'interroger une nouvelle fois, mais il a quitté le Canada. Sa note de recherche tombe dans le dossier conjoint « Maillard-Coppus, vieilles dames riches disparues », classé au secrétariat général d'INTERPOL. Le dossier avale et restitue, pour Ottawa, la coïncidence : deux disparitions, deux agents immobiliers, l'un Carcopino, l'autre Protesta... noms à consonances méditerranéennes... Ne s'agirait-il pas du même homme ?

C'est ainsi que le dossier « Maillard-Coppus » s'enrichit de deux photos tout à fait digestes : l'une a été prise dans le paysage presque tropical de la Louisiane, et l'autre sur les remparts enneigés de Québec, mais il s'agit du même homme : petit, très brun, le visage anguleux, comme mal taillé, mal fini, mais avec des yeux noirs très vifs, un sourire nerveux, des costumes stricts achetés au « décrochez-moi-ça ». Dans les deux pays, au cours de l'enquête menée avec soin par la police locale, le petit homme a été longuement interrogé, mais il fallut le relâcher car il avait réponse à tout, et on ne pouvait rien relever contre lui. D'ailleurs, il n'y a toujours rien à relever contre lui, sauf de changer de nom et d'avoir quitté Washington pour la France. C'est donc un avis de recherche précautionneux qu'INTERPOL diffuse en France. Et c'est donc pour l'interroger avec précaution qu'un commissaire de la police judiciaire de Nice l'attend dans le hall de l'hôtel où il a été signalé après trois semaines d'enquête. Il entre, vêtu de façon très estivale d'un pantalon blanc et d'une chemise tahitienne. Mais seul son costume est en vacances. Son visage, lui, est agité de tics nerveux. Il exprime son étonnement avec une pointe d'accent dont il est difficile de percer l'origine.

« Monsieur le commissaire, je ne suis de retour en France que depuis deux mois, je me demande ce qui peut bien motiver cette visite.

– Simple précision d'identité. Voilà, nous vous connaissons ici sous le nom de Jean-Baptiste Protesta. Ne vous êtes-vous pas fait appeler aussi Félix Carcopino ?

– En effet, au Canada.

– Pourquoi ces deux noms ?

– Protesta est mon vrai nom, mais j'ai choisi là-bas de me faire appeler Carcopino parce que c'était le nom du propriétaire de l'agence immobilière que j'avais achetée à Québec.

– Pour cela, vous avez dû vous faire établir de faux papiers... C'est interdit.

– Je sais ! Mais je n'ai pas eu l'impression de commettre un bien grave délit. C'est à ce sujet que vous voulez m'interroger ?

– Non. Vous avez connu Mme Vve Coppus et Mlle Maillard ?

– Oui, bien sûr, nous y voilà », soupire Jean-Baptiste Protesta.

Car il soupire. Et il a l'air de penser : « Quelle plaie que ces deux vieilles... » tout en prenant son parti de la chose. Il s'installe plus confortablement dans son siège, essaie de contenir ses tics nerveux et allume une cigarette. En ce qui concerne son passé, il est assez vague :

« Je suis né à Casablanca, dit-il, et j'ai quarante-six ans. J'ai été le chef de la section économique de la province de Rabat jusqu'en 1961. Auparavant, j'ai eu de nombreuses activités. J'étais le garde du corps du résident : le général Guillaume. Après l'indépendance du Maroc, j'ai dirigé une entreprise de transports, ce qui m'a valu des ennuis : l'un de mes camions avait ses phares mal réglés et j'ai été arrêté... Alors, j'en ai eu assez et je suis parti. »

Jean-Baptiste Protesta élude les questions que lui pose le commissaire sur la période qui a précédé son arrivée en France, en 1960, et affecte de ricaner.

« A l'époque, on a dit que j'étais "barbouze" ! »

Et il regarde son interlocuteur en face, comme pour lui prouver qu'il n'a pas du tout la tête d'une barbouze... Le policier, lui, revient à ce qui le tracasse. Comment peut-on être courtier immobilier en Louisiane et au Québec en même temps ?

« C'est tout simple. Je voulais aller me fixer en Amérique du Nord, quelque part dans une province où l'on parle français tant qu'à faire. Je suis un homme actif, j'ai décidé de tenter ma chance à New Orleans et à Québec, je me serais fixé ensuite, là où ça marchait le mieux.

– Pourquoi êtes-vous revenu en France, alors ? »

L'homme lève les bras au ciel pour répondre :

« Mais à cause de ce manque de chance incroyable ! Rendez-vous compte ! Voilà que dans les deux villes je suis mêlé à ces disparitions stupides ! C'est stupide, monsieur le commissaire ! »

Et subitement il s'emporte :

« J'ai déjà subi deux interrogatoires : l'un de la police des U.S.A. et l'autre de la police montée à Québec. Ça devrait suffire ! De quoi me soupçonnez-vous ? d'avoir tué deux rentières ? Et pour quel motif ? C'est moi le nouveau Landru, tueur de vieilles dames ? Oh je sais ! vous allez me soupçonner d'être un homme malhonnête ! Et me demander d'où je tiens mon argent ! Lorsque j'étais surveillant de plage au Maroc, j'ai été décoré pour cent trente-huit sauvetages en mer ! Quant à l'argent que j'ai, eh bien, je travaille, je l'ai gagné ! A se demander si je ne suis pas victime d'une sombre machination. Songez, dit encore Jean-Baptiste Protesta en gesticulant, que la disparition de Mme Coppus me coûte, au bas mot, quinze mille dollars !

– Comment ça ?
– J'avais établi un dossier qui lui aurait permis de faire construire vingt villas. Vous n'imaginez pas les difficultés administratives qu'il m'a fallu vaincre ! J'avais abouti et voilà que Mme Coppus disparaît.
– Et la fortune de Mlle Maillard ? »
Jean-Baptiste Protesta hausse les épaules :
« Tout ce qu'elle possédait provenait des versements des assurances !
– Elle vous avait tout de même signé une procuration ?
– Oui ! J'avais une procuration de sa main, mais c'était pour régler des corvées. Là aussi, j'en étais le plus souvent "de ma poche".
– Décidément, vous n'avez pas de chance !
– Vous pouvez le dire. Imaginez la tête que j'ai faite quand elle est venue me trouver à ma villa pour m'annoncer qu'elle partait se marier. Et où ça ? En Espagne. Elle avait rencontré un colonel français de l'O.A.S. provisoirement réfugié au Canada et qui avait décidé de se fixer définitivement en Espagne. Comme je m'étonnais qu'elle n'ait prévenu personne, elle s'est mise à écrire à chacun des membres de sa famille. Je ne l'ai pas vue le faire, car à ce moment-là j'étais sous la douche. Mais lorsqu'elle a terminé ce courrier, elle m'a demandé de le mettre à la poste. Je l'ai accompagnée jusqu'à la voiture où l'attendait le fameux colonel avec qui j'ai échangé deux ou trois mots. Je ne l'ai jamais revue.
– Et l'autre ? Mme Coppus ?
– Je crois qu'elle est en Italie. Je l'ai déjà raconté dix fois à la police de New Orleans qui n'a rien trouvé à redire, mais je veux bien vous le raconter aussi. »
Jean-Baptiste Protesta ne raconte pas les cir-

constances de cette disparition, car le concierge de l'hôtel appelle le commissaire.

« On vous demande au téléphone, cabine 3. »

Le commissaire s'enferme dans la cabine. Par la vitre, Jean-Baptiste Protesta voit le commissaire hocher plusieurs fois la tête, comme si on lui apprenait quelque chose d'important. Puis il raccroche et vient tout droit vers lui.

« Protesta, voulez-vous me suivre au bureau de la police judiciaire ? »

L'homme sent qu'il vaut mieux ne pas s'insurger. Et il suit dignement le commissaire dans les bureaux de la police judiciaire de Nice. Le petit quinquagénaire nerveux et inquiet répond au flot de questions qu'on lui pose, en émaillant ses réponses d'insolences et de mensonges incontrôlables. Il continue à récuser point par point les similitudes accablantes pour lui.

Mais vers 17 heures le commissaire lâche l'artillerie lourde qu'il avait gardée en réserve. Et Protesta encaisse un choc en apprenant qu'INTERPOL, disposant maintenant d'un dossier complet des deux disparitions, y a fait une découverte intéressante. Le jour de la disparition de chacune des deux vieilles dames, il est établi que Jean-Baptiste Protesta avait acheté un foulard. « Pour l'offrir à Mme Coppus », a dit Protesta à la police de New Orleans. « Pour l'offrir à Mlle Maillard », a-t-il dit à la police de Québec. Évidemment, chacune des deux polices avait accepté cette explication sans discuter. Mais au secrétariat général de Saint-Cloud le chef du groupe « A » a suggéré :

« Et si c'était pour les étrangler ? »

On imagine très bien la chose, en effet : chaque vieille dame ouvrant la boîte :

« Oh, qu'il est joli !

– Essayez-le. S'il ne vous plaît pas, je pourrai

vous le changer. Permettez que je vous aide. » Et crac ! plus de vieille dame.

Cette fois, Jean-Baptiste Protesta donne des signes d'affolement. Son visage déformé par les tics est marqué d'une angoisse grandissante. Et il ne tient à sa chaise que par un effort de volonté cousu de fil blanc.

A 9 heures du soir, quand on lui annonce que la police de New Orleans et celle de Québec vont fouiller les deux villas qu'il habitait en Amérique du Nord, il s'effondre. Sa tête s'enfonce dans ses épaules et, après un silence qui semble ne devoir jamais finir, il passe aux premiers aveux. Mais il parle comme un gangster chevronné, en homme du milieu, et la thèse des policiers français ne devient certitude que très tard dans la nuit, lorsque le suspect se décide, après quelques versions rocambolesques, à préciser l'endroit où il a enterré ses deux victimes.

Le petit homme est épuisé, il regarde le commissaire appeler INTERPOL à Saint-Cloud qui appelle INTERPOL à Ottawa et à Washington. Les minutes tombent, scandant le rythme des tics nerveux de l'assassin, dont le visage se décroche de plus en plus. A Nice, il est maintenant 3 heures du matin, en Amérique du Nord il est 8 heures du matin. A Nice, pour converser avec les États-Unis, on a fait venir un interprète.

« Allô, New Orleans, ici police judiciaire de Nice. Le cadavre de Mme Vve Coppus se trouverait dans la cave de la villa qu'habitait Jean-Baptiste Protesta. Allez-y, et rappelez-nous.

» Allô, Québec ? La police montée ?... Le cadavre de Mlle Maillard se trouverait sous le carrelage d'une chambre dans la villa que Félix Carcopino habitait. Allez-y, et rappelez-nous. »

Quelques instants plus tard, guidés depuis Nice

par téléphone, les policiers de New Orleans descendent dans la cave d'une villa où passent toutes sortes de tuyauteries. Là, à la lueur des projecteurs qu'ils ont amenés, deux officiers commencent leur travail de fossoyeurs. A Québec, dans une chambre du rez-de-chaussée, devant la gardienne affolée, les policiers entreprennent de faire sauter le carrelage.

A New Orleans, au bout d'une demi-heure, les deux fonctionnaires creusent toujours dans un nuage de poussière et une chaleur suffocante. Ils se sont mis torse nu et commencent à douter de trouver là un cadavre. A Nice, Jean-Baptiste Protesta insiste et prononce cette phrase étrange :

« Qu'ils continuent, ils vont le trouver. Si j'avais su qu'ils auraient tant de mal, j'aurais creusé moins profond. »

A Québec, on demande des précisions :

« A quelle distance du mur exactement ? »

A Nice, Jean-Baptiste Protesta répond :

« A deux mètres. Qu'ils fassent attention de ne pas creuser vers la tuyauterie du chauffage. »

L'homme ne manque pas d'à-propos. Enfin, vers 10 heures du matin, apparaît à New Orleans la preuve matérielle du crime : la main droite décharnée de Mme Vve Coppus.

Et à Québec, à quatre-vingts centimètres de profondeur, apparaît celle de Mlle Maillard. Et Jean-Baptiste Protesta a cette curieuse conclusion :

« Ils ont mis plus de temps que moi, mais je reconnais que ce n'est pas facile. »

Drôle d'homme, que la justice a condamné à perpétuité et dont l'histoire n'a pas fait la une des journaux. C'est beaucoup mieux ainsi : il avait en France une femme et deux enfants (vivant heureusement sous un autre nom) qui n'ont appris qu'à leur majorité que leur père était un assassin de vieilles dames.

ARAIGNÉE... QUEL DRÔLE DE NOM POUR UN CRIME !

Townsville est une petite ville australienne qui dort sagement, car il est 11 heures du soir. Et le Dr Ian Wells fait comme tout le monde, il va se coucher. Il se débarrasse à peine de ses chaussures quand le téléphone se met à sonner. A 11 heures du soir, une sonnerie de téléphone est une agression pour quelqu'un qui va se coucher, et le Dr Wells décroche en marmonnant un « allô » furieux. C'est Brickner, son vieil ami, sa voix est affolée :

« Venez vite, je crois que ma femme est en train de mourir. »

Le Dr Wells comprend immédiatement qu'il serait inutile de demander plus amples détails. Brickner semble dans un tel état d'agitation qu'il se contente de dire :

« J'arrive. »

Quelques minutes plus tard, le docteur stoppe sa voiture devant la villa des Brickner, colonnades et style victorien. Une seule fenêtre est allumée, celle de la chambre à coucher. Dans l'embrasure, Brickner, les cheveux en bataille, crie en le voyant :

« Mais qu'est-ce que vous faites, bon Dieu, dépêchez-vous, dépêchez-vous !... »

Puis il disparaît, et le docteur entend un bruit

de galopade jusque dans le hall, où la lumière s'allume en même temps. Brickner est pâle, son visage un peu rond reflète une tension dramatique. Ses yeux bleus sont exorbités et ses cheveux bruns ondulés en bataille. Il tremble et tire littéralement le docteur par la main.

« Ça va être trop tard... trop tard. »

Est-il trop tard ? Et trop tard de quoi ?... Le Dr Wells aperçoit dans les draps en désordre le corps de Mme Brickner. La ravissante Stella a les yeux clos. Son corps s'est raidi dans la somptueuse chemise de nuit. Le docteur appuie son oreille sur la poitrine ferme et immobile... Il tâte le pouls. A côté de lui, Brickner bredouille :

« C'est une araignée... »

Etonné, le médecin se redresse. Une araignée ? Brickner montre la poitrine de sa femme d'un doigt tremblant :

« Je suis sûr que c'est une araignée, regardez, là... sous le sein. »

Le Dr Wells distingue en effet la trace que lui montre son ami, celle d'une petite morsure.

« Comment savez-vous que c'est une morsure d'araignée ?

– Je l'ai tuée. Regardez, elle est encore là, sur la moquette. »

Et il désigne une petite masse informe et recroquevillée sur le tapis.

Le Dr Wells lâche le poignet de Stella, le front soucieux :

« Il y a combien de temps qu'elle a été mordue ?

– Je ne sais pas, je venais de rentrer. Quand je l'ai trouvée inanimée, j'ai arraché le drap, j'ai vu l'araignée, je l'ai écrasée, mais Stella ne bougeait pas... Je vous ai appelé immédiatement. Elle s'était couchée vers 10 heures avec un somnifère et un chocolat chaud, comme d'habitude. Moi, j'avais rendez-vous avec un client, j'ai dû m'absenter une heure. »

Brickner tout à coup s'arrête de parler et regarde Wells comme s'il comprenait d'un coup :

« Qu'est-ce que c'est ? Qu'est-ce que vous allez faire ? Il y a quelque chose à faire, n'est-ce pas ? N'est-ce pas ? Wells ? Répondez-moi !

– Il n'y a rien à faire, plus rien depuis près d'une heure. Elle est morte, Brickner, je suis désolé. »

Trois semaines après la mort de Stella Brickner, un homme blanc se glisse à travers les broussailles, près de la petite ville de Townsville. Dans la poche de sa veste, un revolver de calibre 25, une balle dans la culasse et les autres dans le barillet. Personne ne sait qu'il possède cette arme. Il l'a volée quelques années auparavant à Sydney et va s'en servir ce soir, pour la première fois, contre l'homme qui a osé tenter de le doubler. Tout en escaladant une colline, il rumine :

« On n'a jamais réussi à me doubler... C'est pas aujourd'hui que ça va commencer. »

Lorsqu'il redescend la colline, un Noir, un nommé Dinda, vêtu d'une vieille blouse de mécanicien, sort des fourrés et s'adresse à lui en mauvais anglais :

« Je suis là.

– C'est toi, Dinda ?

– C'est moi.

– Es-tu seul ? demande l'homme blanc. Cette affaire ne regarde que nous.

– Nous sommes seuls, répond Dinda. Faut m'excuser de vous avoir dérangé, mais j'avais vraiment besoin de cet argent.

– Je comprends », dit l'homme blanc.

Tout en parlant, il porte la main à sa poche et, lorsque Dinda devine dans l'obscurité qu'il a sorti un revolver, il est trop tard. Il vient de recevoir une balle dans la poitrine. Mais il n'est pas mort sur le coup et râle encore. Alors, l'homme blanc l'achève de deux balles dans la tête. Puis, abandonnant le corps dans le fourré, s'en va, satisfait, convaincu que personne ne pourra jamais reconstituer ce meurtre, et sûr qu'il vient de régler au mieux son problème.

Deux ans plus tard, à Calgari, ville champignon dans l'Etat canadien de l'Alberta, près des montagnes Rocheuses, les employés du cabinet d'avocats Mac Leod et Cie sont étonnés de ne pas voir arriver leur collègue miss Wanda Downes. Wanda est une très jolie brune, d'origine australienne, qui s'est installée depuis peu à Calgari avec son fiancé – un certain Brickner, lui aussi australien.

A 11 heures, Wanda n'est toujours pas là, et chez elle personne ne répond au téléphone. Cela ne lui est jamais arrivé.

Comme il est peu vraisemblable que la jeune femme se soit absentée sans prévenir, l'avocat Mac Leod lui-même alerte les voisins de Wanda qui parviennent à découvrir dans l'immeuble une femme de ménage disposant d'une clé de l'appartement.

Quelques instants plus tard, la femme de ménage, en transe, appelle Mac Leod. Wanda est morte. Elle l'a trouvée dans son lit, toute blanche. Elle ne respire plus. On a appelé le docteur, mais elle est morte.

Le lieutenant Fergusson, de la police montée royale, arrive chez Wanda dans l'heure qui suit, appelé par le médecin.

« Je vous ai appelé, dit le docteur, parce que je ne peux pas délivrer un permis d'inhumer sans savoir de quoi elle est morte.

– Et vraiment, vous n'avez aucune idée ? »

Le docteur, un homme petit et méticuleux, au

visage pincé par de grosses lunettes, regarde le grand lieutenant de police dont les grosses moustaches bourrues recouvrent un sourire ironique :

« Non, je n'ai aucune idée, et je voudrais bien vous y voir. A part un truc bizarre que je n'ai jamais vu. Tenez, venez jeter un coup d'œil. »

Et le docteur traîne le lieutenant Fergusson dans la chambre où repose, sur le lit défait, le corps entièrement nu de la jeune femme.

« Tenez, c'est ça ! Je l'ai examinée des pieds à la tête. C'est tout ce que j'ai trouvé. »

Et il désigne une petite plaie violette sur la hanche droite.

« On dirait une morsure, c'est tout ce que je peux dire.

– Peut-être, convient le policier sans conviction, mais une morsure de quoi ? »

Et il regarde autour de lui, avec curiosité, cette chambre conventionnelle et paisible, au neuvième étage d'un des plus grands immeubles de Calgari enfoui sous la neige. Le photographe installe son matériel pour relever la position du cadavre. Un policier muni d'un pinceau saupoudre les empreintes visibles avec minutie. L'enquête de routine a commencé, et tout le monde sursaute en entendant une clé tourner dans la serrure. Un homme entre et se précipite vers le lit en hurlant :

« Ah non ! Pas elle ! Pas elle ! »

Surpris, le lieutenant Fergusson regarde l'homme saisir la femme à bras-le-corps et l'examiner comme s'il savait exactement ce qu'il cherchait.

C'est un homme de taille moyenne, aux yeux légèrement saillants, aux cheveux bruns ondulés, au nez droit et aux épaules très larges. Le genre d'homme qui doit plaire aux femmes.

Ayant trouvé ce qu'apparemment il cherchait,

c'est-à-dire la petite trace violette, l'homme tombe à genoux près du lit en gémissant. Le lieutenant Fergusson s'approche de lui et pose une main sur son épaule.

« Je vous prie de m'excuser, vous êtes monsieur Brickner ? Je suis le lieutenant Fergusson, de la police montée royale. Je comprends votre douleur, mais j'ai besoin de savoir. »

Sans bouger, les dents serrées, Brickner répond :

« Une morsure d'araignée. »

Mourir d'une morsure d'araignée n'est pas commun au Canada. Le lieutenant Fergusson note que cette façon de passer de vie à trépas n'est pas très britannique. Il est vrai que ces gens sont des Australiens. Mais que viendrait faire une araignée venimeuse à Calgari, par moins trente degrés ?

« Vous êtes sûr que c'est une araignée ?

– Oui ! Oh oui ! Si vous cherchez dans la chambre, vous allez la trouver. »

Le ton de Brickner est si catégorique que le lieutenant Fergusson, le photographe et l'homme au pinceau se dressent d'un seul mouvement. Les pieds joints, ils regardent autour d'eux, sur la moquette et sur les murs, avec suspicion : il y aurait une araignée venimeuse dans cette chambre et ils ne l'auraient pas vue ? Le photographe, estimant qu'il n'est pas payé pour cela, bat en retraite le premier. Quelques secondes plus tard, le lieutenant Fergusson oblige Brickner à sortir de la pièce et ferme soigneusement la porte autour de laquelle il fait coller un ruban adhésif.

Tandis qu'une équipe de désinfection, munie de bonbonnes, projette un gaz dans la chambre, le lieutenant interroge Brickner dans le hall de l'immeuble :

« Qu'est-ce qui vous a fait penser que cette jeune femme pouvait avoir été tuée par une araignée ?

– Parce que ma femme est déjà morte comme ça.
– Où ?
– A Townsville, en Australie.
– Comment ça s'est passé là-bas ?
– Un accident. L'araignée avait dû entrer dans la maison parce qu'il y faisait chaud. Ou bien on l'a fait entrer sans s'en apercevoir, avec des légumes ou des fruits, je ne sais pas. »

Cette histoire d'araignée tracasse le lieutenant. Il veut bien l'admettre dans un pays comme l'Australie, mais au Canada, Dieu soit loué, les araignées de Sa Majesté ne sont pas mortelles, surtout au neuvième étage d'un immeuble, dans une ville couverte de neige et par moins trente degrés. Il lui paraît nécessaire de tout examiner depuis le début, c'est-à-dire depuis la première araignée, si araignée il y a.

Tandis que Brickner raconte sa vie dans un monologue presque ininterrompu, les hommes du service de désinfection – jugeant que le gaz a fait son effet – ouvrent les fenêtres et commencent à fouiller la chambre centimètre par centimètre. Et ils finissent enfin par trouver sur la moquette d'une penderie le cadavre de l'araignée. Elle est grosse, velue et noire, assez horrible même morte. On la montre avec précaution au lieutenant Fergusson qui réfléchit intérieurement :

« Ce n'est tout de même pas Brickner qui met des araignées dans le lit de ses femmes. Une fois, ça pourrait passer pour un accident. Mais la deuxième fois, et au Canada, ce serait pire que stupide. Ça serait dément. »

Et il retourne auprès du veuf pour écouter attentivement le récit de sa vie.

Harold Brickner est né en Australie, il est le second fils de fermiers pauvres. Son père était devenu chercheur d'or et d'uranium dans l'espoir, toujours déçu, de trouver fortune. Il ne trouva que la mort, mordu par un serpent. Louise, sa mère, partit donc à Townsville avec ses deux jeunes fils où ils grandirent. Harold travaillait comme pêcheur, et, quand les temps devenaient plus durs, il repartait sur les traces de son père dans la montagne, dans l'espoir tout aussi vain de tomber sur la caverne d'Ali Baba. Il ne découvrit pas de trésor, mais rencontra tout de même la fortune : Stella, une riche veuve sans enfants qui avait besoin d'un équipier pour son yacht. Elle voulait partir visiter les îles du Pacifique. Brickner connaissait bien la mer et fut choisi. Stella lui demanda de l'épouser. Brickner, élevé dans la pauvreté, brutalement plongé dans un rêve doré, n'hésita pas. Ils se marièrent aussitôt et vécurent heureux pendant neuf ans jusqu'à la mort de Stella, mordue dans son lit par la première araignée.

Brickner rencontra alors Wanda Downes dans un magasin de fournitures pour bateaux. Elle n'avait que vingt ans, mais paraissait un peu plus âgée. C'est elle qui tomba amoureuse de Brickner, et ils décidèrent de venir s'installer au Canada. Il comptait monter une affaire grâce à l'héritage de sa première femme, quand la deuxième est morte, œuvre de la deuxième araignée.

Fergusson n'y comprend rien. La première araignée est plausible. La deuxième toujours pas. Pour vérifier les dires de Brickner, il fait interroger l'INTERPOL de Canberra, en Australie, qui les confirme dans un premier temps. Mais, alertée par cette demande de renseignements et prenant connaissance de l'accident survenu à Calgari, la police australienne décide de reprendre la première enquête classée sans suite. Et le bureau central national d'INTERPOL de Canberra expédie bientôt un deuxième rapport, condensé, de la vie privée de Brickner, et dont il n'a pas parlé :

« D'abord, concernant la première femme de Brickner : bien que Stella fût très riche, dès son mariage elle devint avare et Brickner dut lui rendre compte de la plus infime dépense. Il prit l'habitude de faire de grands séjours dans les montagnes où, soi-disant, il reprenait sa prospection. Il fit alors la connaissance des indigènes de la région. Les années passant, Stella devenait de plus en plus acariâtre. Elle s'en excusait lorsqu'elle était de meilleure humeur, mettant cela sur le compte de la ménopause. Brickner ne cachait à personne qu'il ne l'aimait plus, si toutefois il l'avait jamais aimée, et qu'il avait l'intention de reprendre sa profession de pêcheur. En ce qui concerne Wanda Downes, ce n'est pas après la mort de sa femme que Brickner a connu Wanda, mais un an plus tôt. Toutefois, il semble qu'il ait été honnête avec elle en lui avouant qu'il avait épousé pour son argent une femme plus âgée que lui. Wanda semble n'y avoir attaché aucune importance. Elle vivait seule dans un appartement, et, ses parents habitant une ferme à quatre-vingts kilomètres de Brisbane, personne ne connaissait sa liaison avec Brickner. Ils ont quitté l'Australie il y a trois mois, après avoir obtenu un visa définitif pour le Canada, lorsque les assurances et les notaires ont mis les fonds qui revenaient à Brickner à sa disposition. En ce qui concerne l'accident survenu à Stella Brickner, rien ne prouve bien entendu qu'il n'était pas prémédité. Actuellement, le dossier d'un crime perpétré à la même époque et dans la même région est à l'étude. Il s'agit de l'assassinat d'un Noir, d'une tribu assez primitive, tué de trois balles de revolver et qui pourrait être rattaché à l'affaire Brickner, car l'un des amis de la victime a quitté il y a quinze jours l'Australie pour le Canada. Il s'agit d'un Noir du nom de Elijah. »

En face de ce puzzle extraordinaire, le lieutenant Fergusson est complètement perdu. Aucune hypothèse ne lui paraît un tant soit peu plausible. Sauf celle de l'accident. L'araignée pourrait avoir été transportée dans les vêtements de Wanda ou de Brickner. Ce n'est pas très satisfaisant pour l'esprit, mais toutes les autres explications le sont encore moins. On n'y voit guère l'intérêt de Brickner en tout cas. Il reste cette histoire de crime de Noir que la police australienne a cru bon de rouvrir, mais qui semble avoir un rapport bien lointain. Bien lointain jusqu'au vendredi suivant, où le lieutenant Fergusson s'offre le plaisir d'un coup de théâtre dans son bureau.

Il est 5 heures de l'après-midi. La bourrasque de neige s'est enfin calmée. Les gens s'apprêtent à partir à la chasse ou au ski. Le soleil inonde le bureau du lieutenant et fait mieux ressortir la pâleur de Brickner assis devant lui.

« Monsieur Brickner, dit le lieutenant, en tant que membre de la police montée royale, je n'ai aucun chef d'accusation contre vous. Mais il est de mon devoir de porter à la connaissance d'INTERPOL de Canberra, en Australie, les faits qui nous ont été rapportés par l'assassin de Wanda Downes, un certain Elijah, que voici. »

Entre un grand Noir, élégamment vêtu.

« Vous connaissez sans doute cet individu. Il a été arrêté à Vancouver hier matin à l'aéroport, alors qu'il s'apprêtait à prendre l'avion pour l'Australie.

– Je le connais, dit Brickner, effondré.

– Voici les faits tels que son interrogatoire nous a permis de les reconstituer, permettez-moi de vous en donner lecture :

» Afin de faire disparaître votre femme, sans perdre le bénéfice des primes d'assurance, vous avez eu l'idée de demander à un indigène – un certain Dinda –, le frère de ce monsieur, de vous procurer une araignée venimeuse. Celle-ci vous a été livrée dans une boîte d'allumettes percée de petits trous. Plaçant cette araignée dans le lit de votre femme, que vous aviez préalablement endormie en forçant la dose de somnifère auquel elle était habituée, vous avez provoqué volontairement sa mort. Le dénommé Dinda, ayant rapproché la mort de votre femme de cette livraison d'une araignée venimeuse, a voulu vous faire chanter. Vous l'avez tué de trois balles de revolver. Ayant touché l'héritage de votre femme et les primes d'assurance, vous êtes venu vous installer avec Wanda Downes à Calgari. Mais, pendant ce temps, la tribu de Dinda, ayant décidé de le venger, a chargé le dénommé Elijah de vous tuer, selon une coutume ancestrale, par le même procédé que celui que vous aviez employé pour tuer votre femme. Elijah, qui est employé dans une compagnie d'aviation, a retrouvé votre trace. Il s'est présenté un soir chez vous à Calgari comme un de vos amis. Wanda Downes l'a laissé entrer sans méfiance. Il a libéré l'araignée dans les draps qu'il a ensuite soigneusement rebordés. Malheureusement, il se trouve que l'araignée n'a mordu qu'au matin et vous étiez déjà parti. C'est donc Wanda Downes qui est morte. Reconnaissez-vous les faits ? »

Brickner, les yeux plus bleus et plus exorbités que jamais, ravale sa salive, regarde le Noir Elijah, regarde Fergusson et finit par dire en s'étranglant :

« Je les reconnais. »

Et le bel Harold, séducteur de ces dames, s'effondre, lamentablement évanoui.

Le tribunal de Melbourne l'a condamné à la prison à vie pour le meurtre de Stella et, une deuxième fois, à la prison à perpétuité pour le meurtre de Dinda. Elijah a été condamné pour homicide involontaire à dix ans de prison. Involontaire, car il s'était trompé de victime. Et ce n'est pas juste, peut-on dire. Si l'on veut bien considérer que ce n'est pas sa faute, mais celle de l'araignée.

UN ENFANT GÂTÉ

Ang Tiu Choh est un charmant jeune Chinois de Manille âgé de vingt et un ans, et très riche. Si charmant et si riche que tous ses désirs ont toujours été satisfaits. Tout au moins jusqu'à ce mois de novembre 1955. Son père a des millions, sa famille habite dans un palais de Manille, et à l'université Ang Tiu Choh jette l'argent par les fenêtres. Les filles sont folles de lui, sauf une. Elle s'appelle Socorro Linn, elle a seize ans. Ang Tiu Choh peut avoir toutes les filles qui l'entourent, mais c'est elle qu'il lui faut. Alors il fait à la jeune fille une cour si empressée qu'il en devient ridicule et qu'elle l'éconduit. Un mois avant Noël, il l'enlève en voiture pour l'emmener dans les montagnes du centre de l'île. Mais des moyens énormes sont mis en œuvre pour les retrouver, et Ang Tiu Choh est pris huit jours plus tard. Pendant qu'il est en prison, la jeune fille témoigne contre lui : non seulement il l'a enlevée contre son gré, mais il l'a battue pour l'obliger à déclarer qu'elle l'avait suivi volontairement.

« Ce garçon est fou, explique Socorro Linn. Ce n'est pas tellement par crainte de la justice qu'il voulait obtenir mon soi-disant consentement, mais pour lui-même. Il ne pouvait admettre qu'un seul être lui résiste, qu'un seul de ses désirs ne soit pas exaucé. »

Ang Tiu Choh pourrait se sortir comme d'habitude du pétrin épouvantable dans lequel il est englué jusqu'au cou, car son père va trouver les parents de la jeune fille et réussit à les convaincre d'accepter de l'argent, beaucoup d'argent, pour retirer leur plainte. Mais il est trop tard, l'enfant gâté ne supporte pas la prison. Il ne peut pas attendre d'être libre. Quinze jours avant Noël, il tue l'un de ses gardiens après être parvenu à lui arracher son revolver et s'évade. Cinq jours plus tard, donc dix jours avant Noël, il tire sur la jeune fille au moment où elle entrait à l'université. Atteinte à la colonne vertébrale, Socorro Linn est condamnée à finir ses jours sur une chaise roulante.

Quant à Ang Tiu Choh, il disparaît. La police suppose qu'il a quitté les Philippines, et son signalement est distribué par INTERPOL dans toute l'Asie du Sud et aux Etats-Unis. On reste sans nouvelles de lui jusqu'à Noël. Le 24 décembre 1955, le commandant Pedro Perlas décolle de l'aéroport de Mindanao à bord d'un bimoteur à hélices, un PL C-38 de la compagnie Philippines Air Lines, en direction de Manille.

Le commandant est un homme de petite taille au teint basané, c'est un Philippin : mélange d'espagnol et de malais avec quelques gouttes de sang chinois. Chose curieuse, il porte le crâne rasé comme une boule de billard, ce qui souligne l'expression assez sévère de son visage. Peut-être veut-il par ce détail physique, assez rare dans son pays, montrer ce qu'il est vraiment : un homme flegmatique et déterminé. Ce jour-là, veille de Noël, il est particulièrement de bonne humeur lorsqu'il se tourne vers son copilote :

« Va dire bonjour à nos brebis », dit-il.

Le copilote lui aussi est de bon poil, il se lève en souriant et effectue un demi-tour, en réajustant sa veste à la façon d'un mannequin :

« Suis-je présentable ?
– Ça va ! Ça va ! T'es beau ! », s'exclament en chœur le commandant et Edouardo Diago le navigateur.

Il est vrai que Félix Gaston, le copilote, est beau : grand, les cheveux sombres, les yeux noirs comme du charbon et les lèvres fermes et charnues. C'est l'image d'Epinal du beau garçon. Il sort du poste de pilotage et s'adresse aux quinze passagers qu'emporte le petit avion :

« J'espère que vous vous plaisez à bord de cet appareil PL C-38 des Philippines Air Lines. Nous volons à une hauteur de quarante mille pieds, dans trente minutes nous serons à Aparri. Après une courte escale, nous redécollerons pour Manille. »

Les moteurs ronronnent doucement, et les passagers somnolents ne prêtent guère attention aux informations polies que leur fournit le copilote. Seule Rosie Olbright est suspendue à ses lèvres. Trouve-t-elle sa déclaration un peu courte ou a-t-elle peur qu'il ne disparaisse à nouveau dans la cabine de pilotage, en tout cas elle veut en savoir plus :

« S'il vous plaît, quelle est la hauteur de ces montagnes ?
– Vingt mille pieds au moins, miss. »

Félix Gaston s'aperçoit que la très jolie blonde n'a pas encore détaché sa ceinture de sécurité. Il sent venir la bonne affaire et se penche.

« Vous permettez ? »

Rosie accepte, bien entendu, et, tandis qu'il la détache, sourit et rougit sous le regard du copilote qui effleure ses jambes largement découvertes. Elle en roucoule, la blonde Américaine :

« Merci, vous êtes très gentil. »

Son voisin, un mince et charmant jeune Chinois, ricane de la petite scène. C'est Ang Tiu Choh, et il a un tic : il caresse sans arrêt le léger duvet qui surmonte sa lèvre supérieure. Sans doute pour la faire passer pour une moustache récente. Ni le beau Félix Gaston, ni la jeune Américaine ne lui prêtent la moindre attention.

« Êtes-vous le commandant de l'avion ? demande l'Américaine au bel aviateur.

– Non, je ne suis que le copilote. Le commandant, c'est Pedro Perlas. Excusez-moi, je dois vous quitter. »

Car avant tout Félix Gaston doit faire son travail. Il s'avance dans l'allée centrale pour répondre aux questions qu'on lui pose, prodiguer quelques conseils à la maman d'un enfant qui pleure, et sourit aux quatorze passagers : Philippins, Chinois, touristes américains et un commerçant allemand. Après un dernier échange de sourires avec Rosie Olbright, il regagne son poste dans la cabine de pilotage ; l'avion a dépassé le sud de l'île de Luçon, et Félix Gaston ôte sa veste avant de s'asseoir.

« Mes enfants ! Il y a une de ces blondes ! Et elle montre ses jambes à tout le monde !

– Elles sont belles ? demande le navigateur.

– Superbes, tu peux aller jeter un coup d'œil, ça vaut le détour. »

Le navigateur doit le prendre au mot, car Félix Gaston l'entend s'agiter sur son siège. Puis, comme il perçoit le bruit sourd et mat d'une chute, il se retourne pour voir, devant son nez, le petit trou rond d'un revolver.

« Tenez-vous tranquille, ne faites pas de bêtises ! »

Ang Tiu Choh s'est levé dès que le copilote a regagné la cabine, et il n'a pas quitté la jolie blonde qu'il a traînée derrière lui et dont il serre les poignets de la main gauche. La jeune femme est pâle, à deux doigts de se trouver mal, et montre le navigateur écroulé dans son coin :

« Il a... Il a assommé ce monsieur. Il a... » Mais sa voix s'étrangle dans sa gorge.

« Qu'est-ce que c'est que cette farce ? demande le commandant qui instinctivement, pour avoir plus d'autorité, a enfoncé sa casquette sur son crâne rasé. Remettez-moi ce pistolet dans votre trousse de toilette, jeune homme, et retournez à votre place. » Puis il ajoute d'un air volontairement flegmatique et bougon comme si tout cela était sans importance : « C'est pas encore le réveillon, les surprises c'est pour ce soir. »

Mais Rosie en larmes a retrouvé sa voix : une voix stridente, hachée :

« Il était assis à côté de moi, il s'est levé d'un bond, le revolver à la main. Il m'a entraînée avec lui. Il criait aux passagers de rester assis, de ne pas bouger, sinon il allait me tuer. Mais si personne ne bouge, il dit qu'il n'arrivera rien. »

En 1955, le terrorisme international n'existe pas encore, et les détournements d'avions sont extrêmement rares sinon presque inconnus, et le commandant sourit avec un calme obstiné :

« Ne vous inquiétez pas, mademoiselle, tout va rentrer dans l'ordre. Jeune homme, nous ne faisons pas de transport d'or, nous transportons de simples touristes. Ce n'est pas dans cet avion que vous pourrez faire fortune. A part quelques provisions pour les gueuletons de ce soir. Alors, à moins d'avoir une passion délirante pour le champagne, je crois que vous devriez revoir vos projets. »

Mais le jeune Chinois n'a pas d'humour, il dit :

« Ta gueule ! »

Et, pointant son revolver sur la nuque du commandant, il lui ordonne de faire demi-tour pour se poser en Chine populaire. Le commandant ne bouge pas.

« Tu m'as compris ? hurle le jeune Chinois.

– Inutile de crier, j'ai très bien compris, mais je ne suis pas d'accord.

– Tu penses que je plaisante, eh bien, tu vas comprendre que c'est sérieux. Je suis Ang Tiu Choh. »

Il a prononcé son nom comme il aurait dit Napoléon ou Mao Tsé-toung. Mais le commandant n'est décidément pas impressionnable :

« Qu'est-ce que tu veux que ça me fiche ? Tu serais Eisenhower que j'irais quand même à Manille, parce que je suis payé pour aller à Manille.

– Je veux aller en Chine populaire ! rugit Ang Tiu Choh.

– Et moi je n'ai pas du tout l'intention de faire rater leur réveillon à mes passagers, ni d'exposer leur vie pour conduire gratuitement un assassin en Chine !

– Change de cap ou je tire ! »

Le commandant est de plus en plus calme. Il se contente de secouer la tête.

« Non, mon ami. »

Alors le coup part. La tête du pauvre commandant éclate littéralement, il s'écroule sur le tableau de bord et meurt sans un soupir. Ang Tiu Choh le relève, l'arrache de son siège pour le laisser glisser dans le couloir où il inonde de son sang le navigateur qui n'a toujours pas repris ses esprits. Puis il se retourne vers le copilote :

« Je vais te dire l'ordre dans lequel je vais tuer ces gens si tu ne changes pas de cap tout de suite ! D'abord ce sera cette imbécile (et il désigne la malheureuse Rosie). Si tu persistes, je vais chercher un autre passager, et ainsi de suite. Dans un quart d'heure, cet avion sera un corbillard volant. C'est clair ! »

Félix Gaston, le copilote, se cramponne à son manche à balai, amorce un virage et répond :

« C'est clair, je vais vers le nord.

– Tu es plus intelligent que le commandant, déclare Ang Tiu Choh d'un air satisfait. Mais pas de fausse manœuvre, j'ai un deuxième revolver. »

Félix Gaston s'adresse alors à Rosie :

« Mademoiselle, voulez-vous regarder comment va Diago ? »

Diago, c'est le navigateur, toujours évanoui. Rosie fait un geste vers lui, mais le jeune Chinois la retient par le bras.

« Pas question. Ne vous en faites pas, il va se remettre.

– Bon alors, laissez au moins mademoiselle rassurer les passagers. Qu'ils ne fassent pas de bêtises. C'est votre intérêt comme le mien.

– Et qu'est-ce que vous voulez qu'elle dise ?

– La vérité. Que l'appareil est en votre pouvoir. Que vous êtes un assassin recherché par la police. Que vous voulez vous réfugier en Chine populaire pour y être considéré comme évadé politique, hein, je suppose que c'est ça ? Evadé politique ? »

Sans relever l'ironie, Ang Tiu Choh répond noblement :

« C'est ça.

– Et vous leur direz aussi que je promets qu'il ne leur arrivera rien puisque je suis vos instructions et que nous allons atterrir à Yünssian, le premier aéroport de Chine communiste.

– D'accord, mais ne dépassez pas la porte de la cabine de pilotage ! »

Tandis que Rosie fournit les explications du copilote aux passagers terrifiés, le jeune Chinois, resté dans le petit couloir, la tient par sa ceinture tout en surveillant la cabine de pilotage. Lorsqu'elle referme la porte, Rosie flageole sur ses jambes. Le Chinois sent qu'elle va s'évanouir et la pousse sur le siège du commandant où Rosie s'effondre. Félix Gaston et Rosie sont donc assis côte à côte aux commandes de l'avion. Ils n'en demandaient pas tant. Le jeune Chinois secoue le navigateur, qui reprend lentement ses esprits, et lui ordonne de se lever et de rejoindre les deux autres. Félix Gaston voit le visage pâle du navigateur apparaître presque contre sa joue.

« Et Pedro ? demande le navigateur, il est blessé ? Qu'est-ce qu'il a fait à Pedro ?

– Du calme, mon vieux, il n'y a plus rien à faire pour Pedro. C'est Ang Tiu Choh. Il veut rejoindre la Chine populaire. Fais-moi le tracé et regarde si on a assez de coco. »

Mais le navigateur se retourne brutalement.

« Il a tué Pedro, le salaud ! Et tu le laisses faire ?

– Allons, sois raisonnable, regarde si on a assez de coco pour aller jusqu'à Yünssian.

– Emmener ce dingue là-bas ? Jamais ! »

Et le navigateur se précipite sur le jeune Chinois en hurlant :

« Salaud !... Salaud !... »

A chaque cri, un coup de revolver a répondu.

Il y a maintenant deux cadavres dans le couloir de la cabine de pilotage, tandis que l'avion ronronne au-dessus de la mer. Personne ne crie. Personne ne bouge. Le Chinois est le maître de la situation.

« Pourvu qu'on ait assez de coco », murmure Félix Gaston, le copilote, les dents serrées.

Le temps s'écoule lentement pour les passagers angoissés, pour Rosie assise aux commandes de l'avion à côté du copilote, et plus lentement encore pour Ang Tiu Choh qui sans arrêt demande si l'on est encore loin des côtes chinoises. Brusquement, la radio se met à nasiller. Et Félix Gaston prend les écouteurs.

« Qu'est-ce que tu fais ? demande le jeune Chinois.

– Regarde, voilà la côte. Dans vingt minutes, nous serons au-dessus de Yünssian. Il faut bien que je fasse les procédures d'approche.

– D'accord, mais tu en dis le moins possible. »

Le copilote en dit en effet le moins possible, il se contente d'annoncer qu'il s'agit d'un appareil des Philippines Air Lines qui veut se poser en Chine populaire pour débarquer un évadé politique. Il y a quelques silences à la tour de contrôle, quelques hésitations. Puis des demandes d'explication en anglais et en chinois auxquelles Félix Gaston refuse de répondre, et la liaison est pratiquement interrompue. Quelques instants plus tard, jaillissant du ciel, apparaît une escadrille d'avions de chasse. C'est le comité d'accueil en Chine populaire. Manifestement, Ang Tiu Choh n'a aucune connaissance en matière de règlement aérien et politique, car il s'étonne :

« Qu'est-ce qu'ils veulent ?

– Je suppose qu'ils veulent savoir qui nous sommes et ce que nous voulons. Maintenant qu'ils le savent, je pense qu'ils vont nous escorter jusqu'à Yünssian. A moins qu'ils ne nous tirent dessus, mais j'ai bon espoir. »

En effet, les avions les entourent. Il y en a de chaque côté et même au-dessus et en dessous. Par moments, l'un d'eux vole à leur hauteur et à leur vitesse : alors on aperçoit le visage du pilote chinois qui s'efforce de voir à travers le pare-brise ce qui se passe dans la cabine de pilotage. Il sort même des jumelles pour mieux les observer. Puis la liaison radio est rétablie avec la tour de contrôle.

L'aiguilleur, d'un ton tranquille et d'une voix monocorde, leur donne l'autorisation et les consignes d'atterrissage. Un avion de chasse les précède maintenant pour les guider, réglant sa vitesse sur la leur. Mais l'aiguilleur modifie ses ordres : ils ne doivent pas atterrir sur la piste principale mais sur une piste secondaire, ce qui les fait survoler une forêt. Félix Gaston amorce sa descente, il voit le terrain. L'avion de chasse y roule déjà et s'arrête au loin sur la piste. L'avion des Philippines Air Lines se pose derrière lui. Ang Tiu Choh, penché en avant, observe un groupe de soldats devant un hangar. L'avion roule doucement dans leur direction et s'arrête.

« Il faut que tu ailles les rejoindre, dit Félix.

– D'accord, mais toi, reste assis. »

Le jeune Chinois sort alors à reculons du poste de pilotage et court à travers la cabine des passagers jusqu'à la porte qu'il ouvre. Il saute. On entend le bruit de ses semelles frapper le béton de la piste. Puis les passagers le voient par les hublots faire quelques pas en direction des soldats, jeter son revolver, sortir l'autre de sa poche et le jeter aussi. Puis, agitant les bras pour faire de grands saluts, il s'avance vers les soldats. Alors, Félix Gaston se lève à son tour et gagne rapidement la porte du poste de pilotage. Aux passagers qui le regardent avec anxiété, il déclare :

« C'est fini. »

Avec un tel soupir de soulagement que les passagers déclenchent un concert de questions et de protestations :

« Fini ? C'est vite dit ! Qu'est-ce qu'on va faire maintenant ? Est-ce qu'ils vont nous garder ? Vous parlez d'un réveillon !

– Ne vous inquiétez pas, je vous promets que vous passerez votre nuit de Noël à Manille. Nous ne sommes pas en Chine populaire. Nous sommes à Formose. Les avions de chasse que vous avez vus sont des avions de la Chine nationaliste. »

C'était risqué, mais il valait mieux le tenter que de franchir l'espace aérien chinois. Alors Félix Gaston avait résolument mis le cap sur les côtes de Formose. Il comptait se poser à Taipeh, et, dès qu'il est entré en rapport avec la tour de contrôle, il a poussé la radio à fond. Au sol, les hommes ont entendu des bribes de conversation échangées avec Ang Tiu Choh. Comprenant la manœuvre du pilote, comprenant qu'il était menacé, les responsables de la tour ont averti la police et joué le jeu. Très rapidement le signalement du jeune Chinois a été transmis par INTERPOL à toutes les polices du Sud-Est et au commandant de l'escadrille. Ce dernier a cru le reconnaître en l'observant avec ses jumelles. Pour éviter qu'Ang Tiu Choh s'aperçoive du stratagème, l'appareil a été dévié sur une piste militaire, survolant une forêt au lieu de la ville de Taipeh. Puis la circulation sur la piste de véhicules identifiables a été interdite, et les soldats sont restés au loin.

Ang Tiu Choh, tueur mais naïf, croyait une fois de plus son désir exaucé. Il avait tellement l'habitude d'avoir le monde à sa botte. Et il a fait une drôle de tête, Ang Tiu Choh, quand les soldats lui ont dit : « Vous êtes à Formose. » Et puis il n'a plus fait de tête du tout quand on l'a renvoyé à Manille, pour y être pendu.

LE COMIQUE NAÎT DE LA RÉPÉTITION

En 1941 vivait à Stuttgart une splendeur blonde. Une « Gertrude ». Plus précisément une Gertrude Singer. Mode d'emploi pour obtenir une « Gertrude » : prendre une statue nazie (représentant une femme, bien entendu). Vers ces années-là, on pouvait en trouver dans les expositions internationales, au pavillon allemand, ou sur les places et monuments du IIIe Reich. Le sculpteur en était Arno Breker. Donc, prendre une de ces statues, indubitablement germanique, représentant une femme de trois mètres de haut, d'une santé, d'une puissance rejoignant presque la virilité, donc l'idéal féminin nazi. Dans le doute, se référer à la longueur des cheveux et au relief de la poitrine. De cette walkyrie splendide et colossale, faire un modèle réduit, dans le marbre ou dans le bronze, de un mètre soixante-dix environ. Souffler dessus pour lui donner la vie. La laisser sourire, observer que ses yeux bleus lancent des éclairs de joie. C'est fait : l'amateur est en possession d'une Gertrude bon teint.

Cette Gertrude-là a dix-neuf ans en 1941. Et, à dix-neuf ans, représente déjà un joli morceau, que son propriétaire n'a pas intérêt à laisser traîner n'importe où. D'ailleurs, elle ne traîne pas. Elle épouse à Stuttgart, malgré la guerre, le mécanicien Ernst Kalberer et fait son entrée dans une petite famille bourgeoise. Ils ont un fils : Joachim. C'est le bonheur, mais pas longtemps. Ernst, en Russie, saute avec son char. Sans aucune joie. C'est un début d'une banalité pénible. Mais de cette banalité va naître un comique particulier, dit comique de répétition, qu'il est intéressant de disséquer.

Après la défaite allemande, c'est la misère. Mais peut-on connaître la misère quand on est une Gertrude ? En moins de temps qu'il n'en faut pour le dire, une main secourable saisit Gertrude par ses immenses cheveux de lin. Cette main est celle d'un ancien officier du tzar : Dimitri Didchenkow. Il a trente ans de plus qu'elle, mais il est à l'aise et encore très beau, bon et généreux. Ayant toujours vécu de ses rentes, Dimitri a un violon d'Ingres, une passion : il est luthier. Une Gertrude, faut-il le préciser, ne manque pas d'appétit ! Et, pendant quelques semaines, Dimitri hésite : ses rentes ne lui suffisent plus. Il lui faut choisir entre le luth et la finance. Car Dimitri est doué pour les deux. Un homme capable de s'offrir une Gertrude a de la ressource. Dimitri examine donc le contexte : les ruines, la reconstruction, le redressement économique nécessaire, rien qui rejoigne directement à cette époque l'industrie du violon. Dimitri opte donc pour la finance et, comme il est doué, comprend tout de suite qu'en 1946, la finance, c'est l'Amérique. Il part aussitôt en Amérique où Gertrude doit le rejoindre. Mais les Américains, en 1946, sont encore très fâchés contre les Allemands. Ils ne veulent pas d'une Gertrude chez eux.

Voici donc ce qu'imagine Dimitri : Gertrude va faire un mariage blanc avec l'un des vieux amis de Dimitri : Michael Zolobuzuk, vieillard bohème, musicien qui n'a jamais connu de problèmes d'argent, qui ne sait même pas ce que c'est, qui n'en a même jamais eu, ayant toujours vécu de la libéralité de ses amis. Au demeurant, un personnage sensible et sympathique. Donc, Gertrude et Michael Zolobuzuk s'épousent pour la forme, et quinze jours plus tard partent aux Etats-Unis où ils devront divorcer tout aussitôt, afin que Gertrude puisse épouser, et cette fois définitivement Dimitri.

Le couple « bidon » fait une traversée merveilleuse sur le *Queen Elizabeth*, avec le petit Joachim qui a maintenant cinq ans. Si merveilleuse que, à l'arrivée à New York, Michael Zolobuzuk, tenant Joachim par la main, regarde avec tristesse sa Gertrude courir vers Dimitri et se jeter dans ses bras. Le soir, au dîner, son vieil ami le trouve tout triste.

« Qu'est-ce qui ne va pas, Michael ?

– Je t'envie.

– Je te comprends. J'ai de la chance. Gertrude est une femme merveilleuse. »

Michael regarde avec attendrissement le petit Joachim qui s'endort sur sa chaise, son nounours dans les bras.

« J'ai vécu un mois avec lui, et avec elle... J'ai l'impression que ma vie n'a été qu'un grand vide. »

Et le vieux Michael de renifler mélancoliquement. Et Dimitri, gêné, de changer de conversation, avec un « c'est la vie » désabusé et peu compromettant. Le lendemain, c'est au tour de Gertrude de demander à Michael :

« Ça ne va pas, Michael ?

– Non. Je suis malheureux. »

Gertrude ouvre tout grands ses grands yeux bleus.

« Je suis malheureux parce que je vous aime, Gertrude. »

Gertrude, gênée, change elle aussi de conversation. Il y a des déclarations d'amour aussi grand-guignolesques qu'inutiles. Quelques jours plus tard, Dimitri tente de faire aboutir son projet, avec la délicatesse qui s'impose.

« Rien ne presse, mon vieux Michael. Mais tu ne crois pas qu'il serait temps, peut-être, de passer à la deuxième phase de notre accord ? »

Un silence éloquent l'empêche de bousculer son vieil ami, mais quelques jours plus tard, à nouveau, c'est Gertrude qui attaque :

« Ça m'ennuie de vous demander ça, Michael, mais, comme il a été convenu, il faudrait peut-être que nous songions aux formalités du divorce. »

Silence tout aussi éloquent, doublé d'une mine désespérée. Quelques matins plus tard, Dimitri et Gertrude cherchent Michael, qui semble avoir disparu depuis la veille pour une longue bouderie. C'est une longue bouderie, en effet, Michael est dans sa chambre. Gertrude n'aura pas besoin de demander le divorce. Il vient d'avaler un tube complet de somnifères. Et il est mort. Ce n'est jamais que le deuxième mari de Gertrude qui meurt.

Quelques années passent. Dimitri, qui a épousé Gertrude, est riche. La splendide Gertrude n'est plus une petite-bourgeoise pot-au-feu. Malgré l'enfant né de leur union : la petite Suzanne, elle partage sa vie entre New York et la Floride, très entourée, surtout par des financiers généralement beaucoup plus âgés qu'elle. Gertrude fascine littéralement les vieux renards de Wall Street. Le plus empressé est un homme aux cheveux d'argent et aux robinets d'or dans sa salle de bains. Frederick Gruder a soixante-cinq ans. Gertrude le fascine à tel point qu'il en oublie sa propre femme, ses propres enfants. Il en perd la tête et le portefeuille, couvre son idole de cadeaux somptueux.

Chez Dimitri, par contre, l'âge et l'argent font curieux ménage. Il est devenu acariâtre et avaricieux. Gertrude préfère donc nettement la compagnie de Frederick Gruder, et Dimitri devient si jaloux que le petit Joachim retourne chez sa grand-mère, à Stuttgart, pour lui éviter le spectacle des disputes quotidiennes. Alors, Frederick, de son côté, et Gertrude, du sien, prennent la même décision.

Un soir, Frederick invite sa femme à dîner dans un célèbre restaurant de New York. Elle arrive de leur maison de Princeton, dans la banlieue, grassouillette, pomponnée, couronnée d'une coiffure compliquée, sculptée au ciseau à froid dans la masse de ses cheveux teints en blond, le tout dodelinant sur une robe rose. Le dîner, jusqu'au dessert, est empreint d'une fausse gaieté.

« Veux-tu un ice-cream ?

– Non, non. Tu n'y penses pas ! Et ma ligne ! »

Suivant des yeux l'amoncellement de glaces et de crème Chantilly que le serveur vient quand même poser devant sa femme, Frederick commence :

« Tu ne penses pas que nous avons une vie stupide ? »

(A noter que toute proposition de divorce commence toujours par la même formule, dite phrase clé numéro un.)

En plongeant sa cuillère dans la glace, la femme n'en regarde pas moins son époux avec des yeux étonnés. Le mari poursuit donc en utilisant la phrase numéro deux :

« Ne crois-tu pas qu'il vaut mieux voir les choses en face ? »

La deuxième cuillère d'ice-cream reste en suspens, et motive l'arrivée de la phrase numéro trois :

« Nous ne pouvons pas continuer comme ça ! »

La cuillère d'ice-cream retombe, en même temps que s'élève, pure, longuement étudiée pour être décisive, la phrase clé numéro quatre et finale :

« Je crois que, dans ton intérêt comme dans le mien, même dans celui des enfants, d'ailleurs, nous devrions divorcer. »

Dans la coupe, les larmes et l'ice-cream font un affreux mélange, et la nuit même, la femme de Frederick Gruder se suicide dans une chambre du *Waldorf Astoria* en avalant un tube de somnifères. Ce suicide discret affecte profondément Frederick Gruder qui trouve son seul réconfort dans l'amour de Gertrude. Mais Gertrude annonce quelques soirs plus tard, au moment de se mettre au lit :

« Frederick, j'ai parlé à Dimitri. Il n'est pas chaud pour ce divorce. »

Frederick, debout, regarde Gertrude, son pantalon à la main ; elle poursuit :

« Ce ne sera pas facile de le convaincre. »

Frederick se laisse tomber sur le lit.

« Dis-moi la vérité, Gertrude ? Il a refusé ? C'est ça, hein ? Il a refusé ?

– Oui. Il a refusé. »

A New York, il y a tant de brouillard et de poussière qu'on n'ouvre jamais les fenêtres. Avec l'air conditionné, c'est d'ailleurs inutile. Une fenêtre ouverte, c'est donc mauvais signe : signe qu'il s'agit des pompiers ou d'un suicide. Cette nuit-là, une fenêtre s'ouvre au seizième étage d'un immeuble de New York, et Frederick Gruder se jette dans le vide.

Pour l'observateur non concerné, chacune de ces morts, pour banale et lamentable qu'elle soit, n'a rien d'extraordinaire. C'est leur succession qui devient étrange. D'autant plus qu'avant de se jeter par la fenêtre Frederick a légué à Gertrude, par testament, deux millions de dollars. Les enfants du financier ne sont évidemment pas d'accord et font opposition. Ils font même mieux : faisant remarquer que trois suicides en trois ans, dont un mari et un amant, c'est quand même beaucoup pour une seule femme, ils vont alerter la police. Gertrude en est à son troisième mariage. Ne pourrait-on se renseigner sur ce qu'est devenu son premier mari ? D'après elle, il est mort à la guerre. Mais c'est elle qui le dit. De là à se demander qui est véritablement cette femme, d'où elle vient, il n'y a qu'un pas.

Le bureau d'INTERPOL à Washington convient qu'il y a peut-être lieu de franchir ce pas et expédie au bureau de Wiesbaden, en Allemagne, une demande de renseignements.

Pour faire bonne mesure, les enfants de Frederick Gruder engagent un détective pour suivre Gertrude dans ses déplacements. Ce détective est un homme de métier. Après trente ans au service de la police criminelle, il occupe sa retraite à de petites enquêtes dites « pépères », genre divorces, vols dans les vestiaires, etc. Le pavé de New York a usé ses ambitions en même temps que la semelle d'une bonne centaine de paires de chaussures. Son moral est à toute épreuve, et il va en avoir besoin. Malgré son nom de maffioso, Franck Boccio a depuis longtemps jeté son revolver au vide-ordures. Ce qui ne l'empêche pas d'avoir l'air de ce qu'il est : un « flic » ! De sorte que Gertrude finit par le remarquer.

Après une enquête discrète, qui a duré une dizaine de jours, Boccio, d'ailleurs, ne se cache plus tellement, car il n'a rien observé d'anormal : Gertrude a quitté son mari Dimitri, loué un appartement meublé où elle vit avec sa fille Suzanne et engagé deux avocats pour entamer une procédure de divorce. En attendant de toucher le problématique héritage de Frederick, elle fait des merveilles comme représentante en cosmétiques. Pour convaincre ses clientes de la qualité de ses produits, elle dispose d'un argument irréfutable :

« Regardez-moi ! » leur dit-elle.

Et les clientes achètent, sans songer que la beauté sculpturale de Gertrude ne doit rigoureusement rien aux cosmétiques.

De temps en temps, Gertrude croise Franck Boccio :

« Tiens, c'est encore vous !

– Excusez-moi, je fais mon boulot.

– Vous êtes détective ?

– Oui.

– Qui est-ce qui vous paie ?

– Les enfants du défunt Gruder. »

En souvenir du cher disparu, Gertrude verse une larme et invite le détective à boire un verre. Puis leur route cesse de se croiser, et un an plus tard elle lui téléphone :

« Franck, pourriez-vous me rendre un service ? »

Il n'y a pas un homme au monde qui ne serait prêt à rendre un service à Gertrude. Mais Franck Boccio est tout de même obligé de poser une condition :

« Est-ce que ça a un rapport avec mon enquête ? Je ne voudrais pas faire un coup de Jarnac aux enfants du défunt Gruder.

– Non. Ça n'a aucun rapport avec votre enquête.

– Alors j'accepte. De quoi s'agit-il ?

– Notre divorce est prononcé depuis un mois, explique Gertrude. Et le tribunal m'a confié la garde de Suzanne. Mais son père a le droit de la voir une fois par mois, en compagnie d'une tierce personne que je dois désigner. Mais Dimitri n'a accepté notre divorce que de mauvaise grâce. L'un de mes avocats vient de me conseiller de me faire accompagner par un détective. Comme détective, je ne connais que vous. Alors je vous appelle.

– Quand a lieu ce rendez-vous ?

– A 13 heures au Muséum de sciences naturelles.

– J'arrive. »

Le 7 février, à 13 heures, alors qu'il neige, Gertrude, plus belle que jamais, et Suzanne, emmitouflée dans un petit manteau de castor, attendent avec Franck Boccio et une centaine de personnes devant la porte d'entrée du musée.

« Alors, Franck, quelle a été la conclusion de votre enquête ?

– J'ai conclu que vous êtes tellement belle qu'il n'y a rien d'étrange à ce que l'on se suicide autour de vous et que vous fassiez des jaloux. D'ailleurs, vous savez, vous avez un dossier maintenant à INTERPOL. Ils ont fait une enquête complète. Ça n'a rien donné, bien entendu. »

Gertrude surveille les alentours, car il est 13 h 10, et Dimitri est en retard. Mais à 13 h 13 il pose son bras sur l'épaule de Gertrude. Il est toujours grand, beau, riche. Mais sombre.

« Je te présente Franck Boccio. C'est la personne qui nous accompagne.

– Bonjour. Vous permettez que je dise un mot à Gertrude ? »

Et sans attendre de réponse, Dimitri tire sa femme à l'écart. Franck Boccio, qui reste dans la queue, tenant Suzanne par la main, voit Gertrude et Dimitri discuter. D'abord très attentif, il se rassure peu à peu en voyant que la conversation ne tourne pas à l'aigre. Mais tout d'un coup, Dimitri plonge sa main dans la poche de son manteau et sort un revolver. Lâchant la main de Suzanne, le détective se jette sur l'ex-mari qui a le temps de tirer une fois. Plaqué au sol par le détective et avant qu'il ait réussi à le désarmer, Dimitri tire encore deux coups de feu. Les gens qui attendaient l'ouverture du musée se sont jetés dans la neige. Franck Boccio se relève le premier, le revolver à la main, et court vers Gertrude. Elle est inanimée, du sang coule. Dimitri, qui s'est relevé à son tour, attend, debout, les bras ballants, tandis que Franck Boccio, qui ne sait plus où donner de la tête, se met à la recherche de Suzanne qui s'est enfuie en pleurant au premier coup de feu. Il la retrouve et se rend avec elle au commissariat un quart d'heure plus tard. L'enfant, toujours emmitouflée dans son petit manteau de castor, attend, assise sur un banc. Elle ne sait pas que sa mère est morte.

Franck Boccio sort du bureau du commissaire au premier étage, descend à moitié l'escalier, et la meute des reporters et des photographes se jette à sa rencontre. Au milieu des éclairs des flashes, un journaliste lui demande à voix basse :

« C'est vous qui allez dire à l'enfant qu'elle n'a plus de mère ?

– Il faudra bien. Mais je ne sais pas comment lui dire. »

Là-dessus, les journalistes remarquent la pâleur subite du détective. Il se cramponne à la rambarde de l'escalier, oscille pendant une ou deux secondes et tombe, la tête en avant, mort d'une crise cardiaque.

Dimitri Didchenkow n'a opposé aucune résistance aux policiers qui l'ont arrêté, et son état a nécessité un séjour dans une clinique psychiatrique où les médecins l'ont examiné longuement. Enfin, l'un d'eux l'a regardé bien en face avant de lui dire :

« Dans les circonstances que vous traversez, je crois qu'il est de mon devoir de vous informer qu'avec ce cœur-là vous n'en avez pas pour plus de trois mois. »

Dimitri, paraît-il, n'a pas bronché.

QUATRE AIGUILLES À TRICOTER

La femme de ménage du menuisier Vincente Aldez vient de trouver son patron, assassiné dans sa chambre d'une aiguille à tricoter en plein cœur. Elle a tellement hurlé d'horreur, qu'elle n'a plus de voix quand la police arrive. Cette aiguille, mince et brillante plantée tout droit dans le cœur, l'a rendue folle. C'est une question de sensibilité personnelle. Elle aurait peut-être supporté une corde, un couteau, une balle de revolver, mais cette aiguille luisante avait quelque chose de diabolique et d'insupportable.

Quelques heures plus tard, la petite maison du menuisier est envahie par la police de Lima, capitale du Pérou où ce crime étrange vient d'avoir lieu en mai 1962. L'inspecteur principal Ortiz a pris l'affaire en main, et son principal problème est d'interroger la brave femme de ménage entre deux frissons et trois hoquets de terreur. Il apprend ainsi que son patron ne s'était disputé avec personne, ni jamais ni la veille. Que c'était un homme calme, qu'il n'avait pas d'ennemis, pas d'argent, mais n'en devait à personne. Pas de femme, mais ne s'en plaignait pas. Un brave homme de menuisier en somme, qui ne demandait qu'à vivre sa soixantaine en toute tranquillité. L'inspecteur principal interroge ensuite tous les gens du quartier, mais il semble bien que le menuisier ait en effet renoncé à bien des choses et que sa vie ait été un exemple de sagesse. Rien dans cette modeste existence qui permette d'expliquer un tel crime. Surtout à l'aide d'une aiguille à tricoter.

L'assassin, s'il a été vu – et il a forcément été vu, car la maison de Vincente Aldez est située dans une rue très passante – n'a été reconnu par personne. On suppose qu'il s'agit d'un homme, car il faut une certaine force manuelle et une certaine précision du geste pour tuer de cette façon, mais quant à savoir s'il est grand ou petit, bien ou mal vêtu, jeune ou vieux ! Pour une fois, l'inspecteur principal Ortiz, un policier de cinquante ans, rond et jovial, qui d'habitude n'a pas sa langue dans sa poche, paraît bien silencieux aux journalistes qui l'interrogent. Après plusieurs jours d'enquête et de réflexion, il n'a pas refermé le dossier, mais le laisse carrément en suspens.

« J'attends qu'il se produise quelque chose, déclare-t-il aux journalistes. Car vous allez voir, il va se produire quelque chose. Le menuisier aurait été tué avec un couteau ou étranglé ou descendu à coups de revolver, je n'aurais pas la même certitude. Mais quelqu'un qui tue avec une aiguille à tricoter n'est pas un assassin normal. Il a des mobiles inhabituels. Peut-être s'agit-il d'un crime rituel. En tout cas, c'est un maniaque, il fera parler de lui à nouveau. J'attends. C'est malheureusement la seule chose à faire. »

On attend donc des nouvelles du tueur à l'aiguille, et il en arrive trois mois plus tard.

Le 20 août 1962, vers 20 heures, alors que le soleil se couche, le *Golden Boat* – navire mixte d'une compagnie de navigation anglaise venant de Santiago du Chili – fait escale à Panama. La passerelle est à peine à terre que la police panaméenne monte à bord, pour une cavalcade dans les coursives jusqu'à la cabine d'un passager d'entrepont, le dénommé Luigi Alva. Les scellés, que le commandant a fait apposer sur sa porte, sautent en présence d'un commissaire. Bien que prévenu par radio, ledit commissaire ressent tout de même un choc en voyant la longue aiguille brillante, plantée toute droite dans la poitrine d'un homme d'une soixantaine d'années, écroulé sur le sol en plastique grisâtre.

« Qui l'a découvert, et est-ce que quelqu'un y a touché ? »

Le commandant répond au commissaire que la découverte a été faite le matin même par le personnel de cabine, mais que personne à part le médecin du bord n'a approché le corps. Lequel médecin a d'ailleurs constaté simplement que la mort remontait à longtemps.

« Est-ce qu'on a vu cet homme sur le bateau ?

– Il est sur le registre et la liste des passagers, inscrits et embarqués à Lima. Le commandant en second a vérifié à l'embarquement que ses documents étaient en règle. Il a dû passer normalement la douane, mais après cela, personne ne l'a remarqué de toute la journée d'hier. »

Le médecin légiste, qui accompagne les policiers, se penche sur le cadavre et constate, en écartant la chemise, qu'un peu de sang a coulé, mais il est déjà brun. Il relève les paupières, palpe les membres et la chair. Puis il montre l'aiguille :

« Je peux ? »

Le commissaire lui tend un mouchoir.

« Allez-y, je ne pense pas qu'on puisse prélever des empreintes valables, mais on ne sait jamais. »

Il faut un certain effort au médecin pour arracher l'aiguille, et il ne sort pas une goutte de sang.

Il en conclut que la mort pourrait remonter à trente-six heures, peut-être plus. Le commissaire fait la grimace, et demande au commandant :

« Vous avez quitté Lima à quelle heure ?

– A 10 heures, hier matin, cela fait environ trente-six heures de voyage. Ce qui revient à dire que l'assassin a pu monter à bord et redescendre avant le départ. »

Donc l'homme n'a pas forcément été tué par un passager. Il peut avoir été tué par n'importe qui. Ce qui ne fait que confirmer l'impression du commissaire. Il faut être stupide pour se laisser enfermer à bord d'un navire où l'on va tuer quelqu'un ! Ça serait explicable s'il s'agissait d'un crime non prémédité ou commis sous le coup de la colère. Or, il s'agit d'un crime préparé. Et comme le dit le commissaire, qui est le deuxième à penser la même chose : un crime qui aurait l'air d'un rite.

Deux jours plus tard... L'inspecteur Ortiz, qui s'occupait déjà de la première aiguille à tricoter, vient à peine de prendre connaissance de la deuxième que le téléphone en annonce une troisième. L'inspecteur se précipite au domicile de la victime, et là encore, l'enquête est rapide : Alexandro Gambo était un rentier de soixante ans qui semblait n'avoir ni ennemis, ni dettes, ni débiteurs et rien n'a été volé dans son appartement. Un voisin déclare :

« C'était un coureur de jupons !

– Pourquoi dites-vous ça ? Vous pensez à un crime passionnel ?

– Oh non. Je dis ça parce qu'on m'a demandé de dire ce que je savais.

– Quel genre de femmes il fréquentait ?

– Des femmes faciles. Et je crois qu'il était assez généreux. »

Ce détail mis à part, nul n'est capable de fournir

le moindre renseignement quant à l'assassin. L'enquête piétine. L'inspecteur principal Ortiz – lors d'une petite conférence de presse improvisée – fait une tête longue de trois aunes. On ne l'a jamais vu aussi sombre :

« Je savais bien qu'il ferait encore parler de lui. Mais j'espérais qu'il serait moins discret.

– Ne voyez-vous pas que cette affaire est à rapprocher du crime commis sur le *Golden Boat* ?

– Si, probablement. Mais je ne sais rien d'autre sur ce crime que ce que vous avez lu comme moi dans les journaux. J'attends de recevoir les documents de la police panaméenne.

– Vous n'avez vraiment aucun indice ?

– Nous suivons plusieurs pistes. »

L'inspecteur principal dit cela pour ne pas perdre la face. En vérité, il ne suit aucune piste. Et les journalistes ne sont pas dupes.

« Il faut bien qu'on écrive quelque chose ! Vous avez bien un détail à nous donner.

– Oui, lâche enfin l'inspecteur, presque comme une boûtade : Le menuisier et le rentier avaient tous les deux soixante ans.

– Coïncidence ! » dit l'un des journalistes.

Mais l'inspecteur principal ne répond pas. Il réfléchit à ce qu'il vient de dire et, d'un geste sec, il met fin à la conférence. Il veut vérifier quelque chose. Il a dit presque par hasard, que les deux hommes avaient soixante ans. Mais si la date de leur naissance correspondait ? Il fouille ses dossiers, et découvre, stupéfait, que les deux hommes sont nés, le menuisier comme le rentier, le 11 juin 1902. Il n'y avait pas fait attention. Quelle drôle de coïncidence, qui n'en serait plus une si l'homme assassiné sur le *Golden Boat* était né, lui aussi, le 11 juin 1902.

Septembre 1962. Le Pérou est officiellement affilié à l'organisation internationale de police criminelle INTERPOL. Son bureau central national est à Lima. Et l'une des premières affaires que l'on y traite, c'est bien entendu l'affaire dont s'occupe l'inspecteur principal Germain Ortiz. Or, c'est INTERPOL qui répond à l'attente de l'inspecteur Ortiz en lui fournissant la date de naissance du dénommé Luigi Alva, assassiné sur le *Golden Boat* : il est né le 11 juin 1902. L'inspecteur Ortiz sent bouillonner les idées dans sa tête. Enfin quelque chose sur quoi réfléchir. Un indice.

Malheureusement, le renseignement lui est parvenu quelques heures trop tard. Car le téléphone vient de sonner chez lui pour la quatrième fois : c'est encore une aiguille à tricoter, mais dans le cœur d'une prostituée cette fois. Et l'inspecteur principal a l'impression que sa théorie s'effondre : une prostituée n'a guère de chance d'être née en 1902, elle n'exercerait plus depuis longtemps. Il demande quand même son âge, sans grand espoir. Au bout du fil, le policier qui est sur place a un sifflement peu galant. Et selon lui « elle a de la bouteille ».

« Elle a pas soixante ans tout de même ?

– C'est pas impossible, inspecteur.

– Vous avez ses papiers, bon sang, regardez, alors ça vient ?

– Oui, inspecteur, voilà : née à Lima le 11 juin 1902. »

Quelques instants plus tard, l'inspecteur principal déboule pour la forme dans l'hôtel borgne où la malheureuse femme a été assassinée. Il établit sans peine que le crime a été commis soi-disant par un client.

« Elle n'a pas eu de chance. Elle est tombée sur le dingue ! », dit l'un des inspecteurs.

Mais pour l'inspecteur Ortiz, ce n'est pas une

question de chance ou de malchance, ce n'est pas un hasard. Il ne perd pas son temps à établir le signalement du criminel. On verra ça plus tard. L'important est d'éviter un nouveau crime. Et, pour cela, il faut avoir la liste des personnes nées le 11 juin 1902. Et cette liste, c'est à la mairie principale qu'il devrait la trouver. Et il y court si vite qu'il en regrette amèrement ses vingt ans.

A la mairie principale de Lima, Ortiz demande à l'employée :

« Police. Je voudrais voir l'état civil de l'année 1902. »

L'employée tombe des nues.

« Il y a plusieurs livres !

– Je veux voir celui où sont enregistrées les naissances du mois de juin. »

L'employée disparaît dans une pièce voisine et ramène l'archiviste en chef. L'archiviste en chef a le cheveu rare, son visage ressemble à une grosse boule, dans laquelle un sculpteur maladroit se serait efforcé de sortir un nez, deux yeux et un menton à grands coups de maillet en oubliant la bouche qu'il aurait dessinée d'un trait de crayon.

« Vous désirez ?

– Je suis l'inspecteur Ortiz, s'énerve le policier. Je voudrais voir la liste des personnes nées le 11 juin 1902. C'est urgent !

– Mais certainement, inspecteur. Le temps de faire les recherches, pourriez-vous revenir cet après-midi ?

– Il me la faut tout de suite, vous n'avez pas compris ? Police !

– Mais je dois fouiller ! »

Cette fois l'inspecteur se fâche. Il passe derrière le comptoir et intime au bonhomme l'ordre de le conduire aux archives. Là, il a vite fait de trouver, sur les rayonnages poussiéreux, les registres de l'année 1902. Un volume entier est consacré aux mois d'avril, mai, juin et juillet. D'autorité, il le sort de la rangée pour le poser sur une table.

L'archiviste le regarde faire. La page où sont inscrites les naissances du 11 juin 1902 est absente.

« Comment expliquez-vous ça ? »

L'archiviste pâlit.

« Je ne l'explique pas, je ne comprends pas. Mais, en cinquante ans beaucoup de gens ont pu pénétrer dans cette salle, quelle importance ? »

L'inspecteur Ortiz, à son tour, observe l'archiviste : il est grand. Il est fort. Il a la soixantaine, quelque chose dans son regard s'est rapetissé, comme une fureur rentrée.

« Comment vous appelez-vous ? demande négligemment l'inspecteur.

– Pedro Lazomeno. »

La petite chose a encore rétréci au fond des yeux de Pedro Lazomeno...

« Votre date de naissance ? continue négligemment l'inspecteur, qui ne peut pas y croire, n'ose pas y croire, et n'a plus le temps d'y réfléchir.

– Le 11 juin 1902 ! » a rugi l'archiviste en se jetant à la gorge de l'inspecteur principal.

A moitié étranglé, Ortiz réussit à sortir son revolver, et l'archiviste, qui sent le canon s'enfoncer dans ses côtes, lâche prise, parvient à glisser entre les mains du policier qui reprend son souffle, ouvre la fenêtre et se jette dans le vide. Monsieur l'archiviste en chef s'écrase au sol avec un bruit mou. La petite employée hurle, l'inspecteur reprend son souffle. La scène n'a duré que cinq minutes en tout. Dans la poche du suicidé on trouve la liste de douze Péruviens, nés le 11 juin 1902. Quatre de ces noms sont rayés d'un trait de crayon rouge, les quatre victimes bien entendu. Il en restait sept.

Si l'inspecteur principal Ortiz avait deviné le

mobile du criminel c'est qu'il s'intéressait depuis toujours à l'histoire du Pérou et notamment aux légendes incas. Il savait que ceux-ci n'attribuaient qu'une seule âme aux nouveau-nés, venus au monde le même jour, et un seul principe vital pour tous. Si bien que, selon la tradition inca, plus il mourrait de personnes nées le même jour, plus les survivants de ce jour-là étaient assurés de vivre longtemps. Pedro Lazomeno avait donc décidé d'utiliser son métier d'archiviste pour retrouver ses collègues du 11 juin 1902. S'il avait réussi à les supprimer tous, il n'aurait pas eu à partager son principe vital en onze. Il espérait vivre centenaire. Et s'il avait choisi l'aiguille à tricoter, c'est que l'Inca moderne ne dispose plus de la lance ou du poignard sacré de ses ancêtres. Et puisqu'il faut tout dire au lecteur, absolument tout, Pedro aurait pu s'appeler Pedra, si le prénom existait au féminin. Il tricotait lui-même ses petits gilets d'archiviste en chef, et il avait une peur terrible de vieillir.

QUI EST JALOUX DU PROFESSEUR ALEXANDRE ?

Le Pr James Alexandre, ex-doyen de l'université de Minneapolis, est un homme estimé, un homme aimé. C'est un philosophe et un scientifique dont toutes les universités américaines se disputent les conférences. James Alexandre a également des qualités qui n'ont rien à voir avec la science ou la philosophie. Après quinze ans de mariage avec Rose, dont il a eu deux enfants, le professeur a divorcé. Il s'est offert une longue tournée de conférences, qui a duré plus d'un an, à travers les Etats-Unis. Et il en a ramené une jolie femme, Barbara Rupe. Barbara est brune, elle a vingt-sept ans et deux enfants d'un premier mariage. Le professeur a quarante-sept ans et déjà deux enfants, mais il épouse Barbara, et décide de faire construire une maison à Casper, dans la rue Melrose, pour y abriter sa nouvelle famille. Et en attendant la fin des travaux, le professeur a tout bonnement demandé l'hospitalité à son ex-femme, dans leur ex-maison. Et tout le monde y a vécu. Rose et ses deux enfants, Barbara et les deux siens, et le Pr James Alexandre, ex et nouveau mari.

Et puis, un an plus tard, le professeur s'est installé dans sa nouvelle maison, encore inachevée. C'est à partir de là, curieusement, que les disputes ont commencé entre Barbara et lui. Barbara estimait que James rendait trop souvent visite à Rose, et à ses deux enfants. Elle n'aimait pas cette complicité. Un répit dans les disputes fut la naissance d'une petite fille. Et la situation en est là, le samedi 18 juillet 1954.

Ce qui n'empêche pas le Pr James Alexandre d'arrêter sa voiture ce jour-là devant la maison de son ex-femme. Rose repeint le portail du jardin, et lui lance un joyeux : « Bonjour, James »... C'est samedi et les voisins observent. Ils n'observent pas méchamment, ils observent simplement. Ils aimaient bien le couple, « avant » le divorce... Ils l'ont bien aimé pendant quinze ans, alors ils écoutent ce que répond le professeur, en baissant la vitre, et en haussant le ton pour que Rose l'entende :

« J'ai reçu un télégramme ! Je dois partir pour une conférence à Saint Louis. Peux-tu t'occuper des enfants ? Je ne sais pas ce qu'est devenue Barbara, elle n'est pas rentrée de la nuit... J'ai l'impression qu'elle est partie...

– Comme tu veux, James !... »

Et l'histoire commence ainsi : le professeur, grand, mince, la chevelure d'argent, a donc conduit les trois enfants de sa femme Barbara dans la maison de son ex-femme Rose. Puis il est parti pour Saint Louis, et après quelques jours d'absence, il écrit à Rose pour lui proposer d'aller s'installer avec les cinq enfants dans la nouvelle maison, qui est beaucoup plus grande, si Barbara, bien sûr, n'est pas revenue. C'est une question d'organisation pratique, et Rose accepte.

Or, les mois passent et Barbara ne revient pas. Malgré la situation sociale du professeur, malgré ses qualités humaines évidentes et celles de Rose, qui élève désormais les trois enfants de Barbara comme s'ils étaient les siens, les « gens » ne peuvent s'empêcher de bavarder et d'émettre toutes sortes d'hypothèses plus ou moins ridicules.

Au bout d'un an, pour couper court à tous ces ragots, le capitaine Delgarno, un grand bonhomme de cinquante ans qui perd ses cheveux depuis si longtemps qu'il ne lui en reste plus beaucoup, convoque au bureau de la police le Pr James Alexandre qu'il connaît très bien. Il a l'air ennuyé et ne trouve plus de cheveux à gratter pour donner le change :

« Excusez-moi, professeur, mais les gens parlent... »

Le professeur, d'une élégance discrète et comme toujours calme, regarde autour de lui avec une curiosité bienveillante. Il ne paraît guère étonné de cette convocation.

« Ne soyez pas gêné, capitaine, vous faites votre travail et je n'ai rien à cacher.

– Bien. Vous vous doutez que je veux vous parler de votre femme ?

– Evidemment.

– Vous n'avez toujours pas de nouvelles ?

– Non.

– Cette disparition ne vous surprend pas ?

– Elle fait plus que me surprendre, elle me déçoit.

– Comment l'expliquez-vous ?

– Eh bien, vous savez que Barbara est très jalouse... Nous avions des scènes fréquentes. Il est possible qu'elle ait cessé de m'aimer. Qu'elle en ait aimé un autre. Qu'elle l'ait suivi. Peut-être par dépit, peut-être par passion, c'est assez dans son caractère.

– On m'a dit qu'elle était partie sans aucune affaire personnelle ?

– C'est exact, capitaine, ni vêtements ni bijoux. Pas même ses affaires de toilette.

– Que comptez-vous faire, professeur ?
– Que voulez-vous que je fasse ? J'attendrai encore un an et si je n'ai toujours pas de nouvelles, je demanderai le divorce. »

Quelques mois plus tard, Barbara n'ayant toujours pas reparu, le capitaine Delgarno s'entretient avec Rose. Rose a été très belle, mais aujourd'hui, elle a beau se soigner, rester mince et coquette, c'est avant tout une femme qui élève cinq enfants.

« De vous à moi, Rose, cette disparition de Barbara, qu'est-ce que vous en pensez ?
– C'est incompréhensible, dit Rose en secouant la tête, je ne me serais jamais attendue à ça de la part d'une fille comme Barbara. Elle élevait bien ses enfants, vous savez. Qu'elle soit partie, même avec un autre homme, on peut le comprendre. Mais qu'elle n'ait pas essayé d'avoir des nouvelles de ses gosses, ça me dépasse. »

Le capitaine regarde Rose. Elle est l'exemple même de la générosité et du dévouement. Elle a sûrement ses défauts comme tout le monde, mais la suspecter de... Le capitaine chasse l'idée par trop absurde qui vient de lui traverser la tête. D'ailleurs Rose ajoute :

« Vous savez, capitaine, bien qu'il n'en laisse rien paraître, James a été très affecté par la disparition de Barbara, croyez-moi, si dans cette affaire il y a une victime, c'est lui. »

Et l'entretien se conclut sur ces paroles énigmatiques. Mais malheureusement, on ne peut empêcher les gens de penser, et lorsqu'ils pensent, ils parlent. Chacun y va de sa petite théorie :

« Et si le professeur avait tué Barbara pour retourner avec Rose ?
– On vient de couler une dalle de béton dans la

buanderie de leur nouvelle maison, et si le cadavre était enterré en dessous ?

– Et si... Et si... Et si... »

Le premier mari de Barbara, lui, s'inquiète de temps en temps, très vaguement d'ailleurs, de la santé de ses enfants, qui sont d'ailleurs fort bien élevés, mais reste sans nouvelles de Barbara, qu'INTERPOL recherche pourtant dans le monde entier. Les parents de la jeune femme n'ayant pas de nouvelles non plus se décident à déclarer officiellement la disparition de leur fille. Ce geste officiel a pour effet immédiat de déclencher la presse, et la vie de la famille Alexandre est examinée à la loupe. Si bien examinée, soupesée, critiquée, soupçonnée, que le capitaine Delgarno se voit un jour contraint de se présenter à la porte du professeur, accompagné de trois policiers cette fois.

« Professeur, nous pensons que Barbara est morte. L'entrepreneur nous a dit que certaines pièces de la maison n'étaient pas terminées, lorsque vous avez emménagé. Notamment les murs de la buanderie et le sol où l'on a coulé depuis une dalle de ciment. Les gens pensent que Barbara est enterrée dessous. Nous aimerions démolir cette dalle, pour vérification. »

Le Pr Alexandre, d'habitude paisible et bienveillant, devient livide et sa voix devient dure :

« Vous ne pensez pas sérieusement que j'ai tué ma femme ? Je vous donne ma parole que je ne suis en rien responsable de la mort de Barbara, si elle est morte. »

Cette réponse provoque un certain flottement chez les policiers. Ils sont convaincus que le Pr Alexandre dit vrai. Non seulement à cause de sa notoriété, et de son apparence, mais parce qu'ils le connaissent. Ils le connaissent surtout par sa vie et ses actes. Cet homme a toujours été la droiture même. Et il ne s'agit pas de cette droiture imbécile qui ne connaît et ne respecte que la morale et le droit. Non, il a su, lorsqu'il pensait que c'était son devoir, aller à contre-courant de l'opinion, réfuter la morale admise et même discuter le bien-fondé de certaines lois. Une telle attitude requiert justement la véritable rigueur. Un homme comme lui ne peut pas être un meurtrier. C'est cette conviction même qui conduit le capitaine Delgarno à insister :

« Ecoutez, professeur, tous ces gens sont déjà contre vous. Et ils montent les journalistes et les badauds qui se pressent dans la rue. Toute l'Amérique vous montrera du doigt si vous ne m'autorisez pas à perquisitionner. Tout le monde vous croira coupable alors que vous êtes innocent. Vous avez donc tout intérêt à me laisser faire.

– Bien, dit le professeur, de plus en plus livide, attendez-moi là, je vais en parler avec Rose. »

Les quatre policiers attendent une dizaine de minutes au-dehors. Puis la porte s'ouvre à nouveau et ce n'est plus le même homme qui réapparaît. Il semble que le professeur ait pris une décision qui le soulage d'un grand poids. Il est toujours aussi livide mais son regard est redevenu bienveillant : les policiers peuvent entrer, ils sont libres de faire ce qu'ils ont à faire.

A 23 heures, le 5 décembre 1957, les projecteurs installés devant la maison du Pr Alexandre s'éteignent. Le bruit des marteaux piqueurs qui faisaient tressaillir la maison s'est arrêté. Le vent, qui tout l'après-midi a balayé la rue Melrose, souffle maintenant sur une foule silencieuse : une civière emporte le squelette d'une femme enveloppé dans un drap, les mains jointes comme pour prier, tenant une grande croix de bois longue d'un mètre sur cinquante centimètres de large. On l'a trouvée enterrée à un mètre cinquante sous la dalle de ciment de la buanderie.

Déjà une voiture de police a conduit Rose et le Pr James Alexandre au quartier général de la police pour y être interrogés par le juge d'instruction. Le Pr Alexandre ne résiste pas. Il ne fait pas de drame, il ne cherche pas à se disculper, il raconte d'un ton calme et résigné :

« Cela s'est passé le 17 juillet 1954. Je travaillais dans le jardin de la nouvelle maison que j'habitais avec Barbara. Lorsque je suis rentré chercher un marteau, elle est venue vers moi dans le corridor pour me faire des reproches, très vifs : la veille au soir j'avais été chez Rose. Ce n'est un secret pour personne que Barbara était très jalouse au point de rendre la vie commune impossible. Comme j'avais les pieds pleins de terre, elle est allée me chercher le marteau. En revenant, elle a menacé de m'en frapper si je ne lui promettais pas de renoncer à me rendre chez Rose. J'étais énervé, je l'ai poussée. Elle est tombée à la renverse dans l'escalier de la cave. Malheureusement, en tombant, elle a entraîné avec elle une pile de briques qui l'ont complètement recouverte. Lorsque je lui ai soulevé la tête, j'ai constaté qu'elle était morte. Et je me suis tout de suite rendu compte que si j'allais à la police raconter cette histoire, personne ne la croirait, comme personne ne la croira aujourd'hui. Tout le monde savait que je rendais souvent visite à Rose et que je désirais l'épouser à nouveau. J'ai donc enterré Barbara et fait croire à son départ. »

C'est une histoire simple et bête que raconte là le Pr Alexandre. Mise hors de cause, Rose retourne auprès des cinq enfants. Deux mois plus tard, le Pr Alexandre bénéficie de la liberté provisoire contre une caution de dix mille dollars. Et ils partent un matin en voiture avec Rose, pour se marier dans le Colorado. Ils en reviennent le soir même pour retrouver leurs cinq enfants.

Le procès a lieu le 2 mai 1958, et la version des faits que propose le Pr Alexandre ne fait pas l'unanimité du jury. Mais les preuves manquent. Il est donc condamné pour meurtre au deuxième degré, ce qui veut dire en clair, qu'en cas de bonne conduite, il pourra être libéré cinq ans plus tard. En attendant ce beau jour, le professeur regagne la prison, et Rose s'occupe des cinq enfants avec un dévouement absolu, sans faire aucune différence entre eux. Chacun s'accorde à le reconnaître. Le professeur est en prison depuis deux ans et Rose élève toujours seule les cinq enfants. Parmi eux, Robert, douze ans, l'un des enfants du premier lit de Barbara. C'est un garçon travailleur, volontaire, un petit brun têtu et débrouillard. Un jour, un copain de l'école l'invite pour un voyage en Italie qu'il doit faire avec ses parents. Rose hésite un peu, puis finalement accepte. Et c'est ainsi que l'extraordinaire rebondissement de cette affaire se produit à Rome, une nuit du mois d'août 1960.

Vers minuit, un policier dans un commissariat de Rome appelle le bureau central national d'INTERPOL.

« Envoyez-moi quelqu'un qui parle anglais. Je suis en face d'une drôle d'affaire. »

En entrant dans le bureau, l'homme d'INTERPOL voit un petit garçon brun, vêtu d'un blue-jean, de baskets, et d'un tee-shirt d'une école américaine. L'enfant ne parle pas un mot d'italien et voici ce qu'il raconte à l'envoyé d'INTERPOL : « Il est en vacances à Rome chez un camarade d'école. Mais par moments il s'ennuie, car il est habitué à vivre dans une famille de cinq enfants. Hier soir, il s'est couché vers 10 heures mais il n'arrivait pas à s'endormir. Brusquement, il s'est mis à penser à sa mère, pas vraiment à sa mère, mais à Rose. Et il s'est rendu compte qu'il pensait à elle parce qu'elle lui manquait et qu'elle lui manquait même beaucoup. Alors il lui est revenu un souvenir qui ne l'avait jamais quitté mais auquel, depuis des années, il s'efforçait de ne plus penser. Cette fois encore il a voulu chasser ce souvenir. Il s'est débattu avec lui. Jusqu'à être en sueur. Et brusquement ça ne pouvait plus attendre. Il s'est levé, il s'est habillé et il est sorti dans la rue pour entrer dans le premier commissariat venu. Il savait qu'on ne le comprendrait pas, mais tant pis, il insisterait. Il savait que les policiers de tous les pays peuvent se téléphoner. Les policiers de Rome pourraient donc téléphoner aux policiers de Casper aux Etats-Unis, et les policiers de Casper comprendraient ce qu'il voulait dire. »

Et ce que voulait dire le petit Robert se traduit par un message de Rome à Washington, transmis à la police de Casper :

Robert Rupe, nationalité américaine, né le 6 janvier 1948, est venu spontanément se présenter au commissariat de la place d'Espagne, à Rome, le 12 août 1960 à minuit pour porter témoignage sur affaire criminelle vous concernant.

Alors deux jours plus tard, le capitaine Delgarno, qui a sur lui la déclaration du petit Robert, vient, accompagné de quatre policiers, entendre Rose. Rose hésite, puis finit par dire la vérité.

« James et moi avons menti : les choses se sont passées autrement pour Barbara. Le 17 juillet 1954, c'est moi qui suis venue à la maison de la rue Melrose pour demander de l'argent à mon mari. Barbara a ouvert la porte. James travaillait dans le jardin derrière et n'était pas au courant de ma visite. Dans le corridor, Barbara m'a dit qu'elle préférait que ce soit moi qui vienne chercher l'argent, car elle en avait assez que mon mari choisisse tous les prétextes pour me rendre visite. Nous avons échangé des paroles désagréables et dans son énervement Barbara a reculé de quelques pas. Il n'y avait pas encore de porte devant l'escalier de la cave et elle est tombée en entraînant une pile de briques sous laquelle elle s'est trouvée enterrée. Avec la chute et cet écroulement du tas de briques, j'ai compris qu'elle avait été gravement blessée. J'ai couru dans le jardin chercher James. Nous avons essayé de la ranimer, mais elle était morte. James et moi nous étions tout à fait conscients des conséquences de cet accident. On nous accuserait tous les deux d'avoir tué Barbara. Alors nous l'avons enterrée et puis nous avons fait courir le bruit qu'elle était partie. Malheureusement, tout le monde s'est mis après nous et la police aussi. Or il fallait bien élever les enfants, les miens et ceux de Barbara. Pour ça, il fallait que je reste libre. C'est pour cela que James a tout pris sur lui. »

Quelques jours plus tard, le capitaine Delgarno lit au petit Robert l'histoire que lui a racontée Rose :

« Est-ce que c'est bien comme ça que ça s'est passé ?

– Oui.

– Toi, où étais-tu ?

– D'abord j'étais dans ma chambre au premier étage. Puis quand j'ai entendu Rose frapper à la porte, je suis sorti sur le palier. J'ai tout vu et j'ai tout entendu.

– Et Rose n'a pas poussé ta maman ?

– Non. Elles ne se sont même pas touchées.

– Pourquoi est-ce que tu n'as rien dit ?

– Quand j'étais petit, le professeur me faisait peur et je le détestais.

– Tu étais aussi jaloux, peut-être ?

– Oui. Maman s'occupait beaucoup plus de lui que de moi.

– Tu aurais quand même pu dire la vérité.

– Non, je voulais me venger parce que c'est à cause du professeur et de Rose que ma mère est morte. Enfin c'est ce que je pensais quand j'étais petit.

– Et maintenant, pourquoi est-ce que tu dis la vérité ?

– Parce que je suis plus grand. Et je me rends compte que c'est quand même eux qui nous ont élevés mon frère et moi. Maintenant on s'aime tous beaucoup et quand, des fois, on est malheureux, c'est parce que le professeur est en prison. Et s'il est en prison, c'est de ma faute. »

Ce fut l'affaire d'une nouvelle procédure et le Pr James Alexandre fut rapidement libéré. Il ne restait plus qu'à le condamner avec sursis pour faux témoignage et inhumation illégale. Le petit Robert avait mis deux ans pour oublier sa jalousie... Il ressemblait en cela à sa mère, Barbara. Morte par accident, bien sûr, mais d'accident de jalousie, elle aussi.

FIN DU PREMIER VOLUME

TABLE

La même idée derrière les têtes 13
Une rencontre historique 25
La voiture bleue 36
Un homme de nulle part 46
Trois milliards dans la nature 56
Un gangster sentant sa fin prochaine 68
Corruption de famille 78
Tous les petits garçons sont curieux 89
« Routine Connection » 102
Une revanche sur la vie 114
Deux cents millions de jurés 125
La république mondiale 138
Comme un taureau malade 150
Du danger de la bêtise en matière de lecture 161
La persécution 171
Le numéro 127 et son fils 181
Crime d'outre-tombe 193
A la chasse aux escargots, je ne veux plus y aller, brigadier 204
L'homme aux oreilles décollées 215
Fanatiques père et fils 226
La société anonyme pour le vol des objets d'art 237
Les deux foulards 248
Araignée... Quel drôle de nom pour un crime 258
Un enfant gâté 270
Le comique naît de la répétition 281
Quatre aiguilles à tricoter 292
Qui est jaloux du professeur Alexandre ? ... 301

2844

Achevé d'imprimer en France (Manchecourt)
par Maury-Eurolivre le 25 septembre 2003.
Dépôt légal septembre 2003. ISBN 2-290-30378-X
1er dépôt légal dans la collection : juillet 1990

Éditions J'ai lu
84, rue de Grenelle, 75007 Paris
Diffusion France et étranger : Flammarion